もっと味わい深い

万葉集の新解釈

VI

補巻巻巻
第第第
遺 20 19 18

上野　正彦

東京図書出版

まえがき

（その１）

　万葉集の歌は、わが国の和歌史上の熟達期の歌と考えます。

　私は万葉歌の新訓解を始める前は、「万葉集の歌は素朴である」と聞かされ、そのことを和歌がこの国に誕生して間もない時期の未熟な歌の歌集であるためと思っておりました。しかし、それは以下の考察により誤解と気づきました。

　１万年以上前から、今の日本の国土に近い状態になって、この地に人が定住するようになったようですが、日本語がいつ定着したか、和歌がいつ誕生したか、の定説を知りません。

　しかし、1300年前の万葉集の時代の上代語に近い古代語が3000〜5000年前には存在し、その後、和歌は他人に慶び、愛（恋）、悲しみ等を伝えるために誕生したと思われます。

　直接に言葉で伝えることができる現代の電話がなく、文字に書いて伝える文字がなく、これらの感情を人（非対面者）に伝えるためには、第三者（使者）に対し伝言を頼むしかなかったのです。

　使者の記憶力を考え、言葉数の多くなる散文より、７・５調の少ない言葉でより多くの内容を伝えるようになり、それが和歌の起源だと思います。

　私は、当時のコミュニケーションの必須手段として、和歌は万葉のころの1000年以上も前の、すなわち今から2000〜3000年前から、わが国に存在していたと考えます。

　その傍証は、万葉集にいくつも見られます。

　　①　万葉集の編者は、1300年前の当時の歌を「今」の歌、それより昔の歌を「古」の歌とする「古今」の発想があり、「古」の歌が尊重され、仁徳天皇（４世紀）、雄略天皇（５世紀）の代の歌が、巻頭を飾っています。古事記・日本書紀には、もっと昔の天皇の代の歌であると伝承されている、多数の「記紀歌謡」が登載されています。

② 万葉歌の特徴である枕詞・序詞などの歌の技法は、100年や200年で完成したものでなく、数百年以上の和歌の歴史の中で育まれたものでしょう。枕詞も、序詞も、伝言する言葉を連想させる働きがあり、記憶を助ける役割があったと思います。また、譬喩や寓意は、使者に歌の内容を安易に知られたくない工夫から生まれた技法と考えます。

③ 東国に住む多くの防人が和歌を詠んでいることは、わが国において、和歌が広く辺境の地まで、かつ一般庶民にまですでに十分浸透していたことを証明するもので、和歌の誕生が8世紀より1000年以上前であると推定するに十分です。

　このように、万葉集の歌はすでに1000年以上経ていた和歌の歴史の上に存在しておりました。その後、平安時代・鎌倉時代にかけて、多くの勅撰和歌集が編纂され、和歌がさらに最盛期を迎えたように見えますが、文字の普及により和歌がコミュニケーションとしての本来の役割を終え、宮廷人の「作品」としての和歌となり、やがて形骸化してゆきます。

　明治時代に万葉調の和歌の再興が唱えられましたが、万葉歌にある枕詞・譬喩などの技法を評価し得ず、「写生」を強調してこれらを否定したため、和歌の復興は成らず、今日も低迷しています。

　以上の和歌史観によるだけではなく、私は個々の万葉歌の新訓解を通して、万葉集の歌は和歌史上もっとも熟達段階にあった歌と確信しました。

　世上、必ずしもそのように認識されていないので、本新訓解シリーズの出版にあたり、万葉歌が熟達した歌であることを世に伝えるため、書名を『もっと味わい深い　万葉集の新訓解』とした次第です。

（その2）
　美術館に、古い名画を見に行くと、絵の傍に最近の修復作業で判明したことが、写真入りで説明され、掲示されていることがあります。

　私は、万葉歌のこれまでの訓解を点検していて、名画の修復作業と同じように、万葉歌の修復も必要と思いました。

万葉歌が最初に誦まれた音声はもちろん、それを表記した最初の原文も発見されておりませんが、1300年の間、幾度も写本に書き残すという修復作業を経て現在に伝わり、また、その写本の原文により各歌が訓解され、人々が万葉歌として現在まで親しんでいます。

　名画の場合、昨今の新しい修復技術により、最初の状態の絵が蘇り、今まで見ていたのは昔修復されたものであり、最初の絵と部分的に違って修復されていたことが明らかになることもあるようです。

　万葉歌の場合も、筆写のたびに何文字か誤写された可能性や、昔の万葉歌研究者が誤字説を主張して、その誤字説に基づく文字が原文として記載されていることもあり得て、名画と同様、昔の修復が誤っている可能性もあり得ます。

　私は、10回以上、万葉集全歌の原文を、ウェブサイトで閲覧できる古写本の原文と照合しながら訓み、原文に基づきこれまでの訓解に疑問がないかを点検してきました。疑問を懐くためには自己の訓解が前提となるので、自己の新訓解を考察し、提唱してきました。

　思うに、名画は絶えず美術館が状況を点検し、修復を継続しているからこそ、いつまでも貴重な芸術品として残っているものです。

　私は、万葉歌についても、修復が必要か否かの点検作業が必要であると考えます。万葉歌は、江戸時代に大幅な修復が行われ、その後250年以上も全面的な点検作業が行われていませんが、これ以上放置しておくと、世界に誇る日本の文化遺産が必ず劣化してゆくと憂慮します。

　その責務を万葉集の職業専門家だけに課するのではなく、多方面の知識を有する国民の多くが参画して、万葉歌の点検・修復に速やかに着手すべきと考えます。

　その際の資料となることを願って、私が点検して疑問を呈し、新訓解を提唱した700首余りの万葉歌について「万葉歌訓解に関する類型別索引」および「掲載歌原文集」を作成して、巻末に掲載しましたので、ご活用頂ければ、私の歓びとするところです。

　令和6年1月

　　　　　　　　　　　　　令和万葉塾　塾主　上野正彦

1　横書き

　これまで、万葉集の注釈書はほとんど縦書きである。本書の内容は、これまでにない新しい訓解であるので、その外装もこれまでにない横書きとした。

2　底本主義を採らない

　本書の立場は、現存しない当初の「萬葉集」に、当初どのように表記がされていたかを、その後の多くの古写本の表記から推定して、新訓解を提唱するものである。したがって、特定の古写本を基本とする、底本主義を採らない。

　「多くの古写本の表記」として、主に「**万葉集校本データベース作成委員会**」がウェブサイトで公表している、数本以上の古写本の原文を判読することによった。本書の研究ができたのは、同委員会の上記提供があってのことで、深く敬意と感謝を表する。

3　本書の構成

①　歌番号は、『国歌大観』による歌番号を付した。「類例」の新訓解の歌がある場合は、その歌番号を併記した。また、歌番号の後方にある（誤字説）（語義未詳）（寓意）などの表記は、本書が新訓解を提唱する原因となった、その歌のこれまでの訓解の特徴・範疇を示している。

②　歌番号の下に、題詞・作者名・その他の事柄を、適宜記載している。

③　「**新しい訓**」は、定訓によらず、新しい訓として本書が提唱する訓である。それが、定訓以前に流布していた訓の場合は、（旧訓）と併記した。定訓によるが、その解釈を新しく提唱する場合は、「定訓」をここに記載している。定訓ではないが、広く流布している訓の場合は、「これまでの訓の一例」と表記した。

④　「**新しい解釈**」は、③に記載した「新しい訓」「定訓」などに対

し、本書が提唱する新しい解釈を示している。寓意のある歌は、寓意の内容も記載しているが、寓意の内容を「新訓解の根拠」に記載している歌もある。

文中における〈　〉内の詞は、枕詞であることを示している。

⑤　「**これまでの訓解に対する疑問点**」は、本書が提唱する新訓解に対応する、定訓の訓およびそれに基づく解釈を示し、それに対する疑問点を摘示している。

これに関する、戦後の代表的な注釈書9著の見解を、適宜引用している。9著の記述から、現在の訓解の水準を確認している。

なお、定訓によるが、新しい解釈を提唱する場合は、「これまでの解釈に対する疑問点」と表記している（⑥も同旨）。

⑥　「**新訓解の根拠**」について、定訓と異なる原文を採用するときは、その出典の古写本名を示し、異なる訓を付すには『類聚名義抄』はじめ古語辞典・漢和辞典を引用している。新しい解釈においても、古語辞典などを引用している。他の万葉歌の訓例なども多数例示している。

なお、同一歌番号の歌の中に、新訓解の歌句が複数あるときは、「その1」「その2」などの小表題を付けていることがある。

また、他の万葉歌にも、類例の新訓解があることを指摘する場合は、「**類例**」として、その下に解説を併記している。

⑦　「**補注**」は、適宜、参考になると思われる事柄を記載している。

4　参考文献

本書の著述に用いた文献は、本文中にすべて記載しているので、それ以外のものを加えた、いわゆる「参考文献」を一括掲示していない。

本書の性格上、通しでのほか、関心のある歌のみを読まれることを想定し、各歌毎に文献名を再記載しているので、文献略称の一覧を付していない。

以上

目 次　　　新訓解の要点

まえがき　1頁

凡　例　4頁

巻第18

4081番　　11頁　「人かた食<ruby>食<rt>は</rt></ruby>むかも」

4082番　　14頁　「このような恋はもう考えられないことで」の意

4094番　　16頁　「足<ruby>足<rt>た</rt></ruby>しげく」は「足らなそうに見える」の意

4101番　　18頁　「夜床片凝<ruby>凝<rt>こ</rt></ruby>り」

4105番（一云）　20頁　「わが家^へ向きはも」

4106番　　25頁　「盛りもあらた　至りけむ」「慎み居て」「さと
　　　　　　　　　馳す」（類例：4108番）

4111番　　29頁　「上<ruby>上<rt>かみ</rt></ruby>の大御代に」「時及<ruby>及<rt>ときじ</rt></ruby>くの」「久しきに」

4112番　　33頁　「見つれども」ではなく「満つれども」

4127番　　34頁　「こ向かひ立ちて」

4131番　　36頁　「ふさ圧^へしに」は「束ねて負かしに」

巻第19

4139番　　38頁　家持の得意絶頂の心象風景

4143番　　42頁　「汲<ruby>汲<rt>く</rt></ruby>み乱る」

4156番　　45頁　「花はだにほふ」

4164番　　47頁　「さし捲<ruby>捲<rt>ま</rt></ruby>くる」

4172番　　49頁　「草取らむ」は鳥を捕まえること

4174番　　52頁　「手折り置<ruby>置<rt>お</rt></ruby>きつつ」の意

4191番　　55頁　「其<ruby>其<rt>し</rt></ruby>が端<ruby>端<rt>はた</rt></ruby>は」

4235番　　56頁　「秀<ruby>秀<rt>ほ</rt></ruby>ろに踏み敵<ruby>敵<rt>あた</rt></ruby>し」

4236番　　58頁　「馴る肌娘子<ruby>娘子<rt>をとめ</rt></ruby>」

4239番	60頁	「許げにし」
4248番	62頁	「將」は「はた」と訓む
4265番	64頁	「鎮めて待たむ」
4288番	66頁	「雪は降れれば」
4290番	68頁	単なる春愁の歌ではなく不安・絶望の歌
4291番	74頁	「いさし群竹」
4292番	77頁	後ろ盾を失った失意の歌

巻第20

4308番	84頁	「波名」は「端」
4321番	86頁	防人歌の冒頭の歌
4324番	88頁	「尓閇の浦」は「鳰の浦」で琵琶湖のこと
4326番	90頁	「外の野しりへの」
4338番	92頁	「牟良自」は「群らじ」
4341番	94頁	「美折りの里に」
4358番	96頁	「言ひし」は「約束した」の意
4372番	98頁	「み坂霊振り」
4382番	100頁	「ふた保頭」は「木っ端役人の保長」「あた婚ひ」は「急に結婚する」の意
4385番	103頁	「とも来ぬ」は「ともかくも来た」の意
4386番	105頁	「業りましつしも」の「つ」は確認の助動詞
4387番	107頁	「置きて猛来ぬ」
4413番	110頁	「背ろがめき来む」
4424番	112頁	「み坂た晴らば」
4431番	114頁	「鞘くくも夜に」

補　追　（各巻の出版後に解明した新訓解を、ここに補追するものである）

巻第1

| 49番 | 119頁 | 原文は「焉副而」で「これさへに」 |

巻第2

94番	121頁	「將見圓山之」は「見む麻呂山の」
100番	123頁	「荷之緒尓毛」は「かの緒にも」
114番	125頁	「片寄りに」ではなく「異よりに」
139番	127頁	「石見の海　うち歌ふ山」は石見の海に向かって歌っている山の意
229番	129頁	「沈之」は「沈みゆく」

巻第3

| 311番 | 131頁 | 原文は「戀教牟鴨」で「恋せしむかも」 |

巻第4

488番	133頁	「簾動之」は「簾動かし」ではなく「簾鳴らして」である（小異歌：1606番）
504番	136頁	人麻呂の妻の歌ではなく人麻呂が妻を詠んだ歌
604番	138頁	「恠」は「兆」ではなく「怪」
607番	140頁	「鉦は　敲けれど」
707番	141頁	「思遣」は「諦める」「成」は「して」

巻第6

| 948番 | 143頁 | 「之來継皆石」は「行き来継ぎかし」（類例：2062番　2922番） |

巻第7

| 1201番 | 147頁 | 「將」は「はた」と訓む |

1212番	149頁	「足代」は地名ではなく「当て」である
1373番	150頁	「岩の上の　菅の根見むに」は長くしっかりと共寝したいの意

巻第8

1485番	152頁	「將移香」は「はた移ろふか」
1551番	154頁	「雨令零収」は「雨止ませ」

巻第9

1799番	156頁	「尓保比去名」は「にほひ失せるな」

巻第10

1842番	159頁	「山かたつきて」は「山にひたすら心を寄せて離れず」との意
1949番	161頁	下2句の二つの「將」は共に「はた」である
2253番	166頁	「色づかふ」は男女間の色情を匂わせている
2317番	168頁	「將落雪之」は「はた降る雪の」
2322番	170頁	「言多毛」は「大げさにも」の意

巻第11

2544番	172頁	「間無見君」は「間なく見らくに」
2596番	174頁	「度」は「量る」と訓む（類例：2610番　2974番　2990番）
2616番	179頁	「おとはやみ」の「おと」は「訪れ」の意
2699番	181頁	譬喩だけではなく寓意がある歌
2706番	183頁	「結び上げて」は「契りを交わして」の意
2713番	185頁	「晩津」は「暗しつ」
2750番	187頁	「馬下乃」は「馬下りの」
2783番	189頁	「穂に咲き」は女性が穂花のように質素に咲くこと

巻第12

2855番	191頁	「妹於事矣」は「妹のことにを」
2877番	192頁	「何時奈毛」は「何時しなも」
2885番	194頁	「枕毛衣世二」は「枕もいよよに」
2913番	195頁	「戀つつあらずは」は「恋をしていても逢えないのであれば」の意
2920番	197頁	「終命」は「終の命」
3193番	198頁	「山道將越」は「山路はた越ゆ」

巻第13

3234番	199頁	「國見者之毛」は「國見は行くも」
3272番	201頁	「行莫ゝ」は「行き暮れ暮れ」「司」は「つかさ」
3330番	203頁	「鮎遠惜」は「落ゆを惜しみ」で妻の死を惜しみの意
3335番	205頁	「直海」は「にはたづみ」ではなく「ただ海に」

巻第14

3365番	207頁	「見越の崎の　岩崩え」は後悔しないものの意
3366番	209頁	「潮満つ」は「共寝の潮時」の意

巻第15

3718番	211頁	「奈尓」は「名に」ではなく「何」

万葉歌訓解に関する類型別索引　214頁

「もっと味わい深い　万葉集の新解釈」の掲載歌原文集　251頁

あとがき　313頁

　姑・坂上郎女が越中守・大伴家持に贈る歌とある２首のうちの一首。
もう一首は、つぎのとおり。

　4080　常人の恋ふといふよりは余りにて我は死ぬべくなりにたらず
　　　　や

新しい訓

　片思ひを　馬にふつまに　負ほせ持て　越辺に遣らば　人か
た食むかも

新しい解釈

　私の片思いをどっさり馬に背負わせて越中のあたりに届けた
ら、あなたは馬のようにひたすら食べるでしょうかね。

■これまでの訓解に対する疑問点
　第４句までの解釈は、「私の片思いを、馬にめいっぱい背負わせて、
あなたのいる越の国に持たせてやったら」の大意であることはほぼ一
致しているが、結句の原文「**比登加多波牟可母**」（人かたはむかも）の
「かたはむ」に対しては、多くの注釈書において、語義未詳としながら
も、つぎのように訳されている。

　『日本古典文學大系』
　　　不明。「あなたはそれに答えて、少しは心を寄せてくることもあ
　　　るかなあ。」
　『日本古典文学全集』
　　　語義不詳。「あなたも心を寄せてくださるでしょうか。」

澤瀉久孝『萬葉集注釋』

　「人もそれに答へて心を寄せる事もあらうかナア。」

『新潮日本古典集成』

　「どなたが手助けしてくれるだろうかな。」

　「かたふ」は片棒をかついで助けてくれる、の意か。

『新編日本古典文学全集』

　カタフは語義未詳。しばらく、心を寄せる意と解する説に従う。

『新日本古典文学大系』

　結句の「かたはむ」も難解。片方に心寄せる意と言われるが、確証がない。

中西進『万葉集全訳注原文付』

　未詳。「人は心を寄せるでしょうか。」

　「かた……」の諸語は「心を寄せ親しむ」意という。

伊藤博訳注『新版万葉集』

　「どなたが手助けしてくれるだろうかな。」

　「かたふ」は片棒をかつぐ意。

『岩波文庫　万葉集』

　解釈を保留する。片方に心寄せる意ともされるが、確証がない。

■新訓解の根拠

　前記のように「かたはむ」は、「心を寄せる」あるいは「手助けしてくれる」の意と解釈されているが、「かたはむ」の語の他例はなく、古語辞典にも掲載されていない。

　私は、「**かたはむ**」は「**かた**」と「**食む**」の複合語として用いられていると解する。

「かた」は、接頭語で「ひたすら、しきりにの意を表す。」（『古語大辞典』）。万葉集に、「片待つ」（1705番）「かた待ち」（4041番）の使用例がある。

「はむ」は、「食べる。飲む。口に入れる。」（前同）の意で、人が食べることにも（847番）、馬が食べることにも（3532番）用いられている。

　本歌の「はむ」の原文「波牟」は、3532番歌「久佐波牟古麻能」（草食む駒の）と同じである。

12

　したがって、「かたはむ」は「かた食む」であり、「ひたすら食べる」の意と解する。

　本歌の意味は、家持が妻と別れて越中に赴任して寂しい思いをしているだろうから、義母の坂上郎女が都から「片思ひ」を馬に積んでたくさん届けてあげたら、寂しがっているあなたは、人であるが馬のように「片思ひ」をひたすら食べるでしょうね、とふざけ、からかっているのである。

「片思ひ」を馬に持たせることと、馬のように「かた（片）食む」ことは、この戯れ歌の核心であり、これを理解したうえで訳すべきである。前掲「草食む駒」のほか「麦食む子馬」（3537番）など、馬が食むことを詠んだ歌は他にもある。

　越中の国守の大伴家持が、都にいる姑・坂上郎女から贈られてきた前掲4080番の歌に報えた歌。

新しい訓

> 天離る　鄙の奴に　天人の　**かく恋すらは**　生ける験あり
> （あまざか）（ひな）（やっこ）　（あめひと）　　　　　　　　（しるし）

新しい解釈

> 〈天離る〉田舎の下僕の私に対して、天人の**このような恋はもう考えられないことで、**生きる甲斐があるというものだ。

■これまでの訓解に対する疑問点

　第4句の原文「**可久古非須良波**」を、定訓は「かく恋すらば」と訓んで、『岩波文庫　万葉集』は「文法的に説明できない。『恋すれば』『恋せば』の誤りか。」としている。

　これについて、『日本古典文學大系』は「原文の損傷を補修した人が、恋ヒセレバとでもあった原文を擬古的な意識で、実際には存在しないスラバという形を産み出してしまったものであろう。」と注釈している。

　また、『日本古典文学全集』は「仮定条件のバの語源はムハの約といわれる。このスラバはスラムハの約と作者家持は考えたのであろう。」としている。

　いずれも、仮定条件の形で解釈しようとしているが、疑問である。

■新訓解の根拠

　まず、定訓が犯している過ちは、第3句の「**安米比度之**」を「天人し」と、「之」を強調の「し」に訓んでいることである。

　これは「**天人の**」と訓むべきである。天人とは、都に住まいし、歌の

名手として知られている姑であり、叔母である坂上郎女のことを指している。

「すら」は副助詞で、「ある事物、事態が、述語の表す動作状態に対して例外的、逆説的な事物、事態であることを示す。」の意である（『古語大辞典』）。2001番歌「大空ゆ通ふ我すら（須良）」に例がある。

「天離る　鄙の奴」にとって、「天人の　かく恋」は、例外的であることを表している。

「須良波」の「波」は「は」と訓んで、強調の係助詞であり、仮定条件の「ば」ではない。

「かく恋す」は、都にいる叔母が贈ってきた前掲4080番歌の「常人の　恋ふといふよりは　余りにて　我は死ぬべく　なりにたらずや」という恋の歌詞を指している。

　この歌は、「天離る　鄙の奴」である家持にとって、「天人」である叔母の坂上郎女が上掲の歌により寄せてきた、このような恋（「かく恋」）は例外的で、生きる甲斐があるというものだ、と詠んでいるのである。

「すら」は、「天人のかく恋」を強調している副助詞であり、仮定条件ではない。

　前掲注釈書は、「天人の」の「の」を「し」、「すらは」の「は」を「ば」とそれぞれ誤訓しており、これは「まえがき」で指摘した誤った「万葉歌の修復」である。

　奈良の大仏建立時に、陸奥で金が出たことの聖武天皇の詔書を賀して、大伴家持が作った長歌。

新しい訓

> （長歌の部分）
> 金かも　**足しげくあらむと**　思ほして　下悩ますに　鶏が鳴く　東の国の　陸奥の　小田なる山に　黄金ありと

新しい解釈

> 　（大仏建立に必要な）黄金が、**状況から判断して不足して加え補うことがあるだろうかもと**、（天皇が）お思いになり、内心悩まれておられたのに、〈鶏が鳴く〉東の国の陸奥の小田という山に金があると、

■これまでの訓解に対する疑問点

　前掲2番目の句の原文「多之氣久」について、元暦校本以外は、類聚古集は「之」の前に「乃」、広瀬本は「之」の横に「能」の併記があり、紀州本、神宮文庫本、西本願寺本、京都大学本、陽明本、寛永版本は「多能之氣久」となっている。

　定訓は、「多之氣久」により「たしけく」、すなわち「確けく」と訓み、この訓を採る注釈書は「タシケクは、タシカと同根の形容詞タシケシの副詞形。」（『日本古典文学全集』、同旨『新編日本古典文学全集』）、「十分だの意の形容詞『確けし』の連用形。」（『新潮日本古典集成』、同旨『新日本古典文学大系』）と説明している。

　しかし、「確けし」の語は、登載していない古語辞典もあり、登載のある古語辞典においても、他の用例の記載はなく、その存在は確かでは

ない。

■新訓解の根拠

「多之氣久」の「多之」を「足し」と訓む。「足す」の連用形で「不足なものを加えておぎなう。」（『岩波古語辞典』）の意である。

「……氣」は接尾語の「げ」で、「外形的な状況から判断して……と見える、いかにも……の様である」（『古語大辞典』）の意。

「久」は、準体助詞の「く」。

したがって、「足しげく」は、足らなそうに見えることである。

この訓解は、聖武天皇の詔書（第13詔）にある語句「朕は金少なけむと思ひ憂ひつつあるに」に対応する。

補注

この長歌の中に、つぎの歌句がある。

　　海行かば水漬く屍　山行かば草生す屍　大君の邊にこそ死なめ

　第二次世界大戦中、戦地に出征した兵士の多くが所持したであろう、時の政府教學局が昭和15年に発行した『萬葉集と忠君愛國』（武田祐吉執筆）という小冊子に、「實に我が國民は、祖先以来、かような精神を以て奉仕し来つたのである。」とある。

　国策に万葉歌が利用された例である。

「京の家に贈るために真珠を願ひし哥」との題詞がある大伴家持の長歌。

新しい訓

妻の命(みこと)の　衣手の　別れし時よ　ぬばたまの　**夜床片凝(こ)り**
朝寝髪　掻(か)きも梳(けづ)らず

新しい解釈

大切な妻は〈衣手の〉別れたときから〈ぬばたまの〉**一人寝の夜床は片方に寄りかたまり**、朝の寝乱れた髪も櫛で梳かさず、

■ これまでの訓解に対する疑問点

どの古写本においても、原文は「**夜床加多古里**」であるが、定訓は、江戸時代の契沖『萬葉代匠記』が「古」は「左」の誤字として、「夜床片さり」と訓んだことに従っている。

その理由として、「左」の草書体が「古」の草書体に似ており誤ったもの、あるいは633番歌に「枕片去る」とあり同じ意味であるとするものである。

しかし、平安時代の元暦校本に「古」の草書体（「十」の下に「い」の形）で明記され、その後の古写本もすべて「古」と表記され、「コ」の訓が付されており、誤字の形跡は全く見られない。

また、「夜床片去り」の解釈は「恋人が来ている時のように床の片方をあけ、片一方に身を寄せて寝ること。」（『日本古典文学全集』）であるとしている。

しかし、633番歌「枕片去る」にみられるように、恋人の訪れが期待できる場合に、片方を空けておくことがあるが、本歌においては、家持

の妻は、都に一人残されて、長い間一人で寝ているもので、家持のため
に夜床の片方を空けておくという状況ではないのである。

■新訓解の根拠

「**古里**」は「こり」と訓み、「凝る」の連用形「**凝り**」である。

「凝る」は「ひと所に寄り集まる。」（『古語大辞典』）の意で、「夜床片
凝り」は、夜床が片方に寄り集まっている状態である。

『宇津保物語』に「衾のごと凝りて」の用例がある。

　すなわち、「夜床片凝り」は、別れて来たときより、妻は寝具に一人
包まって夜床の片方に寄り寝ているだろう、というものである。

　続く「朝寝髪　掻きも梳らず」は、乱れた朝寝髪を櫛で梳らないこと
で、夜床の片方に包まって寝ていた状況に相応しく、恋人（夫）が来る
ことを期待して夜床の片方を空けて行儀よく寝ている状況とは異なる。

　河島皇子が亡くなった後、柿本人麻呂が妻の泊瀬部皇女に献じた挽歌
194番の中に「たたなづく　柔膚すらを　剣大刀　身に添へ寝ねば　ぬ
ばたまの　夜床荒るらむ」の状況が本歌の状況に近く、「夜床片凝り」
は「夜床荒れり」の意であると考える。

　そんな侘しい荒んだ妻の生活を慰めるために、夫が任地の特産品の真
珠を贈ろうという長歌である。

　大伴家持の「京の家に贈るために真珠を願ひし哥」との長歌に付せられた、つぎの短歌の「一云」の句である。

　　　白玉の五百つ集ひを手に結びおこせむ海人はむがしくもあるか
　　　　　　　　　　　　　　　　一に云ふ「**我家牟伎波母**」

　本体歌の歌意は、「真珠のたくさんの玉を手にすくい取り、よこしてくれるだろう海人は、どんなにかありがたいことか」である。

　新しい訓

> 　　白玉の　　五百つ集ひを　　手に結び　　おこせむ海人は　　**わが家**
> **向きはも**

　新しい解釈

> 　真珠のたくさんの玉を手にすくい取り、よこしてくれるだろう海人が、**わが家の方に向いているんだなあ。**

■これまでの訓解に対する疑問点
　各注釈書の「我家牟伎波母」に対する訓解は、つぎのとおり。

　　我家むはも
　　　『日本古典文學大系』　　　　　書写に誤があって不明である。
　　　澤瀉久孝『萬葉集注釋』　　　　誤脱があるものと思はれる。
　　むがしけむはも
　　　中西進『万葉集全訳注原文付』　原文を「（牟）我（思）家牟波
　　　　　　　　　　　　　　　　　母」と改め、上記の訓として

「りっぱだろうなあ」と解釈。

（訓義未詳・難訓）　『日本古典文学全集』、『新潮日本古典集成』、『新編日本古典文学全集』、『新日本古典文学大系』、伊藤博訳注『新版万葉集』および『岩波文庫　万葉集』。ただし、古典文学全集および新編古典文学全集は、「ワギヘムキハモと読めそうだが、意をなさない。」

中西全訳注の原文の改定には、無理があると考える。

■新訓解の根拠

本体歌の結句の「むがしく」は、万葉集に他例がない詞であるが、「ありがたい」の意に解されている。

この歌の前にある長歌および短歌3首は、題詞にあるように家持が離れて京に住んでいる妻を思い、任地でとれる真珠を妻に贈りたいという歌であるが、それらと異なり、この本体歌の内容は、妻に真珠の玉を贈りたいことを詠っているわけではないようである。

つぎに、難訓句の原文を検証すると、つぎのとおりである。

「我家牟伎波母」
　紀州本　西本願寺本　京都大学本　陽明本　神宮文庫本　寛永版本
「我家牟波母」
　元暦校本　広瀬本
「我Ａ牟Ｂ母」
　類聚古集（Ａは「うかんむり」の字であるが不明、Ｂは「流」と読める）

古い写本の欠字、不明字が気になるが、大多数の「我家牟伎波母」を原文とする。

よって、「**我家牟伎波母**」を「**わが家向きはも**」と訓む。

解釈は、真珠のたくさんの玉を手にすくい取り、よこしてくれるだろ

う海人が、わが家の方に向いているんだなあ、である。

　万葉集において、「吾家」と書いて「わぎへ」と訓ませている場合が多いが、「我家」を「わぎへ」と訓ませている例はないので、ここは「わが家」と訓む。

　ちなみに、「我が家」と訓む例が816番歌および837番歌に、「わが家」と訓む例が3272番歌にある。

　「はも」の「は」は、係助詞で「強調」の働きをしている。「も」は、「感動」を表現する助詞。

　「はも」は「わが家に向いている」ことを、強調し感動しているものである。

補注

「歌に秘められた家持の昂り」

　4105番歌（「一云」を含む）は、前述のように家持が京にいる妻を思い、任地でとれる真珠を妻に贈りたいと詠んだ歌群の一首であるが、つぎのように、この歌の直前にあった出来事、およびその後、家持が立て続けに詠んでいる歌を検討すると、秘められた別の側面が浮かび上がってくる。

　749年4月1日
　　陸奥国で発見された金が大仏建造用に献上され、聖武天皇が詔書を出して喜び、諸臣に叙位があり、家持も従五位下から従五位上に昇進した。

　同年5月12日
　　上掲詔書に「大伴、佐伯宿禰は、常も云はなく、天皇が朝守り仕へ奉る」とあったことを家持が喜んで、詔書を賀びし長歌・反歌を作った（4094番〜4097番歌）。

　14日
　　「芳野離宮に幸行したまふ時の為に、儲け作りし」長歌・反歌を作った（4098番〜4100番歌）。

　同日

　　本歌を含む「京の家に贈るために真珠を願ひし」長歌1首・短歌
4首を作った（4101番～4105番歌）。

　閏5月28日

　「京に向かふ時に、貴人に見え、及び美人に相て飲宴する日に懐を
述ぶる為に、儲け作りし」短歌を詠った（4120番・4121番歌）。

　（つぎの歌の間までに、家持は上京し、京に居た妻を越中に連れて
帰っている）

　750年3月20日ころ

　　妻が京にいる母に贈るために、家持が頼まれて詠んだ長歌・反歌
（4169番・4170番歌）。

　以上の出来事、経過から、家持は聖武天皇の詔書で大伴一族の名を挙
げて褒められ、かつ昇叙されてからは、にわかに自分の将来に運気を感
じたのか、精神が高揚し、興奮状態にあったことが窺われる（将来に儲
ける、すなわち準備する歌を複数詠んでいる）。

　4105番歌を詠んだときは、妻がまだ京に居るときであり、その妻に
真珠の玉を贈りたいと考えたことにも精神の高揚を感じるが、4105番
歌の「たくさん真珠玉をくれるだろう海人はありがたい」（本体歌）と
か、「たくさん真珠玉をくれるだろう海人が我が家に向いている」（一
云）などの歌詞には、むしろ「真珠の玉」を「幸運」に譬え、「自分に
幸運をもたらしてくれるだろう人は有り難い」「幸運をもたらしてくれ
るだろう人が自分の家の方に向いている」と、自分に運気が向いて来
たことへの満足感と将来への楽観を詠んでいる歌と考える。もちろん、
「海人」は家持の庇護者のことを暗に指している。

　家持は、妻に真珠の玉を贈るという幸せの裏に、自分は今もっと大き
い幸せの中にいることを実感し、妻に真珠の玉を贈る歌の群に、そのこ
とも付け加えて詠まざるを得なかったのである。

　左注に「大伴宿禰家持の興に依りて作りしものなり」との記載がある
ことは、まさにその精神状態を指している。しかも、本体の歌（過去・
現在のこと）だけでは満足できずに、結句に「一云」という別の歌句
（将来のこと）まで付け加えているのである。

しかし、家持が得意の絶頂でこの歌を詠んだ僅か2カ月後、庇護者と思っていた聖武天皇は退位し、6年後には最も頼りにしていた橘諸兄が失脚し、かつ聖武天皇も崩御し、家持の苦難の道が始まるのである。

国守の大伴家持が、部下の放蕩をたしなめた歌。

その1

新しい訓

> （長歌の部分）
> 　天地の　神こと寄せて　春花の　**盛りもあらた　至りけむ**
> 時の盛りぞ　**慎み居て**　歎かす妹が

新しい解釈

> 　天地の神の加護を受けて、春花の盛りのような**顕著な境遇に
> 至ったのだろう**、夫婦にとって人生の盛りのときであるのに、
> **つつましく遠慮して都に残り**、一人暮らしの寂しさを毎日歎い
> ている妻が、

■これまでの訓解に対する疑問点
　前掲部分の原文は、つぎのとおり。

　天土能　可未許等余勢天　春花能　**佐可里裳安良多**　**之家牟**　等吉
能沙加利曽　**波居弓**　奈介可須移母我

　定訓は、契沖『萬葉代匠記』が原文に脱漏があるとしたことに従い、
上掲の原文「佐可里裳安良多」の「多」のところに「牟等」の2字を補
い、「佐可里裳安良牟等」として「盛りもあらむと」と訓み、また、こ
れに続く句の原文「之家牟」には「末」の1字を補うとともに、前句の
「多」をこの句に移し「末多之家牟」と変更して「待たしけむ」と訓む
ものである。

さらに、前掲の原文「波居弓」にも原文の脱漏があるとして「奈礼」の2字を補い、「波奈礼居弓」を原文として、「離れ居て」と訓んでいるものである。

従来の定訓がなぜこのように、古写本の原文にない多くの文字を補って訓んでいるのかを推察するに、補われている文字から判断すると、古写本の元の原文をすべて音仮名で訓もうとしても訓めないために、訓めるように音仮名の文字を補っているものである。

しかし、この長歌は全て音仮名で表記されているものではないことは明らかで、定訓のように音仮名の文字を補わずとも訓解可能な歌である。

■ 新訓解の根拠

「**佐可里裳安良多**」は、すべて音で訓み「**盛りもあらた**」と訓む。

「あらた」は、「顕著なさま。神仏の霊験や威徳の著しいさま。」(『古語大辞典』)。

「**之家牟**」の「之」は音の「し」ではなく、「至る」と訓む。

「之」を「イタル」と訓み得ることは、『類聚名義抄』に掲げられている。したがって、「**之家牟**」は「**至りけむ**」と訓む。

この長歌は、越中の国守である大伴家持が、京に妻を置いて越中の国府に赴任している部下が、地元の遊女とうつつを抜かしていることをたしなめた内容の歌で、上の部分は、その部下が天地の神の加護を受けて、春花の盛りのような顕著な境遇に至ったのであろう、との意である。

その部下が、神の加護により、今、国府に勤めるような官吏として人生の盛りを迎えているのだ、と諭しているのである。

なお、「佐可里裳安良多」の後に「尓」が脱字していると考え、「盛りもあらたに」と連用形で、つぎの「至りけむ」とつづけるのが自然であるが、形容動詞の語幹が名詞化した用法と考える。

「波居弓」の「波」は「つつみ」と訓み、「慎み」のことで「はばかり。遠慮。」(前同)の意である。

「波」を「ツツミ」と訓み得ることは、同じく『類聚名義抄』にある。

したがって、「**波居弓**」は「**慎み居て**」と訓み、「遠慮して居る」の意である。

歌のこの部分は、都にいる妻の思いを詠っているところで、夫(家持

の部下）の人生の盛り（すなわち、夫婦の最も良い時期）のときであるのに、妻ははばかり遠慮して都に残り、一人暮らしの寂しさを毎日歎いているのに、の意。

　このように、この歌は定訓のいうような原文の脱漏はなく、歌句の文字に対し、適切な訓を選択すれば訓解できる。

その2

新しい訓

> 奈呉の海の　沖を深めて　**さと馳せる**　君が心の　すべもすべ無さ

新しい解釈

> 奈呉の海の沖が急に深くなるように、**急に遊女に深く思いを向けてしまった**君の心は、どうしようもないものだ。

■これまでの訓解に対する疑問点
　ほとんどの注釈書は、前掲3番目の句の原文「**左度波世流**」を「さどはせる」と訓んで、「サドフの敬語。サドフはマトフと同じく、心が乱れる意か。」（『日本古典文学全集』）、「『さどふ』はマドフと同じか。『せ』は敬語。」（中西進『万葉集全訳注原文付』）、あるいは「血道をあげる意か。」（『新潮日本古典集成』）、「血迷う意か。」（伊藤博訳注『新版万葉集』）としている。

　しかし、「せる」を敬語と解するのは、国守・大伴家持が部下の放蕩を強く非難している場合の用語として、極めて不自然である。

■新訓解の根拠
「さとはせる」と清音で訓み、「**さと**」は副詞で「**動作や状態の瞬間的なさま。**」（『古語大辞典』）である。
「はせる」は「馳す」の未然形「馳せ」に、完了の助動詞「り」の連体

形「る」が付いたものである。

「馳す」には、「思いなどを向ける。」(『古語林』)の意がある。

　したがって、この部分の解釈は、遊女に心を奪われている部下を、奈呉の海の沖のように深く、急に遊女に思いを深く向けてしまった君の心はどうしようもない、と批判し、嘆いているものである。

巻第18　4108番

前掲4106番歌の反歌である。

新しい訓

> 　里人の　見る目恥づかし　左夫流子(さぶるこ)に　**さと馳す**君が　宮出(みやで)後姿(しりふり)

新しい解釈

> 　里の人が見るのも恥ずかしい、左夫流子に**急にのめりこんでしまった君の**、役所に出てくる後ろ姿を見るにつけ。

■これまでの訓解に対する疑問点

「左夫流子」は、遊女の名前。

　多くの注釈書は、第4句の原文「**佐度波須**」を「さどはす」と訓み、「迷っておられ」の意とするが、家持がその行状を非難している部下に対して敬語を用いるのは不自然である。

■新訓解の根拠

「さとはす」と訓み、前述のように「さと」は急に、「馳す」は思いを向ける、のめりこむの意で、左夫流子に「急にのめりこんでしまった」君の、の意に解すべきである。

「橘歌一首」の題詞がある、大伴家持の長歌。

その1

新しい訓

（長歌の部分）
　　天皇の　**上の大御代に**　田道間守　常世に渡り　八桙持ち
　参ゐ出来し時　**時及くの**　かくの木の実を　畏くも　残したまへれ

新しい解釈

　　天皇の**昔の御代に**、田道間守という人が常世の国に行き、多
　くの苗木を持って来たときに、**ちょうど適期の香り高い実を**、
　畏くもこの世に残してくださったので、

■これまでの訓解に対する疑問点

　まず、前掲2番目の句の原文「**可見能大御世尓**」の「可見」につい
て、「神」と訓んでいる『日本古典文学全集』が、「神のミ（乙）に
『見』（甲）をあてるのは違例」としている。『日本古典文學大系』にも、
同様の指摘がある。

　また、同7番目の句の原文「**時支能**」の「支」の部分は、京都大学
本、陽明本は「支」であるが、元暦校本、紀州本、神宮文庫本、西本願
寺本は「支」の肩に点を付した文字、広瀬本、類聚古集は「犮」となっ
ている。

　多くの注釈書は原文のままでは訓めないとして、澤瀉久孝『萬葉集注
釋』は「支」を「敷」の誤記とし、古典文学全集は「支」を「士久」の
誤りとする工藤力男説により、『岩波文庫　万葉集』も同様に「士久」
の2字の誤りとして、いずれも「時じくの」と訓んでいる。

■新訓解の根拠

「可見」は「かみ」（上）と訓む。

「可美都氣野」は「上野（かみつけ）の」と訓まれており、「美」も「見」も甲類の「み」であるから、「可見」は「上」と訓む。

「上」には「時代の古いころ。昔。」の意がある。また、「上」には「天皇」を指す場合もある（以上、『古語大辞典』）が、直前に「天皇の」とあるので、この歌の場合、「昔」の大御代にと訓むべきである。

つぎに、「支」は「及」の誤字と考える。「及」は「及く」の「しく」で、「時及能」は「時及くの」と訓む。

漢語の「及時」は「ときじく」と訓まれ、「物事を行う適当なときになること」の意（以上、『学研漢和大字典』）とされている。

したがって、「時及くの」は、漢語の「及時」の意のように、田道間守が常世よりこの世に残すのに適期の香り高い実（橘のこと）を持ち帰った、と橘の伝来を詠っているものである。

これに対して、この長歌の歌末に「等伎自久能」とあり、同じように「時じくの」と訓まれているが、この部分は「神の御代より　よろしなへ　この橘を　時じくの　香久の木の実と　名付けけらしも」と、橘の名前の由来を詠っている部分であるから、「いつという時を定めず香ぐはしい」の意である。

多くの注釈書は、どちらの「時じくの」も同じ意に解しているが、前者は、橘の伝来が良い時期であったことを「時及く」と表現し、後者は、名前の由来として、橘が時季を問わず麗しいことを「時じく」と表現しているもので、両者は異なるものである。

その2

新しい訓

> （長歌の部分）
> 　秋づけば　しぐれの雨降り　あしひきの　山の木末（こぬれ）は　**久しきに**　にほひ散れども　橘の　なれるその実は　ひた照りに　いや見が欲しく

新しい解釈

> 　秋になると、時雨が降り〈あしひきの〉山の木の末は、**長い
> 間をかけて**黄葉して散るけれども、橘の木になった実は、この
> 間もずっと照り輝いていて、ますます見たくなり、

■ これまでの訓解に対する疑問点

　前掲部分５番目の句の原文「久尓」の部分について、元暦校本、類聚
古集、広瀬本は「久尓」の表記であるが、鎌倉時代の仙覺が「久」と
「尓」の間に脱字があるとして「礼奈為」を補充して以来、紀州本、神
宮文庫本、西本願寺本、京都大学本、陽明本、寛永版本はいずれも「久
礼奈為尓」と表記し、「紅（くれなゐ）に」と訓んでいる。

　現代の注釈書もほとんど全部が「久礼奈為尓」の表記を前提として訓
んでおり、「久尓」の表記を前提とする訓を試みる論者がいないことが、
むしろ不可解である。

■ 新訓解の根拠

「久尓」は「久しきに」と訓む。長い期間をかけて、の意である。

　長歌のこの部分は、秋の情景を訓んでいるところであるが、秋になれ
ば時雨が何度も降り、一般の山の木の末は、長い期間をかけて色づいて
散るけれども、橘の実はその間もずっと照り輝いていて、いよいよ見た
くなる、と詠っているものである。

　すなわち、ここの歌趣は、秋になると山の他の木々は、久しい間色づ
いてそして枯れ散るが、橘の実はこの期間中においてもずっと変わらず
照り輝いている、と対比しているのである。

　したがって、「久しきに」も、「ひた照りに」も、時間の経過を示す詞
として用いられている。

　これを「紅に」と訓んだ場合、「紅に　にほひ散れども」と逆接にう
けて、「なれるその実は　ひた照り」と続けることは、「にほひ散る」こ
とと「ひた照る」ことは逆接の要因であるが、「紅に」は何の逆接要素
にもならない。「久しきに　にほひ散る」と「なれるその実は　ひた照

りに」となってこそ、逆接の関係になるのである。

　すなわち、「紅に　にほひ散る」ことと、橘の実の「ひた照っていること」を逆接に結ぶ効果が考えられないのである。

　また、「にほひ散れども」の「に」は赤色を連想させるが、万葉集において、「黄葉」の表記は66首もあるが、「紅葉」を意味する表記は「紅葉」（2201番）、「赤葉」（3223番）の各一首だけであることを知るべきである。

　1594番歌「紅に　にほへる山の」などから、「にほひ」に「紅」を連想したものと思われるが、2188番「黄葉の　にほひはしげし」、3907番「黄葉にほひ」があり、「にほひ」は必ずしも「紅」を連想させるものではない。

　「にほひ」とあるので、その前に「紅色」の木の葉を詠っているとする鎌倉時代の誤字説を、無批判に信じることは、疑問である。

前掲「橘歌一首」に幷せた短歌である。

新しい訓

> 橘は　花にも実にも　**満つれども**　いや時じくに　なほし見
> がほし

新しい解釈

> 橘は花にも実にも**満足しているけれど**、その時だけではな
> く、いつも見ていたいものだ。

■これまでの訓解に対する疑問点

多くの注釈書は、第3句の原文「美都禮騰母」を「見つれども」と訓
んでいる。しかし、この訓にはつぎの疑問がある。

1　「見つ」であれば、「花をも実をも」であり、「花にも実にも」
　　は不自然である。
2　「美都」と好字で表記されており、単なる「見つ」の表記とは
　　思われない。

■新訓解の根拠

「美都礼騰母」を「**満つれども**」と訓み、満足しているけれども、の意
である。

橘に対しては、その花にも実にも満足しているが、それ以外のとき、
すなわち長歌に「み雪降る　冬に至れば　霜置けども　その葉も枯れず
常磐なす　いや栄映えに」と詠んでいるように、花や実のない葉だけの
ときでも見ていたい、と詠んでいるのである。

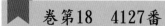

天平感宝元年（749年）7月7日、大伴家持が天の川を見上げて作った長歌にある反歌2首のうちの一首。

これまでの訓例

> 安の川 **こ向かひ立ちて** 年の恋 日長き子らが 妻問ひの
> 夜ぞ

新しい解釈

> 安の川、**ここに向かい立ちて**、年に一度の恋、その長い期間
> 待ち遠しい子らが、逢う夜であるのだ。

■ これまでの訓解に対する疑問点

　第2句の原文「**許牟可比太知弓**」を「こ向ひ立ちて」と訓んでいるのは、『日本古典文學大系』と澤瀉久孝『萬葉集注釋』である。

　しかし、古典文學大系は、「原作の『伊』を『許』と誤写したものであろう」としている。

　澤瀉注釋は、この歌の作者家持が「已向」（2011番）をイムカヒと訓むことに気づかず、「已向」（コムカヒ）と誤読していたため、本歌においても「こむかひ」と表記したとしている。

　このように、この両著も結局は「こ向ひ立ちて」は正しくないとしており、他の多くの注釈書に至っては、何らの説明もなく「い向ひ立ちて」と訓んでいる。「い」に対しては、何の意味も付していない。

■ 新訓解の根拠

　第2句の「許」は、「こ」と訓んで、指示代名詞で「場所を指示する。」（『古語大辞典』）ものである。

「許」は、「もと・ところ」の意味がある。3783番歌「許欲奈伎和多流」（こよ鳴き渡る）、4054番歌「許欲奈枳和多禮」（こよ鳴き渡れ）に用例がある。

　ここの「こ」は、初句の「安の川」を指している。

　上2句を「安の川　こ向かひ立ちて」と訓み、「安の川、ここに向かい立ちて」の意味である。

　この訓に対しては「こに」あるいは「ここに」とあるべきで、格助詞の「に」が原文にないことを指摘する論者がいるかも知れない。しかし、定訓は「安の川　い向い立ちて」と訓んでいて、「安の川に」の「に」が無いことと同じである。

　すでに述べたが、これまでの万葉歌の訓解において、「こ」「し」「か」などの指示代名詞が訓めていないことは、驚くべき通弊である。

　安易に、歌の作者あるいは筆記者の「誤」とすることは、万葉歌の「誤った修復」であると思う。

　この歌は前文によれば、大伴池主が大伴家持から送られてきた荷物
が、表書きと異なり中味が針袋であったので、本物と別物をすり替える
ことは罪が軽くない、倍に当たる物の返却をしなければ、直ちに徴使を
差し向けるから早速返答をせよなどと、大げさにおどけた書状を家持に
送った際に、家持の目覚ましにと添えた４首の歌の４番目の歌である。

新しい訓

> 　鶏が鳴く　東（あづま）を指して　**ふさ圧（へ）しに**　行かむと思へど　由（よし）も
> さねなし

新しい解釈

> 　〈鶏が鳴く〉東の方（越中の国）に向かって、**すべての責任を
> 取らせに**行こうと思っているが、決して理由があるのではない
> （冗談です）。

■ これまでの訓解に対する疑問点

　どの注釈書も、第３句の原文「**布佐倍之尓**」を「ふさへしに」と仮名
読みすることは一致しているが、下記のとおり語義が一致しておらず、
明らかではない。
　『日本古典文學大系』は「幸を求めて」、澤瀉久孝『萬葉集注釋』は
「幸を求めに（？）」、『新潮日本古典集成』および伊藤博訳注『新版万葉
集』は「この針袋に似合った旅をしに」、そして中西進『万葉集全訳注
原文付』は「認めて頂きに」とそれぞれ訳している。
　『日本古典文学全集』、『新編日本古典文学全集』、『新日本古典文学大
系』、および『岩波文庫　万葉集』は、「ふさへしに」のままで、訳をし
ていない。

■新訓解の根拠

　初句「鶏が鳴く」は第2句の「東」の枕詞、「東を指して」は、池主のいる越前国より東の方にある家持のいる越中の国を指しての意であろう。

　「ふさ」は「総」の意で、**「束ねて」「みんな」**の意。

　「へし」は「圧す」の連用形で、**「負かす。へこます。」**の意（『新選古語辞典新版』）である。

　したがって、「ふさ圧しに」は「束ねて負かしに」「全部負かしに」の意になる。

　すなわち、池主は家持の針袋事件に対し、前文において、徴使を派遣するとか、断官司の庁下に訴えると書き送っているように、歌においても戯れて、家持の行為を束ねて懲らしめる（全部責任をとらせる）ために、家持のいる東の越中に行こうと思うけれど、と詠っているのである。

　しかし、結句で「由もさねなし」と本当のところ理由はないと、すべて冗談であることを認めている。

　家持が、750年3月1日の暮れ、春苑の桃李の花を眺めて作りし歌2首と題詞がある歌の一首。巻第19の巻頭に置かれている歌である。

定訓

> 　春の苑　紅にほふ　桃の花　**下照る道に**　出で立つをとめ

新しい解釈

> 　　自分の住んでいる館の園は、春のまっ盛りで桃の花が紅に咲き匂っている、その桃の**花明かりに照らされた道**に乙女が今立っているのだ。
> 　（寓意）
> 　　いま桃の花が咲き匂うように、**人生の春を好運に恵まれ輝いている私に照らされて**、その下でこれから立ち暮らすことになる（都から来た）妻よ。

■これまでの解釈に対する疑問点

　本歌に対しては、これまでつぎのような注釈がある。

　　1　2句切れであるか、3句切れであるか。
　　2　絵画的な詠歌である。
　　3　中国詩文の影響による歌である。

　1については、私は3句切れと考える。上記寓意のように、上3句は家持自身のこと、下2句は妻のことを詠んでいるからである。
　2については、題詞とは異なり、実景をそのまま詠んだ絵画的な歌でないことは、新解釈で述べる。

　３について、家持に中国詩文の教養があったことは否定できないが、詩文の知識が詠歌の動機になるものではない。むしろ、後掲4059番歌に感動し、それを真似ている。

■新解釈の根拠

1　妻を越中に連れてきたこと

　749年秋、家持は公務で都に赴いた帰り、都に遺していた妻を任地の越中に連れて帰った。それが、その年の内であることは、750年３月に、妻に代わって都に居る妻の母に歌（4169番、4170番）を贈っていること、同年２月18日詠歌の4138番歌に礪波郡に宿りすると妹（妻）に告げる歌を詠んでいることから推察できる。

　本歌は、その750年の３月１日に詠まれたもので、国守赴任以来３年余りも単身赴任であった家持が、妻と同居する喜びは大きく、この詠歌のときも続いていたであろう。

2　自分の将来に対する好運を信じていた時期であること

　家持は、勤務している朝廷における派閥の、橘諸兄・元正上皇のグループに属していた。対抗勢力は、藤原仲麻呂・光明皇后グループであった。

　749年３月23日、橘家の使者・田邊福麻呂が越中に来て、橘諸兄・元正上皇の関係が良好であることを伝え、両者の宴における歌を披露した。

　　（諸兄の歌）
　　　4056　堀江には玉敷かましを大君を御船漕がむとかねて知りせば
　　（御製）
　　　4058　橘のとをの橘八つ代にも我は忘れじこの橘を
　　（河内女王の歌）
　　　4059　橘の下照る庭に殿立てて酒みづきいます我が大君かも

　これらによって、家持は諸兄の権勢の益々の隆盛を信じ、自己の将来に好運の夢を描いたであろう。

その上、5月、陸奥国から大仏鋳造に用いる金が出土したことを慶ぶ聖武天皇の詔書に、大伴家を褒める詞があったこと、およびその際の叙位で家持も従五位上に昇位したことにより、家持は聖武天皇までも自分の後ろ盾のように感得し、自分の将来に対する運気を絶対のものと信じ、精神的に異常に高揚していたのである。

3　妻を迎えて好運に満ちた春

　自分の好運に浸り、妻を任地に連れ帰って2〜3カ月の家持は、春を迎え花が咲き出した北国の館の園に居て、昂る気持ちの中で詠んだのが本歌である。家持の得意絶頂のときの歌であるので、巻第19の巻頭に飾っている。

　今の自分は紅に匂う桃の花のような存在で、その花の下照りの中に連れて来た妻がいるのだという心象風景である。

　それは、約1年前、田邊福麻呂から聞いて感動した前掲河内女王の歌が家持の心を強く捉えて影響していたのである。

　その歌において、橘諸兄の隆盛を讃えるために、橘の姓を常磐の木である橘の花に擬えて「橘の下照る庭に」いる元正上皇と詠んだ歌の表現を借りて、家持は自分を「桃」の花に見立てて「紅にほふ　桃の花　下照る道に」いるをとめ（妻）と詠んだのである。

　両歌の対応関係は、つぎのとおりである。

　　（春の苑　紅にほふ）
　　　桃の花　　下照る道に　出で立つ　　　　　　　　　　をとめ
　　　橘の　　　下照る庭に　殿立てて（酒みづきいます）我が大君かも

　すなわち、家持の歌は家持である「桃の花」を修飾するため、上2句に「春の苑　紅にほふ」の句を置いたものであるのに対し、河内女王の歌は「我が大君」を修飾するために第4句に「酒みづきいます」の句を挿入しているだけの違いであり、その他の句の歌の構成は全く同じと言ってよいのである。

　なお、家持が他人の歌を借りて詠んだ他の例として、つぎの歌がある。

山上憶良の798番歌

　　妹が見し　あふちの花は散りぬべみ　我が泣く涙いまだ乾なくに

家持の469番歌

　　妹が見し　屋前に花咲き時は経ぬ　我が泣く涙いまだ乾なくに

大伴家持が、国府の近くの寺井に咲くカタクリを詠んだ歌。

新しい訓

> もののふの　八十娘子(やそをとめ)らが　**汲み乱る(く)**　寺井の上の　堅香子(かたかご)
> の花

新しい解釈

> 〈もののふの〉たくさんの娘子たちが、**まちまちに行き交って**
> **水を汲んでいるような、**寺の井戸のほとりに咲き乱れているカ
> タクリの花よ。

■ これまでの訓解に対する疑問点

　定訓は第３句の「乱」を「まがふ」と訓み、すべての注釈書はこれに
従っている。

　しかし、「上代語では、女性の髪とか篠(しの)などの条線状のもの
がもつれる場合は『乱る』とし、雪とか花びらなど点や小片のものが入
り混じるのを『まがふ』としていることが多い。」(『古語大辞典』語誌)
といわれている。

　また、万葉集において、「まがふ」「まがひ」「まがへ」と訓まれている
歌は、つぎのとおりある。

　　135　（長歌の部分）黄葉の　散りの乱ひに　妹が袖　さやにも見
　　　　　えず
　　137　秋山に落つる黄葉しましくはな散り乱ひそ妹があたり見む
　　838　梅の花散り乱ひたる岡びには鶯鳴くも春かたまけて
　　844　妹が家に雪かも降ると見るまでにここだもまがふ梅の花かも

1550　秋萩の散りの乱ひに呼びたてて鳴くなる鹿の声の遥けさ

1640　我が岡に盛りに咲ける梅の花残れる雪をまがへつるかも

1747　（長歌の部分）咲きををる　桜の花は（略）しましくは　散りな乱ひそ

1867　阿保山の桜の花は今日もかも散り乱ふらむ見る人なしに

3303　（長歌の部分）黄葉の　散り乱ひたる　神なびの　この山辺から

3700　あしひきの山下光る黄葉の散りの乱ひは今日にもあるかも

3963　世間は数なきものか春花の散りのまがひに死ぬべき思へば

3993　（長歌の部分）　卯の花は　今ぞ盛りと（略）乎布の崎　花散りまがひ

　これらの歌によっても、「まがふ」「まがひ」「まがへ」は、黄葉・花・雪が「散る」「降る」の状態を表現するときに用いられている。

　本歌の堅香子（カタクリ）の花は、花びらが散るという状態ではなく、「散る」「降る」に関係のない歌であるから、「乱」を「まがふ」と訓むことに大きな疑問がある。

　ほぼ同様の疑問に基づき、間宮厚司『万葉異説』は「乱」を「サワク」と訓むべきだとする先行研究がある。

■ 新訓解の根拠

　第4句までは、寺の井泉に多くの娘たちが、まちまちに行き交って水を汲みにきて混雑している状況を詠っている。

　そして、その井泉のほとりには紅紫色の優美なカタクリの花が、たくさんあちこちに咲いているのである。カタクリの花は、群生して咲く習性がある。

　歌の作者・大伴家持は、井戸のほとりに咲き乱れるカタクリの紅紫色の優美な花の群生に、紅い頬の娘子たち、あるいは紅色の着物を着た娘子たちが、井泉に水汲みにやって来て入り交じる光景を想像し、重ね合わせて詠っているのである。

　したがって、「乱」は「入り交じる」の意である「乱る」と訓むことが相応しく、これに対して定訓の「まがふ」は「混じり合って区別がつ

かない。」（以上、前掲『古語大辞典』）の意で、「区別がつかないこと」
に重点がある。

　いくらなんでも、井泉に集まる娘子とカタクリの花が、混じり合って
区別がつかないと詠んでいるわけではなく、井泉に集まる娘子のように
カタクリの花が、井泉のほとりに乱れ集まっていると、詠っているにす
ぎないのである。

　また、カタクリの花の花弁のそれぞれは、細く長く、前記「まがふ」
と詠まれている歌の梅・桜・萩の花弁と全く形状が違う。むしろ、日光
の有る無しによって、開いたり閉じたりするカタクリの細く長い花弁は
咲き「乱る」の詞が相応しいのである。

　なお、前記間宮氏の新訓「汲み騒く」は前句の「八十娘子らが」に素
直に繋がりやすく、娘子らが井泉の水を賑やかに汲んでいる光景には相
応しいが、結句の「堅香子の花」とは結び付かない。

　第３句「挹乱」は第２句だけではなく、結句にもかかる詞と解するの
で、「堅香子の花」に「騒く」は不自然で、「乱る」と訓むことが相応し
いと考える。そうすると、「汲み乱る」は「汲み乱るる」であるべきと
する指摘はもっともであるが、万葉集において連体形で詠むべきところ
を、字数の関係で終止形に詠んでいる歌があることは、既述したとおり
である。

　同じ家持の歌の4156番歌に「流辟田乃」（ながるさきだの）がある。

　以上により、この歌は「乱」を敢えて「まがふ」と訓む理由はない。

　なお、題詞に「堅香子草の花を攀ぢ折りし歌」とあり、家持が井泉の
まわりのカタクリの花を見て、その１本を手折って持ち、可愛い娘子の
ようだと思いながら詠んだ歌と解する。

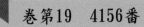
大伴家持の「鸕を潜くる歌一首」との題詞のある長歌。

新しい訓

> あらたまの　年行きかはり　春されば　**花はだにほふ**（後略）

新しい解釈

> 〈あらたまの〉年が過ぎて変わり春になれば、**花は一斉に色づき**

■これまでの訓解に対する疑問点

　この長歌の４番目の原文は諸古写本一致して「**花耳尓保布**」であるが、澤瀉久孝『萬葉集注釋』によれば、「耳」は「開」の誤字とした賀茂真淵『萬葉考』に従い、「花ノミにほふ」より「花サキにほふ」の方がおちつく、と注釈している。

　私は、誤字説には賛同できないが、上掲載部分は長歌の冒頭であり、その後に「あしひきの　山下響み　落ち激ち　流る辟田の　川の瀬に　鮎子さ走る　島つ鳥　鵜飼ひ伴へ　篝さし　なづさひ行けば（後略）」と続く歌であり、「花」だけを詠っている歌ではないので、「花のみにほふ」と訓むことにも違和感がある。

■新訓解の根拠

『類聚名義抄』（佛中　一）に、「耳」に「ハタ」の訓がある。

『古語大辞典』には「はだ［副詞］　はなはだ。非常に。」とあり、3745番歌「波太奈於毛比曾」（はだなおもひそ）の例を掲げている。

『学研漢和大字典』によれば、「耳耳」（じじ）は、「豊かで盛んなよう

す。」とある。

　したがって、本歌の「耳」を「はだ」と訓み、「**花耳尓保布**」は「**花
はだにほふ**」である。

　この句のつぎに、前掲のように「山下響み　落ち激ち　流る佐紀田の
川の瀬に」と、春になれば、川の水の流れが非常に多くなる状況を強調
して詠っていること、と呼応する。

「勇士の名を振るふを慕ふ歌一首」の題詞がある大伴家持の長歌。
山上憶良の歌に追和したものとの左注がある。

新しい訓

（前略）
剣大刀　腰に取り佩き　あしひきの　八つ峰踏み越え　**さし**
捲くる　心もやらず　後の世の　語り継ぐべく　名を立つべし
も

新しい解釈

剣大刀を腰につけて武装し、〈あしひきの〉多くの山を踏み
越えて、**敵を追い払うこと**に怯むことなく、後の世の人に語り
継がれるような勇名を立てるべきものだ。

■これまでの訓解に対する疑問点

上掲の中ほどの「さしまくる」（原文**「左之麻久流」**）の「まくる」は
「任く」の連体形で、「任命」の意に解する注釈書が多い。

しかし、「任命する天皇の心」と解釈するには、「天皇の御心」と訓
める原文がなければならない（「御心」の例は、36番、478番、813番、
4094番の各歌にある）。

また、「心」を歌の作者の心と解する場合は、「任命された心」であ
り、中西進『万葉集全訳注原文付』が指摘するように「正しくは受身表
現の所」であり、「任く」は受身形の「任くるる」でなければならない。

したがって、「まく」は「任く」ではないと考える。

■ 新訓解の根拠

「痲久」の「まく」は、「**捲く**」と訓む。

「捲く」の意に、「包囲する。取り巻く。」(『古語大辞典』)、「ものをはがし取る。追い立てる。」(『岩波古語辞典』) がある。

　また、「捲りだし」は「力づくで追い出す。追い払う。」、「捲り立て」は「激しく追い立てる。」(前同) の意とされている。

　本歌において、「捲く」の前に「投矢持ち　千尋射わたし　剣大刀腰に取り佩き　あしひきの　八つ峰踏み越え」と、武装して進行する表現があるので、「捲く」は武力により敵を取り巻き追い払う意に用いられていると考える。

「さし」は、強調の接頭語。

　左注の「山上憶良の歌に追和したもの」の歌は、つぎの歌であろう。

　　978　男やも空しくあるべき万代に語り継ぐべき名は立てずして

　家持は、武門の名家の出身、それゆえ武功により後世に名を遺したいと願ったのが本歌であろう。

　その家持は、武功により名を遺せなかったが、誰よりも多くの歌を万代に遺し、その名が語り継がれることになったのである。

時鳥の暁に鳴く声を思って、大伴家持が作った歌。

新しい訓

時鳥（ほととぎす）　来鳴き響めば　**草取らむ**　花橘を　屋戸には植ゑずて

新しい解釈

　時鳥がやって来て、けたたましく鳴くようになれば、**草むらに網を張って捕ろう**、時鳥が寄って来る花橘の木を家には植えないで。

■これまでの訓解に対する疑問点
　第3句の原文「草等良牟」の「草取らむ」に対する各注釈書における解釈は、つぎのとおりである。

『日本古典文學大系』	「田の草を取ろう。」
『日本古典文学全集』	語義未詳
澤瀉久孝『萬葉集注釋』	「葛を引きながら」
『新潮日本古典集成』	「野外の仕事にいそしみながら」「初夏に有用な草を採集することをいうか。」
『新編日本古典文学全集』	「草取ルは語義未詳。」
『新日本古典文学大系』	「草を手に取ろう。」何の草か不明。
中西進『万葉集全訳注原文付』	「田の草をとろう。」「霍公鳥が勧農の鳥とされる後代の習慣が、すでにあったか。」

| 伊藤博訳注『新版万葉集』 | 「野に出て草を摘みながら」 |
| 『岩波文庫　万葉集』 | 「あやめ草を手にとってホトトギスを招きよせようという歌意か。」 |

　しかし、古典文學大系および澤瀉注釋に対しては、1942番歌の原文「田草引」を「葛を引く」と訓解するが、本歌は「田」の表記がないのに「田草を取る、葛を引く」などと解するのは、恣意的に過ぎる。

　また、上掲すべての解釈について、この歌と4171番は、共に題詞として「時鳥の暁に鳴く声を思ひて」とあり、4171番歌は暁に鳴く時鳥の初声を「起きつつ」聞きたいと詠っている歌であるから、本歌を、暁、すなわち夜の明ける前から農作業をしながら、あるいは草を摘みながら、時鳥の声を聞きたいと詠っていると解釈することは、不自然である。

■新訓解の根拠

「**草取る**」は、「**鳥を捕まえる**」ことであることは、1943番歌（シリーズⅢ）において既述したとおりである。

　鷹狩りは万葉以前の時代から行われており、鷹に襲われ草の中に落とされた鳥、あるいは草原にいる小動物に鷹が飛びかかって襲うなどして、生け捕りにすることの用語である。

　鷹狩りでは鷹に襲われた時鳥が死んでしまうことがあるので、網をさして生け捕りにしたと思われるが、草原などで網にかかった鳥を捕まえることを一般的に「草取る」といったものである。

　2750番歌において、旅の目的地で旅装を解くことを簡略に「馬下り」と詠んでいるが、本歌の「草取る」も草原で鳥を捕まえることの簡略な表現である。

　万葉時代、時鳥の声は異常に好まれ、暁まで寝ないで待って聞くとか、時鳥の声を近くでいつも聞けるように、時鳥が好んでやって来て鳴く橘の木を家の庭に植えるとか歌に詠われているが、本歌は夜遅くまで待っていなくとも、また橘の木を植えなくとも、もっと確実に容易に時鳥の声を聞ける方法として、網をさして時鳥を生け捕りにしようと詠っているものである。

　現に本歌の作者・家持は、10首後の歌で、時鳥を網捕りにしたいと
詠っている。

　4182　時鳥聞けども飽かず網捕りに捕りてなつけな離れず鳴くがね

　また、鳥を捕まえる「草取り」は夜行われていたことは、つぎの歌か
ら窺える。

　1943　月夜よみ鳴く時鳥見まく欲り吾草取れり見む人もがも
　3917　時鳥夜声なつかし網ささば花は過ぐとも離れずか鳴かむ

　なお、土屋文明『萬葉集私注』に、同様の解釈がある。

「筑紫の大宰の時の春苑の梅の歌に追和せし一首」と題詞のある大伴家持の歌。左注に「興に依りて作る。」とある。

新しい訓

　　春のうちの　楽しき終へは　梅の花　**手折り置きつつ**　遊ぶにあるべし

新しい解釈

　春の間の楽しみの極みは、梅の花を**手折らないままで**、楽しむようにすべきである。

■ これまでの訓解に対する疑問点

多くの注釈書は、つぎの2首を掲げて、この歌を解説している。

　　815　正月立ち春の来らばかくしこそ梅を招きつつ楽しき終へめ
　　3901　み冬継ぎ春は来たれど梅の花君にしあらねば招く人もなし

　815番歌は、家持の父・旅人の大宰府の邸宅で開かれた梅花の宴で詠われた大弐紀卿の歌、そして、3901番歌は、本歌とほぼ同様の題詞のある歌6首（ただし、元暦校本には、大伴書持の歌とある）のうちの（定訓による）一首である。

『新編日本古典文学全集』は、「春のうちの　楽しき終へ」を「春におけるさまざまな遊びの中の最高、の意か」と解して、本歌の歌意を「春のうちの　何よりの楽しみは　梅の花を手折って呼び寄せ　遊ぶことだろう」としている。

　他の多くの注釈書も、ほぼこれと同じ。

　しかし、前掲3901番、また3905番歌において既述したように、本歌も大宰の時の春苑の梅の歌に対し、新しい感覚で追和した歌と見るべきである。

■新訓解の根拠

　大宰府の宴で詠われた32首の歌のなかに、梅や柳を手折ってかざすと詠んだ歌が11首ある。すなわち、大宰府の宴で歌を詠んだ人は、梅の花を手折ってかざすことが、楽しさの極みと考えていたようである。

　しかし、その時より20年経った後の家持は、本歌において、「春のうちの楽しみの極みは、梅の花をずっと手折らないままで楽しむことである」と詠んでいるものである。

　本歌の原文「**手折乎伎都追**」は、定訓によると「**手折り招きつつ**」で、大宰府的な歌では当然このように訓まれるが、家持は「乎伎」の「乎（を）」を仮名違いの「お」に訓んで、「置き」と訓み、「置く」を「やめる。ひかえる。」（『岩波古語辞典』）の意に用いて、「梅の花をずっと手折らないことが楽しみの極みであるべきだ」と大宰府の人たちと全く正反対の興趣を詠っているのである。

　この歌の左注に「興に依りて作る」とあるが、家持は大宰府の歌を仮名違いの詞を用いて面白がっているのである。

　梅の花を手折ってかざすことが、梅の花を最大限に楽しむことだと思っていた大宰府の多くの歌詠みの世代とは異なり、家持は、梅の花を身辺を飾る物としてではなく、梅の花の自然な姿に感情移入できる世代であったのである。

　それは、家持のつぎの歌に表れている。

　1649　今日降りし雪に競ひて我が宿の冬木の梅は花咲きにけり

　また、前記3901番の歌と連作の6首のなかにも、つぎの歌がある。

　3904　梅の花いつは折らじといとはねど咲きの盛りは惜しきものなり
　3905　遊ぶ内の楽しき庭に梅柳折りかざしてば思ひ並みかも

もはや、家持（あるいは書持）は、大宰府の歌詠みのように、梅の花を手折ってかざすことを遊びの極みとは思っていないのである。

　それゆえ、本歌を815番歌と同歌趣とみて、「楽しさの極みは梅の花を手折ることだ」と解釈するのは問題である。それでは、左注に「興に依りて」と断っている意味もない。

　家持の父・旅人の讃酒歌（338番以下）の「何何は」との詠い方を真似ている点にも注目すべきで、諧謔の歌として詠われている。

　また、前掲3901番以下6首の歌は、左注に天平12年の作とあるので、これらの歌の作者が書持であるとすると、大宰府の宴から10年後に書持が新しい価値観の歌を詠んでいたことになる。

　家持が、弟・書持の早世を惜しんだ気持ちが理解できる。

大伴家持が鵜を大伴池主に贈ったときの歌である。

新しい訓

> 鵜川立ち　取らさむ鮎の　**其が端は**　我れにかき向け　思ひ
> し思はば

新しい解釈

> 　川で鵜飼をして取られるだろう鮎の、**沢山取ったその端っこ
> でも**、私に掻き集めて送ってください、その気持ちがあれば。

■これまでの訓解に対する疑問点
　定訓は、第3句の原文「之我波多波」の「波多」を魚のひれの「鰭」
と訓んでいる。
　家持が親しい大伴池主に、鵜を贈って、鵜飼遊びを勧めた歌で、取れ
た鮎を送って下さい、とおどけて言うにしても、小さい魚である鮎の鰭
をかき集めて送ってくれとは詠わないと思う。

■新訓解の根拠
　第3句「波多」は「端」で、はし（端）の意である。また、「其が」
の「し」は「その」の意の指示代名詞で、鵜を使ってたくさんの鮎が取
れたら、その端の方にある鮎の意である。
　それゆえに、第4句「我れにかき向け」とは、私のために、沢山の鮎
の端っこにある、その鮎を掻き集めて、差し向けて、すなわち送って欲
しい、と詠っているのである。
　多くの注釈書は、「かき向け」の「かき」を接頭語と解しているが、
端に散らばっている鮎を掻き集める意の実動作を伴った詞である。

　この歌の題詞に「太政大臣藤原家の縣犬養命婦の天皇に奉る歌一首」とあり、藤原不比等の妻の縣犬養三千代が、聖武天皇に奉った歌である。

　　新しい訓

┌───┐
│　　天雲を　**秀_ほろに踏み敵_{あた}し**　鳴る神も　今日にまさりて　畏_{かしこ}け│
│めやも　　　　　　　　　　　　　　　　　　　　　　　　　　　　　│
└───┘

　　新しい解釈

┌───┐
│　　天雲を、**その上に現れて踏み抑え**鳴る雷神も、（天皇がい│
│らっしゃる）今日以上に恐れることはあろうか、いやないだろ│
│う。　　　　　　　　　　　　　　　　　　　　　　　　　　　│
└───┘

■これまでの訓解に対する疑問点
　各注釈書は、第2句の原文「**富呂尓**」を「ほろに」と訓んで「ばらばらに」の意、同「**安太之**」を「あだし」と訓んで「荒らす」と同じ意と訓解している。
　しかし、雷が天雲をばらばらに踏み荒らす、との表現は不自然である。

■新訓解の根拠
「**富呂尓**」は「**秀ろに**」と訓む。「秀」は「他よりも高くひいでていること。表面に現れ出ること。」（『新選古語辞典新版』）である。
「ろ」は、間投助詞で、意味を強めている。
「**安太之**」は「**あたし**」と訓み、「敵す」の連用形。「敵す」は「侵略する。」の意である。「太」を「た」と訓む例は、4113番歌「末伎太末不」

（まきたまふ）にある。

したがって、上3句の意味は、天雲の表面に出て押さえつけ侵略し、雷鳴を轟かしている雷神も、である。

これを受けて下2句は、そのような雷神でも、威厳ある天皇がいらっしゃった今日以上に、怖れることはあろうか、いや、そのようなことはない、と天皇を讃えている歌である。

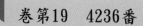
作者未詳の「死にし妻を悲傷せる歌」とある長歌。

新しい訓

> 天地の　神はなかれや　愛しき　我が妻離る　光る神　**馴る**
> **肌娘子**　携ひて　ともにあらむと　思ひしに（後略）
> （をとめ）

新しい解釈

> 　天地に神はいないのか、愛しい私の妻が去って、雷神が「な
> **る**」の**馴れた肌の妻と**手を取り合って、一緒に生きようと思っ
> ていたのに、

■ これまでの訓解に対する疑問点
　第6句の原文「鳴波多㜪孃」について、注釈書のほとんどすべてが、
「鳴りはた娘子」と訓んでいるが、「はた娘子」の「はた」について意味
不詳としている。
『日本古典文學大系』は地名とし、『新潮日本古典集成』および伊藤博
訳注『新版万葉集』は氏の名かとし、中西進『万葉集全訳注原文付』は
その両者のいずれか、としている。
　また、多くの注釈書は「光神」を「雷」とみて、雷鳴りが「はた」を
導く序詞と解釈している。

■ 新訓解の根拠
「鳴波多」の「鳴」は「馴る」の「なる」と訓む。この「なる」を導く
ために、その前に「雷鳴る」の「光神」が詠まれている。
「波多」は「はだ」で**「肌」**である。「多」を「だ」と訓む例は、4113
番歌「古之尓久多利来」（越にくだりき）にある。

　「馴る肌娘子」は「長く一緒に暮らし、その肌にも馴れ親しんだ妻」の
ことである。

　「馴る」の活用形からいえば、ここは連体形で「馴るる肌娘子」である
が、8字の字余りになるので、終止形で表現している。

　同様の例は、4106番歌「流水沫能」（流るみなわの）、4156番歌「流辟
田乃」（流る辟田）などにある。

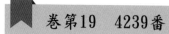

天平勝宝3年（751年）4月16日、大伴家持が時鳥を詠んだ歌とある。

新しい訓

二上の　峰の上の茂に　**許<ruby>許<rt>もと</rt></ruby>げにし**　その時鳥　待てど来鳴かず

（ふたがみ／を／へ／もと）

新しい解釈

　二上山の峰の上の茂みに**居所らしくしている**、その時鳥は待てど飛んで来て鳴いてくれない。

■これまでの訓解に対する疑問点
　類聚古集の第2句の末の「尓」と第3句の「許」の語順が逆であるが、他の諸古写本において、第3句の原文は「許毛尓之」である。
　この原文に対し、賀茂真淵『萬葉考』が、「毛」と「尓」の間に「里」の脱字があるとして、「許毛里尓之」とし、「籠りにし」と訓んだことに、定訓は従っているものである。
　しかし、大いに疑問がある。

■新訓解の根拠
「許」は「もと」と訓む。「そこ許」「国許」の語があるように、「許」は「所。居所。」（『古語大辞典』）を示す。
「毛」は「げ」と訓んで、「（名詞に付いて）……のけはい、……らしさの意を添える。」（前同）の意。
「毛」を「げ」と訓む例は1383番歌「名毛伎世婆」（なげきせば）にある。

60

「里」を補って「籠り」と訓まずとも、「許毛」を訓読みすれば「許げ」
と時鳥がいるらしい場所であるの意に解することができる。
　真淵が軽々に脱字説を持ち出し、また後世の人がこれに与すること
は、万葉歌の詠み人の気持ちを尊重することではなく、万葉歌の訓解に
おいて、最も慎むべきことであろう。

　題詞に、大伴家持が少納言に遷任したとき、悲別歌を作り朝集使掾久
米広縄の館に贈り残した歌とある。

新しい訓

> 　あらたまの　年の緒長く　相見てし　その心引き　**はた忘れ
> やも**

新しい解釈

> 　（あらたまの）長い年月にわたり交際をしてご厚情頂いたこと
> は、**なんといっても忘れることがありましょうか（そんなこと
> はない）**。

■ これまでの訓解に対する疑問点
　結句の原文「**将忘也毛**」について、古写本の訓は「わすられめやも」
と「わすられぬやも」が拮抗しており、定訓は「わすらえめやも」と訓
んでいる。
　そして、多くの注釈書は「え」は、自発あるいは可能の助動詞「ゆ」
とし、その未然形の「え」と解している。
　しかし、それぞれ「れ」、「ぬ」、「え」に対する表記はなく、それ故に
こそ都合の良い文字を添えて、このように三様に訓まれているものであ
る。
　その原因は、「将」は意志の助動詞「む」であると決めつけている結
果、表示にない文字を添えなければ「わすらめやも」の６字の字足らず
になるからである。

■新訓解の根拠

　この歌の「**将**」は、副詞の「**はた**」と訓むべきである。

「やも」は「反語に詠嘆を添えた意を表す。」（『古語大辞典』）語であるから、「はた」は「否定の語を伴ってこれを強める語。なんといっても。およそ。」（前同）の意である。

　副詞「はた」の例は74番歌「はたや今夜<rt>こよひ</rt>も」、953番歌「はた逢はざらむ」にあるが、後掲1949番補注で述べるように、「将」を「はた」と訓むべきである歌は多数ある。

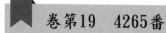

この歌は、孝謙天皇が入唐使・藤原清河らに下賜した長歌の反歌。

新しい訓

> 四つの船　早帰り来と　白香付け　我が裳の裾に　**鎮めて待たむ**

新しい解釈

> 4艘の舟全部が早く帰国するようにと、わが裳の裾に神事の**白香を付け留めて住まわせ、祈って待ちましょう。**

■ これまでの訓解に対する疑問点

　長歌の中に、「大神乃　鎮在國曾」という原文があり、『日本古典文學大系』は「鎮むる國そ」と訓んでいるが、他の多くの注釈書は「斎へる国そ」と訓んでいる。

　『日本古典文学全集』は、「斎ふ ── 無事を祈って汚れを遠ざけ、人に触れられないように努めることをいう。」と注釈し、訳文では「大神が慎み守りたまう国である。」としている。

　反歌の結句の原文「鎮而将待」については、古典文學大系をも含めて、注釈書は「いはひて待たむ」と訓んでいるものである。

■ 新訓解の根拠

「鎮」は「鎮む」の連用形「鎮め」と訓む。

「鎮む」は「（神霊などを）一定の地に安らぎ留め住まわせる。」（『古語大辞典』）の意がある。

「白香」は、神事用に麻や楮（こうぞ）などを細かく裂いて束ねたもの。

　孝謙天皇は、長歌で詠っているように、我が国は大神が鎮め護ってくれる国であるから、その神霊を自分の裳の裾に留め住まわせて、遣唐使の船が無事帰国することを待とう、と詠っているものである。

　この歌の背景に、神功皇后の鎮懐石の伝説がある。813番歌に、神功皇后が新羅の国を征討するときに、石を袖の中に挿み著けた（実はこれは御裳の中なり）との題詞があり、「婦人の裳には神秘な力があると信じられてゐたやう」（澤瀉久孝『萬葉集注釋』）なので、女性である孝謙天皇はこの故事に基づき、本歌において「我が裳の裾に　鎮めて待たむ」と詠ったものと考える。

天平勝宝5年（753年）正月12日、大伴家持が内裏において、千鳥の鳴くのを聞いて作った歌である。

新しい訓

> 河渚（す）にも　**雪は降れれば**　宮の裏（うち）に　千鳥鳴くらし　居む処無み

新しい解釈

> 河の渚にも**雪が降っているから**、居る処がないので、宮殿の内裏にきて千鳥が鳴いているにちがいない。

■これまでの訓解に対する疑問点

第2句の原文「**雪波布礼〻之**」を定訓は「雪は降れれし」と訓み、多くの注釈書は「降れり」の已然形に強調の助詞「し」が付いたものと説明している。

しかし、澤瀉久孝『萬葉集注釋』は「已然形に助詞『し』がついた例が無い」といい、『日本古典文学全集』も同様の疑問があるとして「後考を待つ。」としている。

私は、こういう場合、なぜ「之」に対して、他の訓例を考えないのか、その発想が生まれないのか、そのことが疑問であり、再考を促したい。

■新訓解の根拠

「之」を「ば」と訓む。

「之」を「ば」と訓む例は、1386番歌「水手出去之」（こぎでなば）、1824番歌「春去來之」（春去り来れば）、1829番歌「家居之」（いへをら

ば）にある。

　よって、本歌の第2句「雪波布礼ゝ之」は「雪は降れれば」と訓む。

　これは順接の確定条件の接続助詞「ば」であり、文法上、何の疑問も
ない。

　なお、前掲古典文学全集、および中西進『万葉集全訳注原文付』は、
「雪は」の「は」を主格の「は」として、下に逆接となるのが通常とい
い、この点の疑問を提示しているが、この「は」は強調の「は」であ
り、主格の「は」ではないと解する。

「河渚にも　雪は」と、「にも」を用いて河渚でも雨ではなく雪である
ことを強調しているのである。

巻第19　4290番

　本歌に続く4291番、4292番の歌と合わせ、大伴家持の「春愁３首」と言われている。大正時代から、春の愁いを詠んだ歌として家持の感性が評価されるようになったと言われているが、この訓解および評価は安直に過ぎると考える。

　これら３首は、何ともいえない生への悲しみを詠んだ思春期の歌というものではなく、当時すでに36歳の壮年であった家持が、朝廷という職場において、自己の栄達の後ろ盾と信じていた左大臣・橘諸兄の信用を失い、今後の出世も見込めなくなり孤立してゆく不安、愁いを、春景の中に生きる小さい生き物に心を寄せて詠んでいる歌である。

「春愁３首」を解説する前に、この３首が詠まれる前後の、家持と橘諸兄の関係を示す万葉歌を摘出し、「背景」として明らかにする。

背景
746年（天平18年）家持29歳

　１月の大雪の日、左大臣・橘諸兄に率いられ、諸王諸臣と共に元正上皇の御在所に参上して掃雪の奉仕し、肆宴において、詔に応えて歌を奏上した。

> （諸兄の応詔歌）
> 3922　降る雪の白髪までに大君に仕へ奉れば貴くもあるか
> （家持の応詔歌）
> 3926　大宮の内にも外にも光るまで降れる白雪見れど飽かぬかも

（このころ、朝廷においては、元正上皇・橘諸兄のグループと藤原仲麻呂・光明皇后のグループの勢力が存在していたが、家持は、前者の諸兄の勢力下にいたことが分かる）

　６月、家持は、越中守に任命され、７月末から８月にかけて赴任する。

（諸兄の推挙があったものと考えられる）

748年（天平20年）31歳

　3月、左大臣橘家の使者・田邊福麻呂が越中の家持の館を来訪し、家持は歓待した。

　その時、福麻呂は、元正上皇と諸兄の信頼関係が密接であることを示す下記の歌などの7首を誦み伝えて、諸兄の権勢が朝廷においてますます隆盛であることを家持に伝えた。

　（これにより、家持は安心し、自分の将来に対し諸兄が強力な後ろ盾になってくれると確信したことは、家持が後に追和した歌で明らかである）

　　（諸兄の歌）
　　4056　堀江には玉敷かましを大君を御船漕がむとかねて知りせば
　　（元正上皇御製）
　　4058　橘のとをの橘八つ代にも我は忘れじこの橘を
　　（河内女王の歌）
　　4059　橘の下照る庭に殿立てて酒みづきいます我が大君かも
　　（家持が後に追和した歌）
　　4064　大皇は常磐にまさむ橘の殿の橘ひた照りにして

749年（天平21年）32歳

　4月、聖武天皇が、建立中の大仏鋳造用の金が陸奥より出土したことを慶ぶ詔書を出し、諸臣に叙位があり、家持も従五位上に昇進した。

　5月、その上、上記詔書に「大伴、佐伯宿禰は、常も云はなく、天皇が朝守り仕へ奉る」とあったことに対して、家持は詔書を賀ける長歌・反歌3首を詠んで喜んだ（4094番〜4097番歌）。

　（家持は、位が上がったことと、聖武天皇が詔書で大伴家を褒めたことにより、諸兄に加え聖武天皇も自分の庇護者であると考え、この時、急に自分の将来に光が射したように喜び、有頂天になったと思われる。その高揚する精神の中で、家持が「儲け作りし歌」などを多数の歌を詠み残していることは、4105番歌の「補注」に記述した通りである。

しかし、その最中の4月21日、元正上皇が崩じる事態が生じており、諸兄は朝廷内における支えを失うことになり、勢力に翳りを見せ始めることになるが、家持はこのことに気づいていなかったのである)

7月、聖武天皇が譲位し、孝謙天皇即位。諸兄と反対勢力の藤原仲麻呂が大納言・紫微令を兼務。

秋、家持は、公務で上京し、妻・坂上大嬢を伴って越中に帰国した。

750年（天平勝宝2年）33歳
3月、妻との同居を喜び、家持はつぎの歌を詠む。

　4139　春の苑紅にほふ桃の花下照る道に出で立つをとめ

751年（天平勝宝3年）34歳
7月、家持、少納言に遷任される。
8月、家持、帰京する。聖武上皇、病に臥す。

752年（天平勝宝4年）35歳
11月8日、聖武上皇が諸兄宅に行幸し、肆宴歌4首が万葉集に登載されているが、家持のつぎの歌は、「未奏」との左注がある。

　4272　天地に足らはし照りて我が大皇敷きませばかも楽しき小里

(この歌が、どうして未奏になったか。それは聖武上皇は3年以上前に孝謙天皇に譲位し、この行幸の前年には病に臥していた状況であり、家持が詠んだ「天地に足らはし照りて」の歌は、この時の聖武上皇に上奏する歌として相応しくない、と諸兄が判断したためであろう)

27日、林王宅で、橘奈良麻呂の餞別の宴があったが、つぎの家持の歌に対し、諸兄が結句を「息の緒にする」に換えるよう言ったが、「然れども、猶し喩して曰く、前の如くこれを誦め」との左注がある。

　4281　白雪の降りしく山を越えゆかむ君をぞもとな**息の緒に思ふ**

　（この歌の結句に、諸兄がなぜ異を唱えたか、家持に何を論したか分からないが、このように推測できる。この歌を、家持自身は但馬按察使に任じられた奈良麻呂を精一杯労った歌と考えただろうが、今でも部下が上司に対して「ご苦労様」と言うのは禁句である。

　奈良麻呂は家持より位の高い人で、その奈良麻呂の職務に対して家持が「ご苦労に思う」というように詠うことは部下が上司に情をかけることで、奈良麻呂の父の諸兄としては不快で、立場を弁えないものとして許し難かったであろう。家持は、対人に関する配慮・繊細さを欠いていたのである。

　一旦、諸兄が、家持を論したが、元のまま誦ませたということは、結局、諸兄が家持を見放したということだろう）

753年（天平勝宝5年）36歳
　2月23日・25日、家持が「春愁3首」を詠む。
　（上記4272番および4281番歌事件があった前年11月から3カ月以内である。4281番歌により家持は、決定的に諸兄の信頼を失い、自分が宮廷内において後ろ盾がなくなり孤立したこと、将来、昇進が期待できなくなったことを悟り、この間、失意の日々を過ごしていたことであろう。これまでの注釈書は、4281番歌の左注を重視せず、それを「春愁3首」の解釈に結び付けていない）

754年（天平勝宝6年）37歳
　3月、山田御母宅における諸兄の宴で、つぎの家持の歌が出る前に、諸兄は宴を退席し、誦みあげられなかったと左注にある。

　4304　山吹の花の盛りにかくのごと君を見まくは千歳にもがも

　4月、家持、兵部少輔となり、翌年、難波に転出。

755年（天平勝宝7年）38歳
　11月、諸兄に不敬の言辞があったとして、誣告される。

756年（天平勝宝8年）39歳

2月、諸兄が左大臣を致仕。

5月、聖武上皇が崩御。

（これにより、家持は朝廷における後ろ盾を完全に失ったのである）

定訓

> 春の野に　霞たなびき　うら悲し　この夕影に　**鶯鳴くも**

新しい解釈

> 春の野に夕霞がたなびき、眼前が塞がれて先が見えず、心も鬱陶しく滅入っている、そんなうす暗い夕方でも、**鶯は自己の縄張りを主張して鳴いているけれど**（自分にはそんな力もない）。

■これまでの解釈に対する疑問点

この歌の上3句については、735番歌「春日山霞たなびきこころぐく」や、家持自身の4149番歌「朝明の霞見れば悲しも」を引用して、「たなびく霞を見て心悲しくなることを言う。」（『岩波文庫　万葉集』）との注釈がされているが、下2句については、「鶯が鳴いているよ。」（前同）、「鶯が鳴くことよ。」（澤瀉久孝『萬葉集注釋』）などと訳するだけで、「この夕影に　鶯鳴くも」の下句が上3句とどのような関係にあるのかを注釈書はほとんど説明していない。

一首の上句と下句の関係の十分な説明や解明もなく、「家持の作の最もすぐれたものと思ふ。」（前同）、「三首の歌は家持の感傷と自然観照の繊細な特質とが最も良く表れた佳作。」（『日本古典文学全集』）などと評価するのは、注釈書として如何なものかと思う。

■新解釈の根拠

注釈書は、下句をほとんど説明していないので、結句の「鶯鳴くも」

の「も」を解説していないが、訳文から推定すると詠嘆の終助詞に解しているものである。

　しかし、私は逆接の確定条件の接続助詞の「も」と解する。

「既にそうなっている前提条件を示し、逆の関係で後ろに続ける。」（『古語林』）である。

　本歌において、「既にそうなっている前提条件」とは、鶯が縄張りを宣言し、雌を求めて夕方になっても力強く鳴いていることであり、「逆の関係」とは上3句の「春の野に　霞たなびき　うら悲し」いことである。

　鶯の力強い鳴き声と家持のうら悲しい気持ちを対比して、逆の関係にあることを詠んでいる。

「逆の関係で後ろに続ける」の後続句は、この歌では「（この）夕影に鶯鳴くも　春の野に　霞たなびき　（吾）うら悲し」であり、上3句と下2句を倒置させているのである。

　他人に対しあからさまに言えない自分の出世に対する不安・絶望を、上3句において霞に閉ざされて先が見えない自分の情景として詠み、下2句においては独りでも自分の勢力を主張して力強く鳴く小さい生き物である鶯の声を詠い、末尾の「も」の一字によってこれらを対比している手法が、読者には不安の内容が具体的に示されていないが、読者の心を強く捉えるのである。

　家持の将来に対する不安・絶望の深さが、詞の響き、声調となって読者の心に伝わるものであり、単なる春愁ではない。

いわゆる春愁3首と言われている、大伴家持の歌の一首である。

新しい訓

> 　我が宿の　**いさし群竹**　吹く風の　音のかそけき　この夕べ
> かも

新しい解釈

> 　我が家の**芽を出そうとしている群竹**に吹いている風の音は、
> なんと微かで弱々しい、この夕べであることよ。

■ これまでの訓解に対する疑問点
　各注釈書における第2句の解釈は、つぎのとおり分かれ、不明瞭であ
る。

『日本古典文學大系』	「いささかの群竹に」
『日本古典文学全集』	「幾ばくもない群竹に」
	イササカの接頭語的用法
澤瀉久孝『萬葉集注釋』	「群つて生えてゐる小竹を」
	「い小竹」と「群竹」との重ね。
『新潮日本古典集成』	「清らかな笹の群立ち」
	「いささ」は清浄な笹。
『新編日本古典文学全集』	「いくばくもない群竹に」
	イササカの接頭語的用法
『新日本古典文学大系』	「笹と叢竹を」
中西進『万葉集全訳注原文付』	「わずかな群竹を」副詞イササカ
	ニ（4201）の語根イササが群竹と

合した語。
「清らかな笹の群竹」イは斎の意。
「ささやかな竹林を」

伊藤博訳注『新版万葉集』
『岩波文庫　万葉集』

　他方、第2句の原文は、広瀬本、紀州本、神宮文庫本、西本願寺本、京都大学本、陽明本、寛永版本は「伊佐左村竹」であるが、これらの古写本より古い元暦校本、類聚古集は「左」の文字が「石」と読める（「石」の二画の斜線が一画の横線より上に出ているだけである）。

　とくに、元暦校本に付されている訓は「いさ志むらたけ」であり、「左」に対応する訓は「志」である。原文が「佐左」であれば「さ志」と誤訓することはなく、原文が「佐石」であったので「さ志」の訓が付されていると考えられる。

　後世の人が、つぎの歌詞が「群竹」であるために笹のこと、すなわち「佐左」であると誤解をして、「石」を「左」に変更したものである。それは、前記「志」の横に後世の書き込みと思われる「サ」の小文字があることによっても窺える。

■ 新訓解の根拠

　上掲の理由で、**「伊佐石村竹」**を原文とする。
「石」を「し」と訓むことは、481番歌「結而石」（むすびてし）、1020・1021番歌「湯湯石恐石」（ゆゆしかしこし）のほか多数ある。
「佐石」は「さす」の連用形「さし」と訓み、「芽などが生え出る。枝・茎・葉などが伸び広がる。」（『古語大辞典』）の意味である。
「伊」の「い」は、「動詞に冠して、語調を整えたり、意味を強めたりする。」（前同）の接頭語。

　したがって、上句「我が宿の　いさし群竹」は、「わが家の芽を出そうとして群れている竹」の意である。

　この歌は、越中の国守から都に帰任して、目覚ましい出世を期待していた大伴家持が、それが叶えられない政治環境になっていることを知って、愁いて詠んだ歌である（4105番歌〈一云〉「補注」参照）。
「いさし群竹」に勢いよく伸びようとしている自分自身の姿を仮託し、その自分に向かって吹いて来る「運気」を「吹く風」と詠んでいるもの

である。「いささ」と訓んだ場合、家持の憂いが全く理解できない歌となる。

　新訓解によって、1300年間、理解してもらえなかった家持の憂いは、晴れたと思う。

　また、万葉集の歌の訓解には、古写本の原文の検証が欠かせない修復作業であることを示す例である。

「春愁３首」の３番目の歌である。

定訓

> うらうらに　照れる春日に　雲雀上り（ひばり）　**心悲しも　独りし思**
> **へば**

新しい解釈

> 　（朝廷内において後ろ盾のない状態になった自分はこれから独
> 力で身を立ててゆかなければならない厳しさを）**独りで思って**
> **いると**、のどかに照っている春の陽の中で、雲雀が独力で空高
> く舞い上がり一途に鳴いている、その姿を見ると、**自分の心は**
> **益々悲しくなってくることだ。**

■これまでの解釈に対する疑問点

「春愁３首」は、一般的に「景」と「情」を対比することにより、春の
季節に襲われる愁いを詠んだ、家持の代表作と言われている。

　しかし、「情」が詠まれている下２句は「独りし思へば　心悲しも」
ではなく、「心悲しも　独りし思へば」と倒置形式で「情」が強調され
ている。

　したがって、この歌の結句の「独りし思へば」は、特に理由もなく襲
われる一般的な春の愁いではなく、詠歌のとき家持を襲っている、他人
にも言えない深い思いがあったのである。

『新潮日本古典集成』は、「人間存在そのものの孤独感を自覚した表
現。」というが、そんな高邁な思いとは思えない。

　そして、上３句の「景」の句である「うらうらに　照れる春日に
雲雀上り（ひばり）」が、下２句の「心悲しも　独りし思へば」とどのように関係

するのか明らかでないことがこれまでも指摘されているが、これを解明しないで、4290番歌の場合と同様、この歌の評価はあり得ないのである。

■新解釈の根拠

　越中の国守から都に帰任して、目覚ましい出世を期待していた大伴家持であったが、4290番歌の「背景」に記述したように、後ろ盾として期待した左大臣・橘諸兄に見限られる事態となり、この歌の詠歌の時、家持は朝廷において順調に出世することが期待できない、と自分でも思う境遇になっていたのである。

　このような思いは他人に打ち明けられる思いではなく、独り自分の心の中で思うことである。したがって、この歌を含む３首には、題詞に家持の名前も記載されていない。

　時あたかも、うららかな春の日に一羽の雲雀が空高く昇り、一途に囀っているのである。小さい生き物である雲雀でさえ独力で空高く昇っている姿に、家持はこれから朝廷内において独りで身を処してゆかなければならない我が身を思い、悲しみに心が痛むのである。

補注

「大伴家持と万葉集の編纂」

１　政治情勢を読めない家持の行く末

　家持が場を読めない性格で、他人の誤解を招きやすい性格であったことは、4281番歌事件が象徴している。

　橘諸兄は、家持のそのような性格では、自分がいくら後ろ盾となっても、藤原勢力が支配的になる朝廷の中で、家持の立身出世は難しいと見通したが、それは家持のその後の経歴が証明している。

　すなわち、その後家持が正五位下に昇位したのは「春愁３首」詠歌の時より実に17年後の53歳の時であり、自身の最高位である従三位になったのは64歳であった。この間、因幡・薩摩・相模・上総・伊勢と遠国の国守としての期間が多く、参議として中央政治に参画したのは65歳の時であった。

　中央政権に参画した晩年においても、氷上川継の謀反事件に連座の疑いをうけ、解任のうえ追放され（4カ月後に復官）、さらに死後においても藤原種継暗殺事件に連座していたとして官位姓名を剥奪されたが、これも後に復権している。

　新興の藤原氏の勢力が隆盛になる中で、昔からの武門である大伴一族の長として、両者の抗争に巻き込まれる宿命にあったが、そのうえ政治情勢を読めない性格の家持であったのである。

2　家持に万葉集の編纂を勧めた橘諸兄

　橘諸兄を支えた元正上皇は、万葉集を発案した持統天皇および巻1・巻2を完成させたという母・元明天皇の意思を引き継いで、巻3・巻4の編集に熱心だったと言われており（これらの事情は、『新潮日本古典集成一』伊藤博「巻一〜巻四の生いたち」に詳しい）、諸兄は748年元正上皇崩御後、その遺志を実現したいと願っていたと考える。

　また、751年には天智朝以降の漢詩を集めた日本最古の漢詩集「懐風藻」が完成したことも、わが国独自の歌の集大成である万葉集の完成を強く望ませたであろう。

　11世紀の栄花物語には、天平勝宝5年（753年）に、左大臣橘卿が諸卿大夫等を集めて万葉集を撰ばせたとの記載があり、諸兄が家持らに万葉集を完成させたとする説が伝承されているが、私は新たに以下のように想定する。

　諸兄は、家持の性格では、朝廷内で立身出世は難しいことを見越したうえで、家持は歌を作ることが好きで、父の旅人も、叔母の坂上郎女も歌の名手で知られている家柄であるので、家持に元正上皇の遺志を継いで万葉集の編集、増巻をするよう提案し、そのように仕向けていったと考える。

　それは、「春愁3首」の翌年（754年）の4月に、家持が少納言から兵部少輔に異動し、翌年、防人の集合地である難波に転出したことに現れている。

　東歌の中に防人歌があり、防人が詠んだ歌はすでに知られていたが、諸兄はこれを組織的に収集し、万葉集の歌に追加することを考え、その編集をする仕事に家持が相応しいと考えたのであろう。

家持個人が、各地の防人部領使（さきもりのことりづかひ）に対して防人に歌を詠ませることを指示し、自分に提出させて、自分が勝手に歌の取捨選択をしていたとは考えられず、しかもこの時期（755年2月）に組織的に行われたことを考えると、左大臣・橘諸兄の指示があってのことである（同年、諸兄の子・奈良麻呂が長官の兵部卿であったことは、4454番歌の題詞で分かる）

　なお、栄花物語の説は、753年ころ、諸兄が家持に万葉集の編纂を勧めたという点において私の想定と一致するが、このころ万葉集が完成したというのであれば、家持が越中から帰京してすぐに編纂に取り掛かったとしても2年、仮に諸兄の致仕までの期間でも4年であり、この間に完成させたとするには期間が短すぎて措信し難い。

3　万葉集の編集に情熱を傾けた壮年期の家持

　756年2月、諸兄は家人の密告により左大臣辞任においやられ、5月に聖武上皇崩御、翌757年1月諸兄死去と不幸が続き、そのため家持が期待していた出世の後ろ盾が全て存在しなくなった。さらに同年7月、藤原仲麻呂によって橘奈良麻呂一派に陰謀があるとして摘発され、奈良麻呂はじめ大伴一族の多くの人が獄死した。

　家持は罪を免れたが、758年6月、前任国越中より小国の因幡の国守に左遷された。

　ここに至り、家持も朝廷における立身出世の夢を断念し、橘諸兄に託された万葉集の編纂に人生をかける決意をしたのである。

　それは、因幡の国における最初の新年である759年正月であった。

　　4516　新しき年の始めの初春の今日ふる雪のいやしけ吉事（よごと）

　この歌が、万葉集の最末尾に置かれているが、何かの始まりを祝うような響きがあるのは、家持にとって、この歌により万葉集編纂の決意をした「新しき」出発点の歌であったからである。

　今後は歌の編纂に打ち込み、自己が詠む歌はこれを最後とするという意味において最末尾の歌であり、この歌を詠んで万葉集編纂を始める決意としたという意味において、その決意後の最初の歌であったのであ

る。

　時に、家持は42歳。男として政治上の地位を得て、最も社会的に活躍する40代、50代において、家持はこれらを諦めた心の思いの丈を万葉集の編纂に熱中させることにしたのである。

　まず、巻3、巻4をし残した元正上皇の意に応えて、譬喩歌の部などを追加して両巻を整理し、第5巻には父の旅人の歌と家持が父の大宰府邸で少年のころ会った山上憶良の歌を収集して編纂した（ちなみに、家持がいう「山柿の門」〈3969番前文〉の「山」は山上憶良を指し、巻1の6番歌の左注などにみえる「但山上憶良大夫類聚歌林日」の記載は家持による補迫であろう）。

　前時代・同時代の歌などを広範囲に多数収集し、巻6から巻16に分類編纂しているが、古今歌集として体裁を整えるため、「柿本人麻呂歌集」出の歌を多数自詠して万葉集に補った形跡があることは、このシリーズⅢの特別論稿で述べたとおりである。

　巻17から巻20にかけては自己の歌を歌日記のように並べ、また自身が選別した防人の歌を最終巻に登載している。

　注目すべきは、橘諸兄によって家持の歌が宴席で披露されなかったり、歌句について指摘されたことを、家持自身は隠すことなく4272番歌、4281番歌、4304番歌の左注に書き残していることである。

　それは、家持自身、他人の目を気にして隠すような性格ではなかったことと、万葉集の編纂に携わるようになったのは、諸兄の導きのお蔭であることを感謝し、それを後世に書き残しているものと考える。

　家持が遠国の国守赴任と都での勤務を繰り返しながら、幾年を費やして万葉集を現在の形に編集し終えたかの研究は未達であるが、東歌に関し「武蔵が東海道に属しているのは、宝亀二年（七七一）に東山道から配置替えされた状況を反映したものであり、この巻十四の編集がその年以後に行われたことを示している。」と『岩波文庫　万葉集』が推断している。

　私は、家持は前記759年から約15年の歳月をかけて万葉集を完成させ、そのことがやはり評価されるきっかけとなり、数年後の780年に参議に昇格されることになったと考え、万葉集の完成の時期は770年代半ばであると推定する。

4 家持の歌について

家持は、歌の上手な人ではなかった。

序詞や譬喩・寓意などの技巧を用いた歌は少なく、詠う対象の捉え方も鋭いものはないが、その反面として、ともかく素直で、そして多作である。

多作の割には名作が少ないが、4139番歌「春の苑　紅にほふ」、4143番歌「もののふの　八十娘子らが」が名作として人口に膾炙されるのは、歌意は分かりにくいが、常人にみられないほどの詠歌時の家持の絶頂感が声調として弾け、色さえ目に浮かぶように読む人に伝わるからである。

近代になって評価をうけている「春愁3首」は、逆に立身出世の夢が破れ、人生を失ったように落ち込んでいる精神状態でありながら、ゆがみのない透明感をもって外界と自己を対照して眺めている姿が、読者は家持の具体的な憂愁を理解できないが、共感し感銘を受けるのである。

前述のように万葉集最末尾の歌についても、家持の決意や興奮がその調べから伝わってくるのである。

このように、家持が普段に詠む歌は平凡であるが、精神が高揚あるいは集中したときの歌は、他人を自ずと引き込むほどの力がある。

他方、多くの家持関連の歌の中には、名門の貴公子とみられた家持が10人を超える多くの子女から贈られた恋の歌が多数登載されているが、家持は女性からもらった恋歌を長く保管していたものの、自分が返しを送った歌は少なく、僅かに笠郎女に対する返歌（611番、612番）および巫部麻蘇娘子に対する返歌（1563番）などに見られるが、素っ気なく冷たい歌である。

家持は、叔母の坂上郎女、その娘で妻になった大嬢、亡妾、弟の書持、一族の大伴池主らとは情の通った歌が見られるが、男、女を問わず、対人関係で情愛豊かな歌が極めて少ない。これは、家持が他人との人間関係にあまり意を用いる性格では無かったことを物語っている。このことを知ってか、叔母の坂上郎女は家持のことを殊のほか気遣っていたように思える。

適材適所というべきか、家持が人間関係を不得手としたが、歌を詠むこと、また自他の歌を収集して長く保管すること、そしてこれらの歌を

編集することには人並み以上のこだわりと集中できる性格および能力を
有していたことが、上代の歌を長く後世に伝えることに貢献しえる結果
となったもので、今日、万葉集を享受できる我々にとって、家持の性格
と能力は天祐の僥倖というべきで、感謝しても感謝しきれないものであ
る。

大伴家持作の七夕歌8首のうちの一首である。

新しい訓

> 　　初尾花（はな）　端に見むとし　天の川　へなりにけらし　年の緒長
> く

新しい解釈

> 　　初尾花を誰よりも前（さき）に見ようとするように、誰よりも前に織
> 姫星に逢おうとして、（彦星は）天の川を隔てて一年間も長く
> いることが分かったよ。

■これまでの訓解に対する疑問点
　定訓は第2句の「波名」を「花」と訓んでいる。そして、注釈書は、
初句「初尾花」を「花」を導く枕詞というが、措信し難い。
「花を見む」はあるが、「花に見む」の日本語は、古語にも現代語にも
無いと言ってよい。
『新編日本古典文学全集』は、「（初尾花）いつまでも花のように清新に
見ようとて　天の川を　間に置いて別居しているらしい　一年もの長い
間」、また、『岩波文庫　万葉集』は、「（初尾花）花のように見ようと、
天の川を隔てているのに違いない。長い月日の間。」であるが、いずれ
の解釈も疑わしい。

■新訓解の根拠
　第2句の「波名」を「端（はな）」と訓む。この歌の場合、誰よりも
前にの意である。「端」の用例は、1438番歌「波奈尓將問常」（はなにと
はむと）にある。

「初尾花」は、この「端」を導いているが、なぜ他の花でなく「初尾花」であるか。それは、つぎの歌にあるように、万葉人は尾花に女性をイメージしていたからである。

　　2242　秋の野の尾花が末のおひなびき心は妹に依りにけるかも
　　2277　さ雄鹿の入野のすすき初尾花いつしか妹が手を巻くらかむ
　　4295　高円の尾花吹きこす秋風に紐解きあけなただならずとも

　したがって、この歌は七夕の歌であり、秋に咲く「尾花」に「織姫星」をイメージしているのである。また、「初尾花」の「初」に「端」を響かせている。
「見むとし」は、「見むとして」の意である。

　755年（天平勝宝7年）2月、新しく筑紫に向かった防人たちの歌の冒頭にある歌。防人数は約3000人、3年任期で、毎年新しく約1000人が選ばれ交替した。この歌の作者は、遠江国長下郡出身の国造丁・物部秋持である。

新しい訓

> 畏（かしこ）きや　命（みこと）かがふり　明日ゆりや　替え甲斐（がいむ）持たねむ　妹（いむ）なしにして

新しい解釈

> 　恐れ多い天皇の命令を身に受けて、（防人として発つ）明日からは、妻と一緒でないけれど、**替わりの生き甲斐を持ちたいことよ。**

■これまでの訓解に対する疑問点
　第4句の原文は、元暦校本は「加曳我牟多祢牟」であるが、類聚古集、紀州本、神宮文庫本、西本願寺本、京都大学本、陽明本、寛永版本は「加我我伊牟多祢乎」である。訓は、それぞれ「かゑかんたねも」、「カエカイムタ子ヲ」であるが、意味不明である。
　注釈書は、いずれも元暦校本の原文により「かえがむたねむ」と訓み、「かえ」は萱（かや）の転あるいは草（かや）の訛りとし、「萱と一緒に寝るのだろうか」（『岩波文庫　万葉集』）と解している。
　しかし、結句の原文「伊牟奈之尓志弓」の「牟」を「も」の転として、「妹（いも）なしにして」と訓んでいるのであるから、第4句の二つの「牟」も「も」の転として訓むべきで、第4句の上掲訓に疑問がある。
　また、「かえ」の「え」を「や」の訛りというが、他の実例が示され

 ておらず、本歌の「かしこきや」「あすゆりや」の二つの「や」は訛りの「え」ではなく、「や」と表記されている。

■新訓解の根拠

　上掲「**加曳我伊牟多祢牟**」により、「加曳我伊」は「替え甲斐」と訓む。

「牟多祢牟」は「むたねむ」と訓むが、二つの「む」は「も」の転で「持たねも」であり、「ね」は願望の、後の「も」は詠嘆の各終助詞であって、その意は「持ちたいことよ」である。

「妹なしにして」の「して」は逆接の確定条件の接続助詞で、「〜けれど」の意。

　したがって、「明日ゆりや　替え甲斐持たねむ　妹なしにして」は、明日から妻と一緒ではないけれど、替わりの生き甲斐を持ちたいことよ、と解釈できる。

　妻とつつましく生きていることが生き甲斐であった歌の作者が、突如拒否できない防人に徴用され、その生き甲斐は奪われたが、せめてこれからは防人であることが生き甲斐になって欲しいとの思いを詠んでいるもので、多くの防人の共通の心情であったであろう。

　防人の歌は、いろんな局面で、いろんな感情が赤裸々に詠われているが、本歌は防人の悲しみ、しかし憤りではなくこれを受け容れて生きてゆこうとする最も素直な心情を、大伴家持が撰び、防人の歌の冒頭に登載したものであろう。

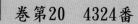

遠江国山名郡出身の防人・丈 部川相の歌。

新しい訓

> 遠江 志留波の磯と　尓閇の浦と　合ひてしあらば　こと
> も通はむ

新しい解釈

> 遠江の白波の磯と鳰の浦（琵琶湖）とが一緒にくっついてい
> たら、わけもなく（難波まで舟で）行き来するだろう。

■これまでの訓解に対する疑問点

　注釈書は、第2句の「志留波」を「しるは」、第3句の「尓閇」を
「にへ」と訓んでいる。
「しるは」は「しろは（白波）」の訛りといわれ、白波の地名は天竜川
の西、今の浜松市の海辺にあるとされている。「にへ」は、遠江あるい
は津の国の地名としているが、明らかではないという。
『新日本古典文学大系』の訳文は、「遠江の志留波の磯と尓閇の浦が隣
り合っていたら、言葉を通わせられるのだが。」で、他の注釈書もほぼ
同じである。
　しかし、この訳文では、この防人が何を詠いたかったのか、不明であ
る。
　防人の歌は、防人の心境が直に伝わってくることに、その特質がある
が、前記訳文ではそれが全く伝わってこない。

■新訓解の根拠

　初句の原文「等倍多保美」の「とへたほみ」の「倍（へ）」が「ほ」

の訛りとされ、「とほたふみ」と訓まれているので、第3句の「閇（へ）」も「ほ」の訛りで、「**にほの浦**」である。

「にほの浦」は「鳰の浦」で、**琵琶湖**のこと。

『古語大辞典』によれば「平安中期から『鳰の海』と呼ばれるようになった。」とあるが、『古事記』に忍熊の王の歌「鳰鳥の　淡海の海に潜きせなわ」（仲哀・歌謡39）とあるので、防人の時代にすでに琵琶湖が「にほの浦」の名で知られていたと考えられる。

　そうであれば、この歌を詠んだ防人は、遠江の山名郡（今の袋井市・磐田市周辺）出身の人であるので、白波の磯（浜名湖が近い）が近く、その防人が集合地である難波に行く途上にある琵琶湖を見たときに、白波の磯と琵琶湖と一つに繋がっていれば、舟で楽々通って来られるのにと詠んだもの、と解釈できる。

　遠江から難波まで歩行で移動する防人の困難を思うと、出身地に近い白波の磯から、そこに近い浜名湖を通して琵琶湖と接合していれば、舟に乗って楽に速く移動できるのに、と考えた防人の気持ちがよく理解できる歌である。

「ことも通はむ」の「ことも」は「ことも無げ」を約めた表現で、「たやすいさま。わけもないさま。」（前同）の意。

　多くの注釈書が「こと」を「言」と解していることが、歌の解釈を混乱させている。

遠江国佐野郡出身の防人・生玉部足國の歌である。

新しい訓

> 　　父母が　**外の野しりへの**　ももよ草　百代いでませ　我が来
> るまで

新しい解釈

> 　父母の**家の外の野原の奥に生えている**ももよ草のように、い
> つまでも長く生きていてください、わたしが帰宅するまで。

■これまでの訓解に対する疑問点

　定訓は、第2句の原文「等能能志利弊乃」の「等能」を「殿」と訓ん
でいるが、「殿」はどの古語辞典にも、貴人の邸宅、御殿とあり、歌の
作者である防人の父母の住まいの表現として相応しくない。

　本歌のすぐ後の4342番歌に「眞木柱　ほめて造れる　殿のごと」に
も「殿」とあるが、この歌では、真木柱で造った御殿のようにいつまで
も面変わりせずと、「殿」を譬喩として詠っているもので、本歌と事情
が異なる。

■新訓解の根拠

「等能」の「等」は**外**」の「**と**」と訓み、家のそと（外）の意。
「外」の「と」の用例として、443番歌「外重尓」（とのへに）、3926番
歌「宇知尓毛刀尓毛」（うちにもとにも）がある。
「等能能」の最初の「能」は助詞の「の」、つぎの「能」は「野」のこ
とである。
　和名抄に「野、能（の）、郊外牧地也」（『岩波古語辞典』）とある。

「野」に乙類の仮名「能」を用いた例として、3352番「須我能安良能尔」(須我の荒野に)、4113番「夏能ゝ之」(夏の野の)がある。

　したがって、「等能能志利弊乃」は「外の野しりへの」と訓み、「家のそとの野の奥の」の意である。

防人の歌。駿河の国出身の助丁生部道麻呂（みぶべのみちまろ）の歌である。

新しい訓

> **畳みけめ　群らじが磯の　離磯（はなりそ）の　母を離れて　行くが悲しさ**

新しい解釈

> **幾重にも重なるような関係であっただろうから、これからは群がらない磯の離れ磯のように、母を離れて防人に行くのが悲しいことだ。**

■これまでの訓解に対する疑問点

　初句の原文「多多美氣米」を定訓は、「たたみこも（畳薦）」の転と訓み、注釈書の多くは、第2句「牟良自が磯」の枕詞であろう、また「牟良自」は地名であろうとしているが、疑問である。

　防人の歌は、枕詞を用いることが少ないからである。

■新訓解の根拠

「多多美氣米」は「畳みけめ」であり、「畳み」は幾重にも重なることであり、「けめ」は過去の回想の推量の助動詞「けむ」の已然形「けめ」であり、この後に順接の確定条件の「ば」が省かれている例である。

　したがって、初句の歌意は、今まで母親と幾重にも重なるような関係であっただろうから、である。

「多多美」の好字には、母親に対する息子の思いがこめられていることを看過してはならない。

「牟良自」は「群らじ」と訓み、これからは群れるまい、の意。

　つづく「磯の離磯」は、群れないものの譬え。

「離磯の」の「の」は、比喩の格助詞で、「のように」の意である。

　ちなみに、『日本古典文學大系』の大意は、「牟良自の磯の離れ磯のように、母を離れて防人に行くのが悲しいことよ。」であり、他の注釈書も同様であるが、これでは、防人の作者が詠いたかった上２句の意が全く無視され、歌の半分も理解されていないことになる。

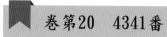

駿河国出身の防人・丈 部 足麻呂の歌である。
<small>はせつかべのたり ま ろ</small>

新しい訓

> 橘の　**美折りの里に**　父を置きて　道の長道は　行きかてぬ
> かも
> <small>なが ち</small>

新しい解釈

> 橘の花が咲いて美しい季節の故郷に、父を置いて防人の任地
> への長い道は、行きかねることだなあ。

■これまでの訓解に対する疑問点

　定訓は、「橘」も「美袁利」も、地名とみている。

　本歌と同じ「多知波奈」の表記で、「橘」を詠った防人歌がつぎのよ
うにある。

　　4371　橘の下吹く風のかぐはしき筑波の山を恋ひずあらめかも

　この歌の作者の防人は、郷里の筑波山の橘を愛でて詠っている。

　したがって、本歌の防人も出征してきた土地に橘があり、それを詠っ
ていると考えられる。

「橘」は、地名や枕詞ではない。

■新訓解の根拠

　初句の「橘」は、果樹の橘であり、当時珍重されたことは、万葉集に
も多くの歌に詠われている。現代の静岡県が蜜柑の産地でもあるよう
に、当時、駿河國には橘の樹が植えられていたと考える。

　「美袁利」は「美折り」と訓む。「折り」は「季節」の意で「美」は美称、本歌においては橘の花の美しい季節、の意である。

　この歌の防人が徴用されたのは旧暦2月であり、間もなく咲き出す橘の花と父親を置いて郷里を離れる辛さを詠っているものである。

　この防人は、貴重な果樹である橘を父と二人で育てていたので、自分がいなくなった里では、父が一人で育てなければならない、その父のこと、そして橘の果樹園を心配しながら、防人の任地への長い道のりを歩み続けていると詠んでいるのである。

　なお、「をり」（折）を「季節」「時候」の意味に用いる例は、『岩波文庫　日本書紀』において、允恭元年12月「季冬之節」を「師走の折」と訓んでおり、万葉集の1012番歌においても、「春去れば　**を折りにを折り**　鶯の　鳴く我が山斎ぞ」と、「折りに折り」に語調を整える接頭語「を」をつけて用いられている。

　もっとも、注釈書の通説は、1012番歌の「を折りにを折り」を枝がたわむ意に解していることは既述した。

巻第20　4358番

上総国種淮郡(すゑのこほり)出身の防人・上丁物部龍(もののべのたつ)の歌。

定訓

> 大君の　命畏み　出で来れば　我ぬ取り付きて　**言ひし児な
> はも**

新しい解釈

> 大君の命令を畏れ多くて、家を出て来たら、私に取り付い
> て「**きっと元気で帰ってきて下さい。お帰りになるまで、私は
> 待っていますから**」と約束した児であったことよなあ。

■これまでの解釈に対する疑問点

　一首の訓については、第4句の原文「和努」を「我ぬ」と訓むか、
「我の」と訓むかの相違があるくらいで、異論はない。「我ぬ」も、「我
の」も、「我に」の訛りである。また、「児な」は「児ら」の東国語。

　問題は、結句の「言ひし児なはも」の「言ひし」について、その内容
を詠っていないことである。防人に出征して行く歌の作者に対して、女
が何を言ったのか。

　注釈書の解釈に多いのは、「いろいろ」「つらい、せつない」などと女
が言ったことであるというが、平凡すぎる。

　この歌の防人は、別れ際に、児がもっと感動的なことを「言ひし」が
ために、本歌を詠んでいると考えるべきである。

■新解釈の根拠

『岩波古語辞典』によれば、「言ひ」の語義として「**約束する。**」を掲
げ、例としてつぎの歌を挙げている。

3701　竹敷の黄葉を見れば我妹子が待たむと言ひし時ぞ来にける

　したがって、出征の間際において、女が作者に「きっと元気で帰って
きて下さい。お帰りになるまで、私は待っていますから」と約束したこ
とと解する。
　末尾の「はも」は、強い感動・詠嘆の意を表す終助詞（『古語林』）。
「言ひし」ことは、作者に強い感動・詠嘆を催させる内容でなければな
らず、前記注釈書の「内容」では、これに合致しないと考える。
　歌の作者は、別れに際し、結婚したいのでお帰りを待っています、と
約束をした女の言葉に強く感動しているのである。

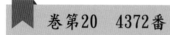

常陸国出身の防人・倭文部可良麻呂の歌で、防人の唯一の長歌。

新しい訓

> 足柄の　**み坂霊振り**　返り見ず　我は越え行く（後略）

新しい解釈

> 足柄山の峠の坂で、**霊振りをして気持ちを新たにし、**故郷を見返えらずに、わたしは越えて行く、

■ これまでの訓解に対する疑問点

　足柄峠を詠った歌はほかに、1800番歌「東の国の　かしこきや　神のみ坂に」、3371番歌「足柄の　み坂かしこみ」、4423番歌「足柄のみ坂に立たして　袖振らば」がある。峠には、神がいると考えられていたようである。

　多くの注釈書は、第2句「美佐可多麻波理」を「み坂給はり」と訓み、足柄峠の神に峠を越えることを許されて、の意に解している。

　しかし、江戸時代の箱根の峠とは異なり、当時、足柄の峠を越えるのに許可が必要であるとの発想はないと思う（前掲3首に、それを窺わせる文言はない）。

　私は、足柄峠は神聖なところであったことは認めるが、「たまはり」は神の許可の意味ではないと考える。

■ 新訓解の根拠

「たまはり」は、「霊振り」（たまふり）の「ふ」が「は」に訛ったものである。第4句の原文「阿例波久江由久」（あれはくえゆく）も「我は越え行く」の訛り。

「ふ」が「は」に訛った例は3526番歌に、「通ふ鳥が巣」を「通は鳥が巣」と訛っていることに見られる。

「霊振り」は、「人の霊魂（たま）が遊離しないように、憑代（よりしろ）を振り動かして活力をつける。そのためにする儀式。」（『岩波古語辞典』）の意である。「振る」には、もともと「ゆり動かして活力を呼びさます。」の意があり、478番「大丈夫の　心振り起こし」の例がある（前同）。

3767番歌に「魂は　朝夕に　たまふれど（多麻布禮杼）」の例もある。

足柄峠は、今の神奈川県より以東の東国から来た人には、その東国を離れ、いよいよ都に向かう長い道のりにかかる場所で、気持ちを新たにするところである。

したがって、足柄峠では霊振りをして、活力をつけて越えて行ったと考えられる。

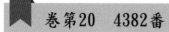

巻第20　4382番　（難訓歌）

下野国那須郡出身の防人・上丁大伴部廣成の歌。

新しい訓

> **ふた保頭**（ほがみ）　悪しけ人なり　**あた婚ひ**（ゆま）　我がする時に　防人に
> さす

新しい解釈

> 木っ端役人の保長は、悪い人だ。私が**急に結婚する**ことに
> なったときに、防人に指名したのだ。

■これまでの訓解に対する疑問点

　初句の原文「**布多冨我美**」について、主な説として、「ほがみ」を
「小腹」であるとして二心ある人と解する説と、「布多」を下野の国府が
あった地の地名とし「ほかみ」を長官すなわち国守と解する説がある。

　この歌は、自分を防人に指名した人を非難している歌であるから、初
句はその人のことを特定していると考えるので、「二心ある人」では特
定されておらず、「布多の国守」では特定はしているが、防人になる身
分の人がその地方の最高位の人を名指しで非難していることになり、あ
り得ないことと考える。

　これらの防人の歌は、大伴家持が選別したものであり、「国守は悪し
け人なり」と詠んだ歌を家持が採用するとも考えられない。

　防人を指名する人あるいは推薦する人は、どの階級の役人であったか
不明であるが、この歌の内容から、歌の作者が知っている身近な役人で
あったと思われる。

　また、第3句の原文「**阿多由麻比**」を、多くの注釈書は「あたゆま
ひ」と訓み、「あた」は「急」の意、「ゆまひ」は「まゆひ」の訛りで

「病気」、すなわち「急病」と解している。

　しかし、急病の病気の程度が分からないが、防人には遠地まで行き、軍務に耐えることができる頑強な身体の者が選ばれたと考えられるので、急病に罹って未だ回復していない人を敢えて選ぶことはないと考える。

■新訓解の根拠

1　「ふたほがみ」の「ほ」は「保」で、「令制で、地方行政組織の最下級単位。五戸をもって保とし、保長一人を置き、相互に検察させた（戸令）」（『古語大辞典』）であり、「がみ」は「頭」の意で、「ほがみ」は、この歌の作者が属していた「保」の「頭」、「保頭」すなわち「保長」のことである。

　　保頭は、地方行政組織の上部から防人候補者を推薦するよう言われ、自分の保の中から人選して名簿を提出していたと思われる。

2　「ふた」は「ほた」の訛り。「ほた」は「榾」で「木の切れ端」のことである。今でも、下級の役人でロクな仕事もしていない役人を「木っ端役人」と蔑称するが、万葉の時代から存在していたと思われる。

　　「ほ」を「ふ」と訛る例として、4389番歌「於不世他麻保加」（おふせたまほか）は「負ほせ給ふか」である。

3　第3句の原文「阿多由麻比」の「由麻比」は「ゆまひ」と訓み、「よばひ（婚ひ）」の訛りである。

　　「よ」が「ゆ」に訛ることは、4369番歌「ゆとこにも」が「夜床（よとこ）にも」である例がある。

　　「痳」は唐音で「ま」であるから「ま」と訓まれるのが通常であるが、漢音で「痳」は「ば」である（『学研漢和大字典』）。

　　「ま」と「ば」の混用は「萬」にもみられ、「萬世」は「ばんせい」とも「まんせい」とも訓まれる。

　　したがって、本歌において「ゆまひ」と訓み、「婚ひ」のことである。

「阿多」は「あた」で「急」の意に解し、「あた婚ひ　我がする時に」は、「私が急に結婚することになった時に」の意味と解する。

　すなわち、この歌の作者は、自分が急に結婚することになったことを知っていながら、自分の保の頭が自分を防人に指名したことを、「悪しけ人なり」と非難しているのである。

　防人歌には、防人になった心情を赤裸々に詠った歌が多くあるが、この歌は、それらの中でも最たるものである。

　この歌の作者が、歌に表した憤りを、後世の人によって1300年も正しく理解してもらえなかったことに対し、この作者はさらに憤っていたことであろう。

　私の新訓解により、1300年ぶりにその憤りが鎮まり、供養となればよいのだが……。

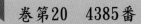

下総国葛飾郡出身の防人・私部石島（きさきべのいはしま）の歌。

定訓

> 行（ゆ）こ先に　波なとゑらひ　後方（しるへ）には　子をと妻をと　**置きて**
> **とも来ぬ**

新しい解釈

> 　行く先に波よ高く立つな。うしろには子と妻とを**置いてとも**
> **かくも来たのだ。**

■これまでの解釈に対する疑問点

「行こ」は「行く」、「とゑらひ」は「とをらふ」の訛りと解され、一首の歌意は「行く先に波よ高く立つな。うしろには子と妻とを置いて来たのだから。」（『日本古典文學大系』）で、どの注釈書もほぼ同じである。

　しかし、結句の「とも来ぬ」の「と」について、『日本古典文学全集』、『新編日本古典文学全集』、伊藤博訳注『新版万葉集』、『岩波文庫万葉集』は、「と」の語性は不明、あるいは未詳としている。

　そして、他の注釈書を含め多くは、「と」は「そ」（あるいは「ぞ」）の訛りで、かつ4430番歌「出でてと」の「と」に同じとする説があると紹介している。ただし、新編古典文学全集は、引用を示す助詞かと述べている。

　けれども、「とも」を歌の解釈に反映させた注釈書はない。

■新解釈の根拠

「とも」の「と」は**副詞**の「と」で、「も」は強調の助詞の「も」である。

副詞の「と」は、「あのように。そのように。指示副詞『かく』と対になって『とにもかくにも』『ともかくも』などの慣用句を作り、対立する二つの物や事を前提として、『それ』と指定するのに使う。」(『岩波古語辞典』)のである。

　本歌における対立する二つのことは、「行き先のとゑらう波」と「後方に妻子を置いていること」である。

　そのような状況の中で「ともかくも」来たという意味。

　「ともかくも」の「かくも」を省略した表現である。

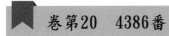

巻第20　4386番　　　　　　　　　　　　　（語義未詳）

下総国結城郡出身の防人・矢作部眞長の歌。

定訓

我が門の　五本柳（いつもと）　いつもいつも　母（おも）が恋すす　業りましつ
しも

新しい解釈

　私の家の門のところにある五本の柳のように、いつもいつも
母上が自分のことを恋しい恋しいと思いながら、きっと家の仕
事をなさっているに違いないことよ。

■これまでの解釈に対する疑問点
　第4句の「母が恋すす」の「すす」は、「為」（す）を重ねて、反復す
る意となり、「母が恋つつ」の意とされている。
　結句の「業りまし」は「家業をなされている」の意であるが、「つし
も」の意味が不詳とされてきた。
「つしも」の原文は「都之母」であり、古写本においてほぼ一致してい
る。しかし、「都之は都々の誤であろう。」との見解により、「つつも」
と訓んでいる例がある（『日本古典文學大系』）。

■新解釈の根拠
「我が門の　五本柳（いつもと）」は、「いつもと柳」の「いつも」に第3句の「い
つもいつも」を引き出している序詞。
　末尾の「つしも」の「つ」は上の「業りまし」につけて「業りまし
つ」として解釈する。
「つ」は確認の助動詞で、「きっと～してしまう」の意（『古語林』）。

すなわち、「いつもいつも　母が恋すす　業りましつ」は、「いつもながら母親は私のことを恋いつつ、きっと家業に勤しんでおられることだろう」の意味である。

　「しも」は係助詞で、強調を表す。いつもいつも母親が自分のことを思いながら仕事をしておられるに違いないと、強調しているのである。

　これまで、「つ」が確認の助動詞であることに気がつかず、「つしも」として解釈しようとしていたため、不詳となっていたものである。

下総国千葉郡出身の防人・大田部足人（おほたべのたるひと）の歌。

新しい訓

千葉の野の　児手柏（このてかしは）の　ほほまれど　あやに愛（かな）しみ　**置きて猛（たか）来ぬ**

新しい解釈

千葉の野の児手柏のように、蕾のままでまだ開いていないが、娘子がなんとも愛おしいので、**触れないで、精いっぱいの気持ちで防人としてやって来たのだ。**

■これまでの訓解に対する疑問点

結句の原文「**於枳弖他加枳奴**」（おきてたかきぬ）の、これまでの訳あるいは解釈はつぎのとおりである。

『日本古典文學大系』	加は知の誤と見て、置きて立ち来ぬと解する説と、置きて誰が来ぬ、置きて高来ぬとする説とがある。
『日本古典文学全集』	未詳。仮にこのオクは手を触れぬままにする意か。タカキヌは野越え山越えして来た、の意であろう。
澤瀉久孝『萬葉集注釋』	「あとに置いて出かけて來たことよ。」 「たか」がわからない。

『新潮日本古典集成』	「いったい、どこの誰が放ったらかしにして出て来たのか。」誰でもない、この自分が置いてきたのだ、という自嘲。
『新編日本古典文学全集』	「手も触れずにはるばるやって来た」高来ヌは野山を越えてはるばる来たことをいうか。
『新日本古典文学大系』	「おきてたかきぬ」のままで、訳をしていない。
中西進『万葉集全訳注原文付』	「残して遠く来たことだ。」
伊藤博訳注『新版万葉集』	「そのままにしてはるばるとやって来た、おれは。」
『岩波文庫 万葉集』	結句は訓義未詳。「たかきぬ」を、「いや高に山も越え来ぬ」(131)の二句を縮めた形の「高来ぬ」と解し、手を触れずに遠くやって来たと解釈する説があるが、「あやにかなしみ」の順接を受ける表現としては不自然であろう。

　このように、「たか」を「高」あるいは「誰」と訓む説があるが、それらによる解釈は、岩波文庫が指摘するように、「あやにかなしみ」の順接を受ける表現としては、不相当である。

■ 新訓解の根拠
「おきてたかきぬ」(於枳弖他加枳奴)の「**か**」は「**け**」の**訛り**である。「け」が「か」と訛っている例は、すぐ後の4388番歌の「あかつきにかり」(阿加都枳尓迦理)の「かり」が「けり」である例にもある。
　すなわち、「たけり」(「猛る」の連用形)を「たかり」と訛り、「たかり来ぬ」を「たか来ぬ」と約した表現である。
　防人歌には、4337番歌「物言ず来にて」(「物いはず来にて」の約)、4338番歌「離磯の」(「離れ磯の」の約)など、詞を約した表現が多い。

108

「**猛来ぬ**」の「猛る」は「荒々しく振る舞う。勇ましく振る舞う。」（『古語大辞典』）の意で、「猛し」の語義として「なしうる最高である。これが精一杯である。」（『岩波古語辞典』）、「精いっぱいだ」（『古語林』）、「せいいっぱいである」（『新選古語辞典新版』）、「精いっぱいだ。せいぜい……するだけだ。」（『旺文社古語辞典新版』）の意がある。なお、2354番歌一云「思多鶏備弖」（思ひたけびて）の例がある。

　一首の歌意は、千葉の野の児手柏のように、蕾のままでまだ開いていないが、娘子がなんとも愛おしいので、触れないで、精いっぱいの気持ちで防人としてやって来た、の意である。

　防人にやって来るに際し、可愛い娘子を我がものとして来たかったが、娘子があまりにいたいけなく可愛かったので、精いっぱい自分の気持ちを抑えて、娘子をそのままにしてやってきたという、男の気持ちを詠んだ歌と解する。

　この男の気持ちは「勇ましい」ものであるが、それは「猛し」の上記語義にあるように、男が「なしうる最高」の気持ち、「精いっぱい」の気持ちとして「勇ましい」ものであり、決して「荒々しい」のではない。

　このように解釈することによって、はじめて「あやにかなしみ」の順接を受ける表現として、「たか来ぬ」が自然な表現として理解できるのである。

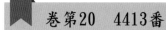

この歌は武蔵国那珂郡出身の防人の妻・大伴部眞足女の歌である。

これまでの訓例

　　枕太刀　腰に取り佩き　ま愛しき　**背ろがめき来む**　月の
知らなく

新しい解釈

　　枕太刀を腰にとり佩いて、愛しいわが背子が本当に**背子らし
い様子で帰って来るだろう**月を、私はまだ知らない。

■これまでの訓解に対する疑問点
　初句の「まくらたし」は「枕太刀」、結句の「つくのしらなく」は
「月の知らなく」の訛りである。
　問題は、第４句の「**西呂我馬伎己無**」の「西呂我」は「背ろが」であ
るが、「馬伎己無」の「馬」を、どのように訓むか、である。
　注釈書は、つぎの二つの訓に分かれている。

① 『日本古典文学全集』、『新潮日本古典集成』、『新編日本古典文
　　学全集』、伊藤博訳注『新版万葉集』
　　「馬」を「ま」と訓んで、「背ろが罷き来む」であり、「夫が任
　　務を解かれ帰って来るだろう」と解するものである。
② 『日本古典文學大系』、澤瀉久孝『萬葉集注釋』、『新日本古典文
　　学大系』、中西進『万葉集全訳注原文付』、『岩波文庫　万葉集』
　　「馬」を「め」と訓んで、「背ろがめき来む」であるとしている
　　が、「めき」の意味を不明とする。

　②の説は、「馬は字音仮名としてはメ甲類に使うのが万葉の例で、マの音に使うのは訓仮名としてウマの意の場合に限られており、この国ではマには麻の字を使う。」（古典文學大系）によるものである。なお、中西全訳注は「メキはマキの訛り、マキはマカ（罷）リキ（来）の約か。向（ム）クの訛りとする説もある。」としており、意味は①説に近いものである。

■新訓解の根拠

　私は「馬伎己無」を②説と同様に「**めき来む**」と訓む。「馬」を訓仮名で「ま」と訓むことは、古典文學大系のいうように、「うま（馬）」に用いられる場合以外見いだせないからである。また、「メキ」を「マキ」の訛りとする解釈は、実例を挙げていない以上、にわかに措信できない。

　私は、「めき」は、接尾語「めく」の連用形「めき」と解釈する。

　その意は「本当に……らしい様子を示す。」（『岩波古語辞典』）である。

　一首の歌意は、枕太刀を腰にとり佩いて、愛しいわが背子が本当に背子らしい様子で帰って来るだろう月を私はまだ知らない、である。
「めく」は、「名詞・形容詞語幹・副詞について四段活用の動詞をつくる」（前同）とされている。

　名詞「背ろ」に「めく」ではなく、「背ろが」に「めく」が付いているのは、「背ろが（姿）めき」であり、「背ろが」の「が」は準体助詞（『古語林』）で、「が」の後にあるべき「姿」を代用しているものである。
「背ろがめき来む」は、この歌の作者は、上２句に「枕太刀　腰に取り佩き」と、背ろが防人として勇ましく家を出たが、そのときの背ろの姿と同じように背ろらしい勇ましい姿で帰宅するのはいつであろうかと、背ろの無事な帰宅を案じている表現である。

　なお、「めく」は、『古語大辞典』に「あやしく歌めきて」（土佐日記）とあるが、万葉集の用例は掲げられていないものの、「めく」の語は存在したと考える。

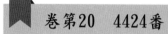
武蔵国出身の防人の妻・物部刀自賣の歌。

新しい訓

> 　色深く　背なが衣は　染めましを　**み坂た晴らば**　まさやか
> に見む

新しい解釈

> 　夫のために色濃く染めた衣だもの、（夫が越えて行く）**み坂
> に雲や霞がかからず晴れていれば**、はっきり鮮やかに見えるで
> しょう。

■ これまでの訓解に対する疑問点

　定訓は、第4句を、4372番と同様に、「み坂給らば」と訓んで、「み
坂を越えることを許されれば」と解するものである。

　しかし、色濃く染めた衣が、み坂を越えることを許されれば、はっき
り見えるでしょうでは、歌趣が十分ではない。

　この歌においても、「給らば」は誤訓と解する。

■ 新訓解の根拠

　第4句の原文「美佐可多婆良婆」の「婆良」は、「晴る」の未然形
「晴れ」が訛った「晴ら」である。

「れ」が「ら」に訛る例は、3546番歌「張らろ」は「張れる」の訛り
である。

「多」は接頭語の「た」で、動詞・形容詞に冠して語調を整えるもの
で、534番歌「た遠み」、2312番歌「たばしる」に用例がある（『古語大
辞典』）。

　したがって、「み坂た晴らば」は「み坂が晴れたらば」の意である。
「晴る」は、「天気が良くなる」のほか、「展望が開ける。見晴らしがき
く。」(前同)の意味がある。
「み坂」は山の高いところにあるので、雲や霞がかかりやすいのであ
る。
　防人の妻の気持ちが伝わってくる歌である。

兵部少輔・大伴宿祢家持に贈られた、昔年の防人の歌 8 首の中の一首。

新しい訓

> 　笹が葉の　**鞘^{さや}くくも夜に**　七重^{なな へ}着^きる　衣にませる　児ろが肌
> はも

新しい解釈

> 　笹の葉が、**鞘のように包まり縮^{くる}む寒さの厳しい夜には**、七重
> に重ねて着る衣より、あの児の肌の方が優っていることよな
> あ。

■ これまでの訓解に対する疑問点

　定訓は、第 2 句の原文を「佐也久志毛用尓」として、笹が葉の「さや
ぐ霜夜に」と訓み、これが、133 番歌において「笹の葉はみ山も清に」
と訓む根拠に引用されて、「小竹」を「笹」、「清」を「さや」と訓釈す
ることに影響を与えているが、問題があることは既述した。

　それは、「笹が葉のさやぐ霜夜に」の訓に自家撞着があるからである。

　霜の降る条件は、気温が摂氏 4 度以下で、風が弱いこととされている
ので、笹の葉が風にさやさやと音を立てる（「さやぐ」の意。『古語大辞
典』）夜は霜が降りない。風があれば地上の空気が入り混じり、地表の
気温が下がらず、湿度も 100％にならないからである（静岡地方の茶畑
に、霜避けの扇風機が設置されている光景を想起すれば分かる）。

　したがって、「霜夜」を詠うのに、笹の葉が風に「さやぐ」と詠むの
は実景を詠った歌であれば不自然である。霜の歌は万葉集に 60 首ある
が、風が吹いている夜の霜を詠った歌は他にはない。

「霜夜」も、万葉集に他に詠われていない。

■ 新訓解の根拠

　第2句「さやぐ霜夜に」の原文は、一般に「**佐也久志毛用尓**」と表記されているが、元暦校本では「佐」の部分の文字が判読不明であり、右横に「佐」と添え字されている。

　また、「久」と「毛」の間にある小さい「口」のような文字の右横に「志」と添え字されており、その後の諸古写本は、この添え字「志」を原字として表記しているものである。元暦校本の訓は、「さやくもよに」であり、字足らずであるので、「志」の一字を勝手に補ったものであろう。

　しかし、507番歌「久々流」（くくる）の表記の「々」と、上記の「久」と「毛」の間の小さい「口」のような文字とはよく似ており、本歌においても原字は「々」あるいは「々」とすべきであって、その前の字の「久」のことであり、「志」を原字とすべきではないと考える。

　したがって、「笹が葉の　さやくくも夜に」と訓むべきで、「笹が葉のさやぐ霜夜に」は誤訓である。

「さやく」は笹の葉が擦れる音ではなく、「さや」は「鞘」であり、「くくも」は「くくむ」の訛りで、「縮む」の意。笹の葉が寒さで葉の両端が縮んで内側に丸まり、鞘のように包まるほど、寒さが厳しい状態の表現である。

　そんな寒い夜は7枚重ねて衣を着るより、あの子の肌の方が優っているという歌で、「霜夜」を詠んだ歌ではない。

「む」を「も」と訛る例は、4423番歌の「美毛可母」（見もかも）が「見むかも」の訛りである。

補注

　笹の葉が、寒さで葉の両端が内側に丸まって、刀の鞘のような筒状になるのを見たことがない人には信じ難いかも知れないが、昔に田舎で育った人はよく知っていることで、私は同年輩の地方出身の友人にも確認している。

『岩波古語辞典』に「さや」に対し「豆類の種子をおおう外殻」の意を掲げているが、「えんどう豆」の「さや」の状態を想定すれば、笹の葉が鞘状になっている状態を理解できるであろう。

補　追

（各巻の出版後に解明した新訓解を、ここに補追するものである）

　柿本人麻呂作「安騎野遊猟歌」に付された短歌4首の4番目の歌である。

新しい訓

> 　日並しの　皇子の尊の　**これさへに**　み獵立たしし　時は来
> **向かふ**

新しい解釈

> 　皇太子であった草壁皇子が、**その上、み狩りに立たれた時刻**
> **までが、間もなく迫ってくる。**

■これまでの訓解に対する疑問点
　定訓は第3句の原文を「**馬副面**」として「**馬並めて**」と訓んでいる
が、まず、「副」を「並め」と訓むことに疑問がある。
　さらに、元暦校本によれば原文は明らかに「**焉副面**」であり、「馬」
ではなく、訓は「ムマ」と判読でき、新しい朱書きで「馬」との併記が
ある。
　また「副」に対しては、「ソフ」の訓が付されている。
　しかし、それ以降の古写本はすべて、前記朱書きの「馬」に従い、原
文を「馬」と表記し、「副」に対しては「ナメ」との訓（紀州本には
「ソヒテ」の訓）が付されている。
　なお、元暦校本の原文は「文化遺産オンライン　元暦校本万葉集」に
より、誰でも瞬時に確認できる。

■新訓解の根拠
　元暦校本の「**焉副面**」の「焉」の表記は明瞭であるが、「ムマ」との

古い訓があるので、後世において「馬」と朱書きされ、それ以降の古写本において、「馬副而」を原文として訓解されてきたと考える。

　私は、万葉歌がこれまでどのように訓まれ解釈されてきたかよりも、万葉歌の原文を探求し、それを基に真の新しい訓解に迫るべきであるとの研究方針を堅持しているので、本歌においては「**焉副而**」を原文と考える。

　「ムマ」（「ウマ」の意であろう）の古い訓は誤りであり、「**焉**」の字が**原文である**として訓解する。

　「焉」には『類聚名義抄』に「コレ」の訓があり、「副」は「さへ」と訓む。

　「副」は万葉集において30首以上に用いられており、「そひ」（添ひ・添ふ・添へ・沿ひなど）、「たぐひて」および「さへ」の3訓に分かれているが、本歌に対する定訓の訓である「並め」は、他に一例もない。

　私は「焉副而」を「**これさへに**」と訓む。

　「これ」は指示代名詞で、前歌（48番）の内容を指している。

　「さへ」は「その上……まで」の意で、「現在ある作用・状態の程度が加わったり、範囲が広まったりする意を表わす。」（以上、『岩波古語辞典』）である。

　人麻呂は、まだ明けやらぬ安騎野に立って、西空を渡ってゆく月に、亡くなった草壁皇子を追慕している（それが、「現在ある作用・状態」である）が、間もなく夜が明けると、その上、草壁皇子が生前よくみ狩りに立たれた時刻までが迫ってきて、草壁皇子を追慕する気持ちが極まる（これが「程度が加わったり、範囲が広まったりする」である）と、詠んでいるのである。

　この解釈により「安騎野遊猟歌」に付された短歌4首は、人麻呂が安騎野で過ごした夜を、時間を追って、「**ひたすらに亡き草壁皇子を個人的に追想した歌**」であることが明白になる。

　しかし定訓は、これらの歌を「**人麻呂が軽皇子の皇位継承を予祝した歌**」であるとの思想と解釈に立って、元暦校本における本歌の原文が「焉副而」であることを無視し、あるいは一顧だにせずに、馬を並べて狩りに出立する昔の皇太子・草壁皇子の姿に、皇位継承者になるべき軽皇子の姿を重ねて詠んでいる歌として訓解しているのである。

内大臣藤原卿（藤原鎌足）が、鏡王女のつぎの歌に報えて贈った歌との題詞のある歌。

> 93　玉くしげ覆ふをやすみ開けていなば君が名はあれどわが名し惜しも

新しい訓

> **玉くしげ　見む麻呂山の**　さなかづら　さ寝ずはつひに　ありかつましじ

新しい解釈

> **（あなたの分身である）美しい櫛箱を見ようとしている私である麻呂の山のさなかづらが結ばれるように、結局はあなたと共寝しないということはないでしょう。**

■ これまでの訓解に対する疑問点

第3句の原文は諸古写本において「**將見圓山之**」であるが、定訓は「三室の山の」（「みもろのやまの」、あるいは「みむろのやまの」）と訓んでいる。

「將見」は「みむ」と訓めるが、「圓」は「ろ」とは訓めない。

ところが、澤瀉久孝『萬葉集注釋』は、「將見圓」を「ミムマロ」と訓み、「ム、マ合してモの表記とする説」（山田孝雄『萬葉集講義』）により、「ミモロ」であるという。

この歌には「或本歌云　玉匣三室戸山乃」との付記があり、或本に「三室戸山」とあるので、本体歌も「三室戸山」を詠んでいるものときめつけて、本体歌の原文を無視して「三室山」と訓んでいるに過ぎな

い、と考える。

　その結果、『新日本古典文学大系』は、「玉くしげ」を「みもろの山」の枕詞と解し、「みもろ」と訓んでいる原文「見」は甲類で、「くしげ」の箱の「身・実」は乙類で、音が異なるが枕詞の仮名違いはあるとし、『新編日本古典文学全集』は、ミモロの原文「将₂見円」はそれをミムマロの約と解した表記である、と強弁している。

　ただし、中西進『万葉集全訳注原文付』は「みむまど山」と訓み、「ミムロノ、ミモロノの訓はともに『圓』の訓からも読み添え上も不可。」と注釈しているのは見識である。

■新訓解の根拠

「玉くしげ　見む」とは、鏡王女の歌の「玉くしげ」「開けていなば」をうけており、鏡王女の一番大切なものを見よう、手に入れようとの意である。

　この「玉くしげ」は、鏡王女の分身である。また、「見」は、「逢う。」「男女の交わりをする。」の意（『岩波古語辞典』）である。

「**圓**」は「**まろ**」と訓み、「**麻呂**」**は男性の自称**であり、鎌足自身のことである。3826番歌「意吉麻呂之」（おきまろが）がある。

　本歌以外の前後の鏡王女および藤原卿の歌３首にはすべて「吾」の自称が用いられており、本歌においては自称を「麻呂」と表記したもの。

　圓（「円」の旧字体）に対し、「マロカス」「マロナリ」の訓（『類聚名義抄』）があり、略訓で「まろ」と訓める。澤瀉注釋も「マロ」と訓んでいる。

　本歌の主脈は、「玉くしげ　見む麻呂（は）　さ寝ずはついに　ありかつましじ」であるが、「さ寝」を導いて修飾するために、その前に「山の　さなかづら」の句を挿入した形である。

　この「山のさなかづら」の前に「麻呂」の語がくるため、「麻呂山のさなかづら」と特定することになり、鎌足の山のさなかづらであるから、鎌足もさ寝ずにおかないと強調しているところが、この歌の興趣でもある。なお、この歌の背景について、16番歌の新解釈で記述した。

　この歌において、第２句の「圓山」が「三室山」でなければならない理由は見いだし難く、かつ「将見圓山」を「三室山」と訓むことの根拠はいまだ明らかとはいえない。

　久米禅師が石川郎女を娉いしたときの5首のうちの最後の一首。

　前の4首は、久米禅師の小賢しい愛の告白に、石川郎女が反発し、互いに応酬し合っている問答歌であるが、この歌は禅師が素直に愛を告白している、締めの歌である。

新しい訓

> 東人（あづまひと）の　荷前（のさき）の箱の　**かの緒（を）にも**　妹は心に　乗りにけるかも

新しい解釈

> 　東国の人の荷前の箱は、あのように紐の緒がしっかり結ばれて乗っているように、私（久米禅師）の心にも、妹（石川郎女）は**しっかりと心の緒に結ばれて乗っていることよ。**

■これまでの訓解に対する疑問点

「東人の荷前の箱」とは、東国の人が、年末に初穂として朝廷や伊勢大神宮などに奉る貢物をいれた箱のことである。

　第3句の原文「荷之緒尓毛」を定訓は「荷の緒にも」と訓んで、荷前の箱の「荷を結んでいる緒のように」と解釈している。

　しかし、元暦校本および金沢本には「かのをにも」の訓、広瀬本にも「カノヲニモ」の訓が併記されている。

■新訓解の根拠

　第3句の「荷」は、元暦校本および金沢本のように「か」と訓む。

「か」は「彼」で、指示代名詞の遠称「あれ」である。

　その「あれ」とは、「東国の人が荷前の箱を結んでいる紐の緒の状態」

を指している。

　それは、東国から都や伊勢に大切な荷を運ぶには、遠い道のりを、長い時間かけても、荷の紐が弛まないよう普通以上にしっかりと結ばれている状態のことである。

　あのように、私の心の緒（紐）も長い間緩むことなく、しっかりと結んで、あなたが私の心に乗っている状態であることよ、と詠んでいるものである。

「荷」を「に（荷）」と訓んでも、解釈はほぼ同じであるが、「荷」と訓めば単に「荷」に限定されてしまうが、「かの」と訓めば代名詞として、「荷の」以上の状況を伝えることができる。

「但馬皇女が高市皇子宮に在りて穂積皇子を思う御歌一首」と題詞のある歌。

これまでの訓例

> 　秋の田の　穂向きのよれる　異よりに　君によりなな　こち
> たくありとも

新しい解釈

> 　秋の田の穂がいっせいに靡いている向きと**異なる向きに靡く**
> **穂があるように**、私は夫ではない君に寄り添っていたい、他人
> に非難されようとも。

■これまでの訓解に対する疑問点

　ほとんどの注釈書は、第3句の原文「異所縁」を「片寄りに」と訓ん
でいるが、「異」を「かた」と訓めないとして「こと」と訓む説もある。

　しかし、「コトは、同じの意。」として、「ことよりに」を「一つ方向
に稲の穂が向くように。」（『日本古典文學大系』）と解釈しており、「片
寄りに」と異なる所がない。

　注釈書はなべて、「秋の田の、実った稲穂が一方に靡いている、その
ように君に寄り添いたい、人の噂はうるさくとも。」（『岩波文庫　万葉
集』）と同旨の解釈をしている。

　題詞の主旨から言っても、この歌は二人の皇子の間で恋する但馬皇女
の心境を詠んでいるもので、注釈書の解釈のように一人の「君」に対す
る恋を謳いあげたような単純な歌ではない。

■新訓解の根拠

「**異所縁**」の「異」を「他と異なる」意の「こと」と訓む。

　この歌は、題詞にあるように、高市皇子と結婚あるいは同棲している但馬皇女が、世の慣わしに反して穂積皇子に心を靡かせるようになったことを詠んでいるものである。

　上2句の「秋の田の　穂向きのよれる」は、一般的に結婚している女性は夫にひとえに心を靡かせるものであることを、稲田の穂が一方向に靡いている状態と詠むことで表現し、そのうえで、結婚している女性が夫以外の他の男性に心を靡かせる状態を、第3句において稲田の穂が他の穂と異なる方向に靡いている状態と譬えて、表現しているのである。

　このことは、結句「こちたくありとも」と詠んでおり、単に恋が他人に知られて噂がうるさいの意の「ことしげくとも」ではなく、世間的に許されない恋であることを前提に、他人から非難されても、と表現して詠んでいることでも明らかである。

柿本人麻呂の石見相聞歌の長歌の一首に付されている反歌である。

新しい訓

> 石見の海　**うち歌ふ山の**　木の間より　わが振る袖を　妹見
> けむかも

（いはみ）

新しい解釈

> 石見の海に別れを惜しんで、**海に向かい歌を唱っている山の**
> 木の間より、私が振っている袖を妻は見ただろうかなあ。

■ これまでの訓解に対する疑問点

　多くの注釈書は第2句の「打歌山」を「うつたの山」と訓み、所在不明としている。

　そして、132番歌に第3句以下が本歌とほぼ同じ歌があり、その上2句は「石見乃也　高角山之」であるので、「高角山」であるべきところ、本歌の左注に「句々相替る」とあるように、誤って伝承されたと解されている。

　しかし、万葉歌にほぼ同じ歌詞の歌はないではないが、初句の「石見乃也」と「石見之海」とは微妙に異なり、第2句は同じ詞でない可能性があるのである。

■ 新訓解の根拠

「打歌山」は、**「うち歌ふ山」**と訓む。

「打ち」は、「相手・対象の表面に対して、何かを瞬間的に勢いを込めてぶつける意。」（『岩波古語辞典』）である。

「歌う」は「歌の言葉に節をつけ、声をあげてとなえる。」の意（前同）

である。4150番歌に「唱船人」（うたふふなびと）がある。

　したがって、第2句の解釈は、初句の石見の海に対して声をあげて歌っている、の意である。

　この反歌の長歌である138番歌では、前半に石見の海を詠い、後半に妻との別れを詠んでいる。

　このときの歌の作者・人麻呂は、別れてきた妻のことばかりを思って山路まで来たが、そこから、しばらく暮らして懐かしい石見の海が見えたのである。人麻呂は別れが惜しくて瞬間的に石見の海を歌う言葉が口から出ていた。それが「石見の海　うち歌ふ山の」である。

　また、その山路の樹林の間より、今別れて来た妻の家の方が見えたので、こちらに対しても人麻呂は瞬間的に袖を振っていた。「うち」は「内」のことでもあり、山路の樹林の内より外にある石見の海や別れてきた妻の家の方に向かって、歌い、かつ袖を振っていることを意味している。

　このように、この歌の「打歌山」の表記は正しく、これまでは、人麻呂が詠んだ歌の歌趣を理解できなかっただけである。

　なお、「うち歌ふ山の」は8字であるが、句中に単独母音「う」があるので、字余りは許容される。

　和銅4年（711年）、河辺宮人が姫島の松原に嬢子の屍を見て悲嘆して作る歌2首、とある歌の一首。

新しい訓

　　難波潟　潮干なありそね　**沈みゆく**　妹が姿を　見まく苦しも

新しい解釈

　　難波潟は、いま潮干の状態であってくれるな、（潮干であればやがて潮が満ちてきて、いま松原の浜の上にある）妹の姿が**沈んでゆく**のを見ることになり、苦しいから。

■これまでの訓解に対する疑問点
　定訓は、第3句の原文「**沈之**」を「沈みにし」と訓み、「沈んだ」と解している。
　この「に」は完了の助動詞「ぬ」の連用形であるが、その表記がないのに、助動詞を勝手に加えて訓むものである。
　注釈書は妹がいま海底に沈んでいると解し、その結果、「題詞には『見て』とあるが、前の一首も屍の事は見えてゐず」（澤瀉久孝『萬葉集注釋』）、「題詞に『屍を見』とあるのとは内容的に矛盾。」（『新編日本古典文学全集』）、「水に沈んだ屍が隠れたままであってほしいと願う。二二八題詞の『屍を見て』は正確な表現ではない。」（『岩波文庫　万葉集』）などと解説し、題詞の文言を否定しているが、とんでもない見当違いだと思う。

■新訓解の根拠

「沈之」の「之」を「ゆく」と訓み、「沈みゆく」である。

「之」を「ゆく」と訓むべき例は、334番歌「忘之為」(忘れゆくため)ほか多数ある(後掲「類型別索引」234頁参照)。

　この関係で、第2句の「潮干なありそね」も定訓による解釈のように、「これから潮干になってくれるな」の意ではなく、「今の状態が潮干の状態で有ってくれるな」の意である。

　すなわち、いま妹の屍がある松原の浜が潮干の状態であれば、やがて満ち潮となり、浜が潮に沈み、妹の屍も沈むことになるから、今が満ち潮の状態であって欲しいと、歌の作者・河辺宮人が詠んでいるのである。

　歌の作者は、浜にある妹の屍を見て詠んでいるもので、前掲注釈書の指摘は当たらず、誤訓に基づくものである。

「雑歌」の部にあり、「桉作村主益人が豊前國より京に上るときに作る歌一首」との題詞がある歌。

新しい訓

> 梓弓（あづさゆみ）　引き豊国（とよくに）の　鏡山　見ず久ならば　**恋せしむかも**

新しい解釈

> 梓弓を引くと響（とよ）むその豊国の鏡山は、見ないで久しくなったら、**私を恋しくさせるだろうか。**

■これまでの訓解に対する疑問点

　結句について、類聚古集は「**戀教牟鴨**」であり、2番目の文字は明らかに「教」と表記されているが、それより新しい時代の古写本はすべて「敷」と表記されている。

　定訓は「敷」を原字として、「敷」を「しけ」と訓んで、「恋しけむかも」と訓んでいる。

　その理由について、澤瀉久孝『萬葉集注釋』は、「恋しけ」は形容詞「こほし」の古い形の未然形であると説明している。

　しかし、万葉歌において「戀敷」の表記は本歌以外に10首あるが、その訓は9首が「恋しき」であり、2017番の1首は「恋しくは」と訓まれている。

■新訓解の根拠

　結句の原文を、「戀教牟鴨」として訓解する。

「**教**」を、使役の助動詞「**しむ**」「**せしむ**」（『学研漢和大字典』）と訓む。

「教」は、『類聚名義抄』にも「セシム」の訓がある。

「かも」は疑問の終助詞。

　したがって、「戀教牟鴨」は「恋せしむかも」と訓み、恋しくさせるだろうか、の意である。「牟」は「せしむ」と訓ませるため、「む」として表記している。

　一首の歌意は、定訓によれば、「豊国の鏡山を見ないで久しくなったら、恋しく思うだろうなあ」であるが、私の新訓によれば、「豊国の鏡山は見ないで久しくなったら、私を恋しくさせることだろうか」である。

　この歌は、旅立ちに当たり、眼前に見える鏡山に惜別の思いを込めている歌であるから、鏡山を主格にして詠んだ歌と考える。

巻第4　488番（小異歌：1606番）

「相聞」の部にあり、「額田王の近江天皇を思ひて作る歌一首」の題詞がある。原文の表記文字が少し異なるが、内容がほぼ同じ歌が1606番にもある。こちらは、「秋相聞」の部に載せられている。

近江天皇とは、天智天皇のことである。

新しい訓

> 君待つと　わが戀ひをれば　わが屋戸の　**簾鳴らして**　秋の風吹く

新しい解釈

> 君にお逢いしたいと待って居ると、私の住まいの**簾を揺り鳴らして**、秋風が吹いてきたことよ。

■これまでの訓解に対する疑問点

第3句の原文は「**簾動之**」であり、定訓は「簾動かし」と訓み、この訓を疑う人はいない。この訓により、広く愛唱されている歌である。

しかし、万葉歌の訓解をしていると、のちに述べるように、本歌（1606番歌を含む）以外に「動」の文字は35首に用いられているが、「うごく」と訓まれている歌は他に全くなく、「響む」「響く」「騒ぐ」と訓まれていることが圧倒的であることに気づく。

すなわち、「動」によって「動く」ことを視覚で直接捉えたことを詠んでいるのではなく、「動く」ことにより発生する「音」を聴覚で聞くことを表現しているものとして訓まれているのである。「鳴動」「騒動」という複合語がある。

簾は上部を固定し下に垂らして使用するものであるから、「簾動かし」から想定できることは、つぎの三つである。

1　風が、上部の固定位置を動かすことは考えられない。
2　下に垂らした簾を上下に持ち上げたり、下ろしたりすることも、人間はできるが、風はできない。
3　下に垂らした簾を前後左右に揺らすことは風の力によってできる。

　したがって、「簾動之」の訓解として、3の簾を揺らすことしかあり得ないのである。簾が揺れれば、簾そのものから、あるいは他のものに触れて音を出すことがある。
　本歌において、額田王はずっと簾を見ながら君が来るのを待って居たのではなく、簾の方から音がしたので、君が簾を持ち上げた音かと、簾の方を見たら、君の姿はなく、秋風が吹いてきて簾を鳴らした音であることが分かったというものである。
　源氏物語には、簾が登場する場面が多いが、「伊予簾はさらさらと鳴るもつつまし。」（「浮舟」）と、簾が鳴るという表現が用いられている。
　また、古今和歌集の藤原敏行の歌に「秋来ぬと目にはさやかに見えねども風の音にぞおどろかれぬる」とあるように、これも視覚ではなく、風の音による聴覚を詠んでいる。
　本歌の表記が「簾動之」であるからと言って、詠われている状景は上記3であり、これを直接「動く」と詠うのではなく、動くことから生ずる音によって表現しているもので、本歌の「動之」を「うごかし」と訓むことは疑問である。なお、元暦校本の付訓に「すたれおこかし」とあるが、「おごかす」は「揺がす」（『古語大辞典』）の意とされている。

■新訓解の根拠
　万葉歌における「動」の訓例は、本歌と1606番歌以外はつぎのとおりである。

「響め」「響み」
　570番　1047番　1062番　1493番　1761番　1762番　1828番
　2513番　2514番　2515番　2593番　2704番　2803番一云
　3281番　3310番　　　　　　　　　　　　　　　　　　　計15例

「騒く」「騒き」「騒け」

　　220番　260番　388番　927番　938番　939番　1228番　1238番

　　　　　　　　　　　　　　　　　　　　　　　　　　　計8例

「とどろ」

　　600番　949番　1050番　1064番　2717番　2840番　3232番

　　　　　　　　　　　　　　　　　　　　　　　　　　　計7例

「響もす」

　　1957番（令動）　1991番（動）　　　　　　　　　　計2例

「なり」「なる」（助動詞）

　　1671番　2015番　　　　　　　　　　　　　　　　　計2例

「鳴き」

　　2021番　　　　　　　　　　　　　　　　　　　　　1例

　このように、「動」に対する訓例の多くは、「音」に関する語で訓まれ
ており、万葉歌において、「動く」「動かし」の訓は本歌以外皆無であ
る。2515番歌「枕動」を「枕響みて」のほか「枕動きて」と訓む説が
あるが、2516番の答歌に「枕は人に事問へや」の句があるので、「枕動
きて」は誤訓であろう。

　また、2176番歌「苦手揺奈利」を定訓は「とまでうごくなり」と訓
んでいるが、「動く」という文字を用いておらず「揺奈利」と表記して
いるものであるから、これは「ゆるなり」である。

　なお、上掲1671番の「動」は、「行く」と訓むことは本シリーズⅢで
既述のとおりである。2015番も同様。

「簾動之」は「簾とよもし」との訓みも十分考えられるが、「とよもし」
の意として、「あたりを一面にひびき渡らせる。」（『岩波古語辞典』）、
「鳴り響かす。」（『古語大辞典』）とあるので、「**簾鳴らして**」の訓が穏当
と思われる。

　この場合は、「て」を訓添することになる。結句においても、「秋の
風」と「の」が訓添されている。

　秋風が吹いて簾を揺らし、音を鳴らしている状態と解する。

　なお、1606番歌の原文は「簾令動」であり、「簾鳴らさせ」と訓む。

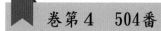

題詞に「柿本朝臣人麻呂妻歌一首」とある歌である。

定訓

> **君が家に　わが住み坂の**　家路をも　われは忘れず　命死なずば

新しい解釈

> **あなた（妻）の家に、私が住むという住坂という名の坂がある**、あなたの家に通う路のことも、私は命のある限り忘れることはありません。

■これまでの解釈に対する疑問点

注釈書は、題詞を「柿本朝臣人麻呂の妻の歌一首」と訓んで、「柿本人麻呂の妻が詠んだ歌一首」と解している。

したがって、第1句の「君」は夫の人麻呂のこと、第2句の「わが」は妻のことと解釈している。

その上で、「当時の妻問い婚の一般的形態に徴して女性が男性の家に通い住むことは不審。」「今は後考にまつ。」（以上、『岩波文庫　万葉集』）と注釈している。

後考として私は、その原因はつぎのように題詞の訓の誤解にあると考える。

■新解釈の根拠

上掲題詞は、人麻呂が妻を詠んだ歌と解すべきである。この歌の作者は男性の人麻呂であるので、上述の「不審」はないのである。

同様の題詞例として、他にもあるが2例を掲げる。

398番歌の題詞「藤原朝臣八束梅歌二首」

410番歌の題詞「大伴坂上郎女橘歌一首」

　これらの歌は、藤原八束が「梅」、坂上郎女が「橘」を、それぞれ詠んだ歌であることは、歌の内容から明白である。

　本歌においても、人麻呂が妻を詠んだと解すべきである。

　人麻呂が、妻の家へ通う道の途中に「すみさか」という名の坂があったのであろう。

　定訓が、題詞を誤解しているために、注釈書が本体歌の解釈を誤解・曲解している歌として、既に取り上げた16番歌、269番歌がある。

笠女郎が大伴家持に贈った歌24首のうちの一首である。

新しい訓

> 剣太刀（つるぎたち）　身にとりそふと　夢に見つ　**何かの怪（け）ぞも**　君に逢ひする

新しい解釈

> 女の私が剣太刀を身につけるという夢を見ました、君に逢うことの**何かの不思議の顕れであることよ。**

■ これまでの訓解に対する疑問点

第4句の原文は**「何如之恠曽毛」**であるが、賀茂真淵『萬葉考』が「恠」を「さが」と訓んで以来、多くの注釈書は「何の兆（さが）そも」と訓んでいる。

もっとも、『日本古典文學大系』は諸古写本の訓である「しるし」と訓み、中西進『万葉集全訳注原文付』は「如何なる怪（け）そも」と訓み、「このふしぎな夢の正体はなんでしょう。」の意と解している。

「恠」は「怪」の異体字であり、「さが」とも「しるし」とも訓む根拠は乏しいと考える。

■ 新訓解の根拠

私は、「恠」を前掲中西全訳注と同じく「怪（け）」と訓み、第4句を「何かの怪（け）ぞも」と訓む。

「怪」の用例は、本シリーズⅤの3356番歌「怪（け）に呼はず来ぬ」で示している。

この歌の「怪」は、歌の作者にとって不思議なことである。

　したがって、上3句の夢は、何かが起こる不思議の顕れであることよ
の意である。
　何かは、結句の「君に逢ひする」ことで、結句と第4句を倒置の関係
にして、不思議の疑問に答える形式で逢いたい気持ちを強調している。
　注釈書は結句の「君尓相爲」を「君に逢はむため」と訓んでいるが、
夢は何かの「ため」に見るものではなく、「ため」の訓は相応しくない。
　なお、中西全訳注は「君に相はせむ」と訓んで「あなたによせて夢合
わせをしましょう。」と解している。

これも、笠女郎が大伴家持に贈った歌24首のうちの一首。

新しい訓

> 皆人を　寝よとの鉦（かね）は　敲（たた）けれど　君をし思（も）へば　い寝かて
> ぬかも

新しい解釈

> 皆に、もう寝る時刻だと、**時守が鉦を敲いているが**、私は君
> のことを思っているので、眠ることができないかも。

■ これまでの訓解に対する疑問点

　この歌の第3句の原文は、諸古写本において「**打礼杼**」であるが、定
訓は「打つなれど」と訓んでいる。

　しかし、「な」と訓める文字の表記がなく、この訓は疑わしい。

　おそらく、「打てれど」では4字の字足らずになるため、勝手に「な」
を補って訓んでいるものであろう。

■ 新訓解の根拠

「かね」（鉦・鐘）を「打つ」とも言うが、「敲く」とも言う。

　したがって、「打礼杼」の「打」を義訓で、「敲く」と訓む。

　原文は「金（かね）」であるが、「打つ」で想像する今の寺の梵鐘のような大
きな吊り鐘ではなく、手に持って敲く程度の大きさの鉦であろう。

「たたけれど」は5字で、字足らずが解消する。

粟田女娘子が大伴家持に贈った歌２首のうちの一首である。

新しい訓

> <ruby>諦<rt>あきら</rt></ruby>むる　すべの知らねば　<ruby>片垸<rt>かたもひ</rt></ruby>の　底にぞ我は　**恋してにける**

新しい解釈

> **恋を諦める**方法を知らないので、私は人目につかない片垸の底に、**片思いしてしまったことよ。**

■ これまでの訓解に対する疑問点

　初句の原文は「**思遣**」を、注釈書は「思ひ遣る」と訓んで「思いを晴らす」意に解しているが疑問である。

「思遣」を「あきらめる」と訓むことは、本シリーズⅠ掲載の207番歌で述べたとおりである。

　また、結句「戀成尓家類」を注釈書は「戀なりにける」と訓んでいるが、『新日本古典文学大系』、『岩波文庫　万葉集』は「万葉集中他に例を見ない表現」といい、『日本古典文学全集』、『新編日本古典文学全集』は「中古に多い『思ひなる』の類と同じ構成。」という。

　これらの注釈によっても、「戀なる」の訓は疑うに十分である。

■ 新訓解の根拠

　本歌においても、「思遣」に対して「諦める」の訓が相応しいと考える。

　すなわち、恋を完全に諦め切れない歌の作者は、人のあまり見ない片垸の底のような所で、しかも「片垸」の音に掛けて「片思い」をしてい

る、と詠んでいるものである。なお、この歌には「片垸の中に注せり」との注がある。

結句の「戀成尒家類」の「戀成」を私は、「恋して」と訓む。

2857番歌「於妹不相為」（妹に逢はずして）の「為」を「して」と訓んでいるが、「為」も「成」も「し」の訓があり、「成」も同様に「して」と訓むことができる。

「成」に対して「して」と訓むべき例は、1134番歌「時歯成」（常盤して）、3791番歌「引帯成」（ひきおびして）がある。

「尒家類」を「にける」と訓むことは争いなく、「……てしまったことだ」の意である。

神亀4年（727年）正月、春日野で数人の王子と諸臣子が打毬に興じていたところ、俄かに雷雨となり、宮中を留守にしていたことが分かり、禁散の勅を受けることになったとき作る歌、との左注がある。

新しい訓

> 　（長歌の部分）
> 　もののふの　八十伴（やそとも）の男（を）は　折（を）り節（ふし）も　行き来継（きつ）ぎかし　ここに続ぎ　常にありせば　友並めて　遊ばむものを

新しい解釈

> 　（もののふの）大勢の男が、**折々にも行ったり来たりを繰り返していたのだった、ここに続けて常に集まっていたので**、友と一緒に遊んだりしていたものを、

■これまでの訓解に対する疑問点
　上掲の3番目から5番目の句の原文は、つぎのとおりである。

「折不四哭之来継皆石此續」

　古写本は、3番目の句を「折不四哭」として「をりふしも」と訓んでいたが、江戸時代に契沖が『萬葉代匠記』において、2131番歌に「切木四之泣」の例があるとして「折不四哭之」を「雁が音（カリガネ）の」と訓んだことに、定訓は従っている。
　しかし、両者は「四」のみ同じであるが、他の文字はすべて異なるものを同じように訓むことは牽強付会というべきである。
　つぎに、定訓は、4番目の句を「來継皆」とし、「皆」は「比日」の

2字を「皆」の1字に誤記したものとして、「来つぐこの頃」と訓んでいるが、これも不審。

そして、5番目の句の原文を「石此續」とし、「石此」は「如此」の誤字であるとする加藤千蔭『萬葉集略解』に従い、「かくつぎて」と訓む注釈書が多い。

中西進『万葉集全訳注原文付』は上記の訓に従っているが、「以上三句の解なお疑問。」とある。

■新訓解の根拠

3番目の句「折不四哭」は、諸古写本のとおり「**折り節も**」と訓むべきである。

それは、上掲の3番目から5番目の直前の句は「もののふの　八十伴の男は」、その直後の句は「常にありせば」であり、この間の3句は男が「常にある状態」を詠んでいるものと考えられる。

定訓の「雁が音の　来つぐこの頃」では、男が「常にある状態」と符合しない。

「之」は、4番目の先頭に持ってきて、4番目の原文を「之來継皆石」とする。

「**之**」を「**ゆき**」と訓む例は、229番歌で既述のとおりである。したがって、「之來」は「行き来」と訓む。

「皆」は音「カイ」の略音で「か」、「石」は「し」と多く詠まれている（1047番「思煎石」〈おもへりし〉など）ので、「**皆石**」は「かし」と訓み、「**かし**」は「説得や確認のために、念を押す気持ちを表す。」（『古語大辞典』）である。

「かし」あるいは「くぁし」は、3878番歌、3879番歌にある。

したがって、「之來継皆石」は「行き来継ぎかし」と訓み、「行き来をくり返していたのだった」の意である。

5番目の句の原文は「此續」で、「ここに続ぎ」と訓み、「ここ」とは男たちが打毬をしていた春日野の場所であり、ここに続いて来ていた、の意である。

この3句は、男たちが宮中を抜け出して、春日野に集まって遊んでいたことの言い訳をしている部分と解する。

類　例

巻第10　2062番

「秋雑歌」の部にある「七夕」の題の歌。

新しい訓

> 　　機^{はたもの}の　蹈木^{まねぎ}もちゆきて　天の川　打橋^{うちはし}渡す　**君行き来るた
> め**

新しい解釈

> 　　機織りの道具である足で踏む板を持って行って、天の川に仮
> の橋を渡しましょう、**あなたが行き来^きするために。**

■これまでの訓解に対する疑問点
　定訓は、結句の原文「公之來為」を「君が来^こむため」と訓んでいる。
　しかし、「来^こむ」の「む」は推量の助動詞であるが、歌詞にはその表
記がなく、「む」と訓む根拠がないものである。

■新訓解の根拠
「公之來為」の「之」は「ゆき」と訓むことは、前掲歌のとおりであ
る。
　本歌においても「之」は「ゆき」と訓み、「之來」は「行き来る」と
訓む。
「君行き来るため」は８字であるが、ヤ行音（「ゆ」）の前にｉの音節
（「み」）があるときに該当し、字余りが許容される。

巻第12　2922番

「正述心緒」の部にある歌。

新しい訓

夕去らば　君に逢はむと　思へこそ　**日行き暮るるも**　うれ
しかりけれ

新しい解釈

夕方になると君に逢おうと思うからこそ、**一日が行き暮れる
のも**うれしいことだなあ。

■これまでの訓解に対する疑問

定訓は、第4句の原文「日之晩毛」を「日の暮るらくも」と、ク語法
に訓んでいる。

それは「之」を「の」と訓み、「日の暮るるも」と訓むと、6字の字
足らずになるからである。

しかし、「らく」の2字に該当する表記がないのに、「日の暮るらく
も」と訓むことは不当である。

■新訓解の根拠

前掲のように、「之」は「ゆき」と訓む。

したがって、**「日之晩毛」を「日ゆき暮るるも」**と7字に訓むもので
ある。

「も」は、逆接の確定条件の接続助詞で、活用語の連体形に接続する。

「雑歌」の部の「羈旅作」の題がある歌。

新しい訓

> 大海の　水底とよみ　立つ波の　**はた寄りしある**　磯の清や
> けさ

新しい解釈

> 大海の海底を掻き混ぜて轟く波であるが、**とはいえ、その波
> が寄っている**磯は清く澄んでさわやかなことよ。

■これまでの訓解に対する疑問点

定訓は、第4句の原文「将依思有」を「よらむとおもへる」あるいは
「よせむとおもへる」と訓んでいる。

それは、「将」は意志の助動詞「む」と訓むものと決めてかかってい
るからである。

また、人間以外のもの（波）に対して「思う」と訓むことを、「擬人
化」（『新潮日本古典集成』、『岩波文庫　万葉集』）として許容し、他の
訓を検討しないことも原因である。

もっとも、『日本古典文學大系』は「私の舟が寄ろうと思う」と訳し
ているが、根拠が不明である。

■新訓解の根拠

「将」は、「はた」と訓む。

副詞「はた」は、「上の事を肯定しながら、それと矛盾するような反
面を述べる語。とはいえ。そうはいっても。」（『古語大辞典』）の意であ
る。

これまで「將」はほとんど「む」と訓まれてきたが、後に述べる3193番歌「山道將越」（やまぢはたこゆ）をはじめ、「はた」と訓むべき場合がある。

　「思有」は、**「思」**を音の**「し」**と訓み、**「しある」**と訓む。同様の訓み方は、643番歌「女尓思有者」（をみなにしあらば）、3110番歌「繁思有者」（しげくしあらば）などにある。

　「し」は強調の助詞である。

　「將依思有」は「はた寄りしある」と訓み、「とはいえ、（その波が）寄っている」の意である。

　この歌は、上句で波が海底を掻き混ぜて轟いていることを肯定的に詠み、下句ではその波が寄る磯の清けさを対比して詠んでいるもので、この両句を結ぶ語が「はた」である。

　これを知らない訓解は、この歌を損なっているといえるのである。

これも「雑謌」の部の「羇旅作」の題がある歌。

新しい訓

> **当て過ぎて**　糸鹿の山の　櫻花　散らずあらなむ　帰りくるまで

新しい解釈

> **当てが外れて**、いま盛りの糸鹿山の桜花が、私がここに戻って来るまで散らないで欲しいなあ。

■これまでの訓解に対する疑問点

　定訓は、初句の原文「足代過而」の「足代」を「あて」と訓み、地名と解している。澤瀉久孝『萬葉集注釋』は、日本書紀に「紀伊國阿提郡」などとあることにより、今の和歌山県有田郡の地名としている。

　私は、つぎの句の「糸鹿の山の」を詠むために、「あて」という地名を通り過ぎたことを詠んでいるとは思わない。

　これを「一種の道行き文的表現」（『日本古典文学全集』）、「道行的慣用句か」（中西進『万葉集全訳注原文付』）という注釈があるが、当たっていない。

■新訓解の根拠

「あて」は「当つ」の連用形で、**「ねらいをつける」**の意である。「心当て」の「あて」である。

「当て過ぎて」は、歌の作者がいま盛りの糸鹿山の桜花を見て、自分が行く先からこの場所に戻って来るころには、もう散っていると当て推量をするが、その当てが早過ぎて、まだ散らずに桜の花が咲いていて欲しい、と詠んでいるものである。

巻第7　1373番

「譬喩歌」の部にある「月に寄す」の題の歌。

定訓

> 春日山　山高からし　**岩の上の　菅の根見むに**　月待ち難し

新しい解釈

> 春日山の山が高いのが障害らしい、**岩の上に生えている菅の根のように、長くしっかりと共寝したいのに**、月が出てこず君が待ち遠しいことよ。

■ これまでの解釈に対する疑問点

　定訓は、ほぼ上記のとおりであるが、「譬喩が鮮明でない。」（澤瀉久孝『萬葉集注釋』）、「山・月・菅ノ根の比喩する内容が不明で、裏の意味が明らかでない。」（『日本古典文学全集』）などと注釈されている。

■ 新解釈の根拠

　この歌は、初句・第2句の「春日山　山高からし」と結句の「月待ち難し」の間に、第3句・第4句の「**岩の上の　菅の根見むに**」が挟まれ、この二句が譬喩となっている。

　4454番歌に、本歌と類似句の「巌に生ふる　菅の根の」とある。

　本歌では、菅の根は長いことの譬喩に用いられるが、ことに岩の上に生えている菅の根のように長く、しっかりとの意が込められている。

　「見る」は男女が逢うこと、共寝することの意があるので、「岩の上の菅の根見むに」は、**長く、しっかりと共寝をしたいと思うのに**、の意である。

　「山高からし」の「からし」は、315番歌の「山からし」「水からし」と

150

同じで、山の高い状態をいい、春日山が高いので、月の出が遅く、暗く
て君がやって来れず、君の姿が待ち遠しいことよ、の歌趣である。
　春日山が高いことには君がすぐに来られないことを、月には歌の作者
が待っている人（君）を、それぞれ隠喩している。
　さらには、山の高いところの岩に生えている菅の根は強く離れ難いの
で、離れ難いほどしっかりと共寝したいことをも響かせている。

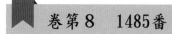

巻第8　1485番

「夏雑歌」の部にあり「大伴家持唐様花歌一首」の題詞がある歌。

新しい訓

> 夏まけて　咲きたるはねず　ひさかたの　雨うち降らば　**はた移ろふか**

新しい解釈

> 夏になるのを待って咲いたはねずの花であるが、〈ひさかたの〉雨が降ったら、**ひょっとして**色が褪せるだろうか。

■ これまでの訓解に対する疑問点

　定訓は、結句の原文「**將移香**」を「うつろひなむか」と訓んでいる。

　これについて、『日本古典文學大系』は「ナムは完了のヌの未然形に推量のム。」と注釈しているが、原文には完了のヌの未然形「ナ」に該当する文字の表記がない。

　他の多くの注釈書は、当然のように「なむ」と訓み、原文を無視している。

■ 新訓解の根拠

「**將**」は、「**はた**」と訓む。1201番歌の「將」も「はた」と訓むことは既述のとおりである。

　本歌の「はた」は、「別の可能性を認めながら、ある可能性について考え仮想する語。ひょっとすると。もしかすると。」(『古語大辞典』)の意である。

「はねず」は「ニワウメ」と言われており、4月に淡紅色で薄く小さい5弁の花片を密集させて咲く。その色が移ろいやすいことは、657番歌

「はねず色の　うつろひやすき　わが心かも」と詠まれている。

　家持は、ひょっとして雨が降って花が濡れれば、色がより早く移ろふことになると心配しているのである。

　定訓が「うつろひなむか」と訓むのは、完了の助動詞「ぬ」の表記がなくとも「ぬ」を加えて訓み、「將」は推定の助動詞「む」と訓むと決めてかかっている、これまでの訓解の二つの通弊による結果である。

巻第8　1551番

「秋雑歌」の部にあり「市原王歌一首」の題詞がある歌。

新しい訓

> 時待ちて　落つる時雨の　**雨止ませ**　明くる朝<ruby>朝<rt>あした</rt></ruby>か　山の黄ば
> まむ

新しい解釈

> 時期を待って降っている時雨を**降り止まさせて**、夜が明ける
> 朝は山の木々は黄色味を帯びていることだろうか。

■ これまでの訓解に対する疑問点
　第3句の原文は諸古写本において「**雨令零収**」（但し、類聚古集は
「収」が「攸」）であるが、定訓は「雨止みぬ」と、例により「ぬ」の表
記がないのに、完了の助動詞「ぬ」と訓んでいる。
　他方、「令」を衍字、不用、誤って入ったものかとする説が多いが、
不審である。
　また、結句の原文「將黄變」を定訓は「もみたむ」と訓んでいること
にも、疑問がある。

■ 新訓解の根拠
「雨令零収」は「雨止ませ」と訓む。
「零収」は、雨が降り収まることの表記であるから「止む」の未然形
「止ま」と訓む。
　問題の「令」は「せ」と訓み、使役の助動詞「す」の連用形「せ」と
訓む。
「令」を「せ」と訓むことは、1138番「船令渡呼跡」（ふねわたせをと）

154

をはじめ、多数ある。

　時雨の雨ごとに山の木々は「黄葉」（もみぢ）してゆくが、この歌の時雨は「時待ちて」と詠まれているので、その秋の初めのころの時雨であろう。

　初めの時雨で一度に山がもみぢするわけがなく、原文の表記も「黄變」であるから、山の木々の葉が黄ばんできただろうかの意であり、「もみたむ」の状態ではない。

　時雨に秋の山が色づくのを待っていた市原王は、翌朝の山が色づいているかを、早く確かめるために、時雨を降り止ませたいというのである。

　新しい趣向の歌である。

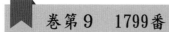

「挽歌」の部の「紀伊國作歌四首」の題詞がある４番目の歌で、柿本人麻呂歌集出の歌。

新しい訓

> 玉津島　礒の浦廻の　真砂にも　**にほひ失せるな**　妹が触れけむ

新しい解釈

> 玉津島の礒の廻りの砂浜の砂にも、（生前）妻が触れているだろうから、**妻の香りは消え失せてくれるな。**

■これまでの訓解に対する疑問点

　この歌の第４句の原文「尒保比去名」を「にほひ行かな」と訓むと６字で字足らずになるため、定訓は、「比」と「去」の間に、「て」あるいは「に」を訓添するか、脱字があるものとして「て」の文字「而」あるいは「に」の文字「尒」などを補って、「にほひて行かな」あるいは「にほひに行かな」と訓んでいるものである。

　そして、「にほひて行かな」と訓んでいる論者は、つぎの歌を訓例として掲げている。

　　932　白波の千重に来寄する住吉の岸の埴生ににほひて行かな
　　1002　馬の歩み抑へ留めよ住吉の岸の埴生ににほひて行かむ

　しかし、この２首において、「にほひて行か」は「住吉の岸の埴生」の色に染まって行きたいと詠んでいるものである。

　これに対し、1799番歌の「玉津島礒の浦廻の真砂」は、色に染まる

砂があることで知られているところではなく、歌も羇旅歌でなく挽歌であり、歌の詠われている情況が全く異なるので、「去」を同じように「行か」と訓むことには疑問がある。

■新訓解の根拠

この歌を訓解するためには、この歌の前にあるつぎの3首に注意すべきである。

　1796　黄葉（もみぢは）の過ぎにし子らと携はり遊びし礒を見れば悲しも
　1797　潮気立つ荒礒にはあれど行く水の過ぎにし妹が形見とぞ来し
　1798　いにしへに妹と我が見しぬばたまの黒牛潟を見れば寂しも

これらの歌の内容から、本歌の結句の「妹」は既に亡くなっていることと、この歌の作者（人麻呂であろう）はその妹と昔「玉津島の礒の浦」を一緒に訪れたことがあること、そこをこの歌の作者が再び訪れ、磯の情景に亡き妹を偲ぶ悲しんでいることが分かる。

すなわち、本歌は亡き妹と遊んだ磯の砂をみて、昔、妹が触れていることだろうから、せめてその砂に残っているだろう妹の香りは失せるな、と詠んでいるものである。

本歌の「にほひ」は視覚表現ではなく、嗅覚表現の「にほひ」である。「にほふ」を嗅覚表現に用いている歌は、3916番歌「橘の　にほへる香かも」にある。

したがって、「去名」は「失せるな」と訓む。「去」を「ウス」と訓むことは『類聚名義抄』にある。「な」は禁止の終助詞。
「真砂にも」の「も」は、最小限の願望を示す係助詞。
「にほひて行かな」と訓む論者からは、妻が触れた砂に、まだ妻の香りがにおっているから、歌の作者はその香りににおって行こうと詠んでいるものである、との反論があるかも知れない。

しかし、「にほひて行かな」と詠っている前掲の2首は、旅の記念にという歌趣であるところ、本歌は挽歌であり、亡妻を偲ぶ場所に来て、むしろそこを離れ難く偲んでいる歌である。

「にほひて行かな」と訓むと、亡妻を偲ぶ場所から立ち去ることを詠ん

でいる歌となり、挽歌として相応しくない。

　まして、前述のように、「て」や「に」を訓添あるいは補字をしてま
で、そのように訓むことの合理性はない。

　なお、挽歌である1406番歌「失去者」（失せゆけば）、1416番歌「失
留」（失せぬる）において、「失せ」と詠まれている。

「春雑歌」の部にある問答の答歌で、問歌はつぎのとおり。

1841　山高み降りくる雪を梅の花散りかも来ると思ひつるかも

定訓

> 　雪をおきて　梅をな戀ひそ　あしひきの　**山かたつきて**　家居せる君

新しい解釈

> 　雪をさしおいて、梅ばかり恋しがってはいけないよ、〈あしひきの〉**山にひたすら心を寄せて離れず**住まいしている君だから。

■これまでの解釈に対する疑問点

　第４句の原文は「**山片就而**」であり、諸古写本に「やまかたつきて」の訓が付されており、定訓も同様に訓んでいる。

　しかし、注釈書は、つぎのように解釈している。

『日本古典文學大系』	山の極く近くに
『日本古典文学全集』	山の近くに
澤瀉久孝『萬葉集注釋』	山に片よって
『新潮日本古典集成』	山裾に片寄せて
中西進『万葉集全訳注原文付』	山に近く
『新編日本古典文学全集』	山の近くに
『新日本古典文学大系』	山に接して
伊藤博訳注『新版万葉集』	山裾に方寄せて

　　　　『岩波文庫　万葉集』　　　　　山に接して

　これら注釈書は、すべて「片就」（かたつき）の解釈が不十分である。

■新解釈の根拠
「片就」の「かた」は、「（多く動詞に冠して）ひたすら、しきりにの意
を表す。」（『古語大辞典』）。1705番歌「かた待つ我ぞ」がある。
　同「つき」には、「心を寄せて従う。」（前同）、「離れずつき従う。」
（『岩波古語辞典』）の意がある。
　3514番歌に「雲のつくのす　我がさへに　君につきなな」がある。
　したがって、「山片就而」は「山かたつきて」と訓み、山にひたすら
心を寄せて離れずの意である。
　答歌の作者が問歌の作者に対し、問歌の作者は「山にひたすら心を寄
せて離れずに住んでいる」のだから、山に降る雪にも思いを寄せるべき
であり、「雪をさしおいて、梅ばかり恋しがってはいけない」と答えて
いるのである。
　各注釈書の解釈では、答歌の作者が「片就」の字を用いている心を理
解していない。

「夏雑歌」の部の「鳥を詠む」の題がある歌。

新しい訓

時鳥（ほととぎす）　今朝（あさ）の朝明（あさけ）に　鳴きつるは　君はた聞くか　朝居（あさゐ）かはた寝（ね）る

新しい解釈

時鳥が今朝の夜明けに鳴いているのは、**君がひょっとしたら聞いているか、君は朝起きて居るか、はたまた寝ているか。**

■これまでの訓解に対する疑問点

下２句の原文は「**君將聞可　朝宿疑將寐**」であり、それぞれの句に「將」が入っている。

古写本の訓はいずれも現在推量の「らむ」と訓んでいるが、定訓は過去推量の「けむ」と訓んでいる。

また定訓は、結句の「疑」を「か」と訓み、「朝いか寝けむ」と訓んで、多くの注釈書は「朝寝をしていたでしょうか」（『日本古典文学全集』）と訳している。

しかし、「朝い」（「朝寝」「朝眠」「朝寐」と訳語の表記が分かれている）と「寝けむ」の語を並べ、しかもその間に疑問の助詞「か」を入れて訓んでいるのに、訳は単に「朝寝をしていたでしょうか」であり、不審である。

■新訓解の根拠

下句の二つの「**將**」をいずれも、「**はた**」と訓む。

定訓は「將」をいずれも過去推量の「けむ」と訓んでいるが、それは

第3句の「鳴きつる」の「つる」が完了形の助動詞であるから、歌全体の時制を過去として訓んでいるものであるが、正しくない。

「つ」は、「過去・未来に関わらず、ある事実の完全、確実な実現・終了がその中心的な意味で、そこから『確述の助動詞』とも呼ばれ、現在・過去ばかりではなく、未来についての表現にも用いられる。」(『古語林』)のである。

第4句の「はた」は「ひょっとして」の意で、今、時鳥が鳴いているが、君はひょっとして聞いているか、の意。

結句の前半の「朝宿」は、「朝寝」ではなく、「朝居」と訓んで朝起きていたかの意である。「宿」は「宿直」(とのゐ)の「ゐ」であり、眠るの「い」ではない。

同後半の「寐」は「ぬる」と訓み、寝ていることである。

結句は、このように前半と後半に疑問の「か」を挟んで相反する語を並べ、「將」は一体どちらであるか、の意である。

補注

万葉集の歌の800首以上に「將」の文字が用いられており、約5首に1首の割合で「將」の文字が用いられている(1首に二つ以上の「將」が用いられている歌もある)。

これまでの訓では、すべて推量・意志の助動詞「む」、あるいは現在推量の助動詞「らむ」の活用形として訓まれてきた、と言っても過言ではない。

しかし、本歌以外にも、1201番歌、1485番歌において「はた」と訓むべきであることは、既述のとおりである(なお、143番歌の「將結」の「將」は「ゆき」と訓んだ)。

800字以上の「將」に対して、ほとんどの場合は推量・意志の助動詞「む」などの活用形として訓むことが正しいことは動かないが、以下のように「はた」と訓むべき場合も相当多数に及ぶと考える。

「はた」の語義には、つぎのものがあると『古語大辞典』は掲記している。

A　「別の可能性を認めながら、ある可能性について考え仮想する
　　　語。ひょっとすると。もしかすると。」

B　「二つの事柄のうち、どちらか選択を迫る語。それとも。はた
　　　また。」

C　「上の事を肯定しながら、それと矛盾するような反面を述べる
　　　語。とはいえ。そうはいっても。」

D　「ある一面を認めながら、それとは別の一面について述べる語。
　　　それはそれとしてまた。これはこれでまた。」

E　「上の場合でさえそうなのだから、この場合は言うまでもない
　　　という意を表す。まして。いわんや。」

F　「否定の語を伴ってこれを強める語。なんといっても。およ
　　　そ。」

G　「疑問の語を伴って、これを強める語。何だって。一体。」

　したがって、当該歌の「将」を上記語義の一つとして解釈した場合、
その歌の歌意がより鮮明になる場合は「はた」と訓むべきである。
　また、「む」の活用形で訓むと字足らずになるため、「けむ」「なむ」
などと他の仮名を訓添して字数合わせしている場合は、特に「はた」と
訓むことの可能性を再検討するべきである。

226　荒波に寄りくる玉を枕に置き吾ここにありと**はた誰に告ぐ**
　　　（将誰告）
　　　Gに該当し、「一体誰に告げるのか」の意。括弧内は原文
　　　（以下、同）。

231　高円の野辺の秋萩いたづらに**咲きかはた散る**（開香将散）見
　　　る人なしに
　　　Bに該当し、「いたづらに咲くのか、はたまた見る人なしに
　　　散ってしまうのか」の意。

545　わが背子が跡踏み求め追ひゆかば紀の関守い**はた留むかも**
　　　（将留鴨）
　　　Aに該当し、「もしかしたら留めるかも」の意。

682　**はた思ふ**（将念）人に有らなくにねもころに心尽くして恋ふ

る吾かも

Fに該当し、「およそ信じる人ではないのに」の意。

699　一瀬には千度障らひ行く水の**後もはた逢ふ**（後毛将相）今に
あらずとも

Cに該当し、「そうはいっても後にまた合流する（逢う）」の
意。

752　かくばかり面影のみに思ゆれば**いかにはたする**（何如将為）
人目繁くに

Gに該当し、「一体どうするか、人目が多いのに」の意。

759　いかならむ時にか妹を葎生の汚き屋戸に**入りはたいませ**
（入将座）

Dに該当し、「汚い家に、それはそれとして入っていらして
ください」の意。

1504　いとまなみ五月をすらに我妹子が花橘を**見ずかはた過ぐ**（不
見可将過）

Gに該当し、「花橘を見ないで、何だって過ぎてゆくのか」
の意。

1505　時鳥鳴きしすなはち君が家にい行けと追はば**はた至るかも**
（将至鴨）

Aに該当し、「行けと追ったら、ひょっとして君の家に至る
かも」の意。

1621　わが宿の萩花咲けり見に来ませ今二日ばかり**あらばはた散る**
（有者将散）

Cに該当し、「あと二日ぐらい経てば、そうはいっても散っ
てしまいます」の意。

1754　今日の日に**如何にはたしく**（何如将及）筑波嶺に昔の人の**は
た来その日も**（将来其日毛）

前者はGに該当し、「どうして一体及ぶものか」の意、後者
はEに該当し、「まして昔来た人のその日も」の意。

2020　天の川夜船を漕ぎて明くれども**はた逢ふと思へや**（将相等念
夜）袖交へずあらめ

Gに該当し、「夜が明けても、それでも、逢うと思うだろう

か、いや思わない。共寝しないでいることだろう」の意。

2837　み吉野の水隈が菅を編まなくに刈りのみ刈りて**はた乱るとや**
（將乱跡也）

　　　Aに該当し、「ひょっとしたら、乱したままということか」
の意。

2884　戀つつも今日はあらめど玉くしげ**はた明くる明日を**（將開明
日）いかに暮らさむ

　　　Cに該当し、「そうはいっても、夜が明ける明日を」の意。

2978　まそ鏡見ませ我が背子我が形見持つらむときに**はた逢はざる
や**（將不相哉）

　　　Gに該当し、「何だって、逢わないことがあろうか」の意。

3069　赤駒のい行き憚る真葛原何の伝言**直にはた良し**（直將吉）

　　　Dに該当し、「それはそれとして、直接に言えばよい」の意。

3110　人言の繁くしあらば君も吾も**はた絶ゆと言ひて**（將絶常云
而）逢ひしものかも

　　　Aに該当し、「もしかすると、別れると言って」の意。

3124　雨も降り夜も更けにけり今更に**君はた行くや**（**君將行哉**）紐
解きまけな

　　　Gに該当し、「君は一体帰ることがあろうか、ない」の意。

3161　在千潟あり慰めて行かめども家なる妹い**はたおほほしき**（將
欝悒）

　　　Cに該当し、「妹は、そうはいっても心が晴れないだろう」
の意。

3217　荒津海にわれ幣奉り**はた斎ふ**（將斎）早や還りませ面変わり
せず

　　　Eに該当し、「いわんや潔斎します」の意。

3795　恥を忍び恥を黙して事もなくもの言わぬ先に**我ははた寄る**
（我者將依）

　　　Eに該当し、「あれこれ言わない前に、いわんや私は靡き寄
る」の意。

（3796番から3801番歌までの結句の「將」も、「はた」と訓むであ
ろう）

「秋相聞」の部にある「露に寄す」の題の歌。

定訓

> **色づかふ**　秋の露霜　な降りそね　妹が手本_{たもと}を　**巻かぬ今夜_{こよひ}は**

色づかふ　秋の露霜　な降りそね　妹が手本を　巻かぬ今夜は

新しい解釈

> （自然の草木を）色づかせゆく秋の露霜よ、今夜は、**私は妹と共寝せず、色づきゆくことがないので**、露霜は降らないでくれ。

■これまでの解釈に対する疑問点

この歌に対して、澤瀉久孝『萬葉集注釋』は口譯として「草木が色づく秋の露霜は零つてはくれるな。妹の手首を枕にしない、ひとりねの今夜は」とあり、他の注釈書もほぼ同じ解釈である。

これらは、歌の字面を文字どおりなぞっただけのもので、この歌がなぜ「秋相聞」の歌として載せられているか、どこが相聞歌なのかの解説はこれまでの注釈書には全く見られない。もっとも、『新編日本古典文学全集』は、霜が降ると寒さを増す点を恨みとして言ったとし、「巻かぬ今夜は」は独り寝が寒くわびしいことをいう、と注釈している。

■新解釈の根拠

初句の「色づかふ」の「色」を、露霜が草木の色を染める「色」にだけしか思考が及ばない人は、この歌が「秋相聞」の歌であることの理解は難しい。

相聞歌における「色」は、男女間の交情・色情のこと（『古語大辞

典』) である。

　そのことは、本歌においても下２句で「妹が手本を　巻かぬ今夜は」
と詠われている。

　すなわち、歌の作者は今夜は妹と共寝することがなく、自分は色づき
ゆくことがないので、自然を色付きゆかせる露霜よ、今夜は降らないで
くれ、と詠んでいるのである。

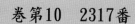

「冬雑歌」の部の「雪を詠む」との題がある歌。

新しい訓

> こと降らば　袖さへ濡れて　通るべし　**はた降る雪の**　空に
> 消につつ

新しい解釈

> いっそ雪が降るなら、袖さえ濡れ通るほど降るがよい、**そう
> は言っても、降っている雪は**（微々たるもので）、空しく消え
> つつあることよ。

■これまでの訓解に対する疑問点

　定訓は、第４句の原文「將落雪之」を「な」に当たる表記がないのに
「降りなむ雪の」と訓んでいる。「降らむ雪の」では、６字の字足らずに
なるからであろう。

　澤瀉久孝『萬葉集注釋』は、「フリナムと訓めば『なむ』は助動詞と
なり、フラナムの『なむ』は願望の助詞（1964）となる。助詞であれば
そこで切れるわけで、『雪』につづかない。この『なむ』は助動詞の連
體形と認むべきであり、從つてフリナムと訓む。」としている。

　その訳をみると「零ればよい雪が」と、願望の助動詞として訳してい
る。

　他の多くの注釈書の訓も訳もほぼ同じであるが、『日本古典文学全集』
は「降らなむ」と訓を付し、「希求のナムは一般に文末にくるため終助
詞とみなされるが、ここでは、『降らなむ』で、いったん陳述を完了さ
せながら、また連体格として体言『雪』を修飾するという二重的性格を
もつと思われる。」と腐心の論を展開している。

　これに対し、諸古写本は「降らむを雪の」あるいは「降らむに雪の」
の訓を付しているが、原文を無視して「を」あるいは「に」を補って訓
むもので、不当である。

■新訓解の根拠

「將落雪之」の「將」を、副詞の「はた」と訓む。この歌において、
「將」は推量の助動詞「む」ではない。まして、「な」を補い「なむ」で
はない。

　したがって、第4句は「はた降る雪の」であり、7字に訓める。

「はた」は前句までの「いっそ雪が降るなら、袖さえ濡れ通るほど降る
がよい」の意と反対に、現実の雪の降り方が微々たるものであるので、
「そうは言っても」と下句に繋げているのである。

「空」（そら）は天の意ではなく、「空しく」「はかなく」の意。

「冬雑歌」の部にある「雪に寄す」の題の歌。

新しい訓

> はなはだも　降らぬ雪ゆゑ　**ことおほくも**　天つみ空は　曇らひにつつ

新しい解釈

> そんなにも多く降らない雪であるのに、**大げさにも**、大空は曇りつつあることだ。

■ これまでの訓解に対する疑問点

　第3句の原文は「**言多毛**」に諸古写本は一致しているが、付されている訓は、元暦校本は「ことおほくも」、類聚古集は「こなたにも」、その後の各古写本は「こちたくも」である。

　注釈書は、「こちたくも」と訓む説が大勢であるが、「ここだくも」と訓む少数説（『新日本古典文学大系』、『岩波文庫　万葉集』）もある。「こちたくも」と訓む説は、それは「万葉では多く人の噂についていうことば。」と認めながら、この歌においては「ぎっしりと一杯に。」の意である（『日本古典文學大系』、なお『日本古典文学全集』も同旨）とする。

　これに対して、「ここだくも」と訓む説は、「こちたくも」を不適当とし、「『言多』を『許多』の誤写と推測する万葉考の説により、『ここだくも』と訓む。」（前掲新古典文学大系、岩波文庫）とするものである。なお、「こちたくも」と訓んでいる澤瀉久孝『萬葉集注釋』は括弧書きで、「ここだく」と添えている。

　私は、どちらも不適当であると考える。

■新訓解の根拠

　私は、元暦校本の「**ことおほくも**」の訓に従う。

　6字であるが、句中に「お」の単独母音があるので、字余りは許容される。

「こと」は「事」で「事態。様子。」(『岩波古語辞典』)の意。

「ことおほくも」の意は、「**大袈裟にも**」「**大仰にも**」の意である。

　この歌の「ゆえ」は逆接で、少ししか雪が降らないのに、大袈裟にも、大空が曇ってきつつある、と詠んでいるのである。

「正述心緒」の部にある歌。

新しい訓

> うつつには　逢ふ由もなし　夢にだに　**間なく見らくに**　恋
> に死ぬべし

新しい解釈

> 現実には逢うすべもない、夢だけに**常に見ることによって、**
> 恋の苦しさで死にそうです。

■これまでの訓解に対する疑問

　第4句の原文は「**間無見君**」であり、定訓は「間なく見え君」と訓んで、多くの注釈書は「見え」は「見ゆ」の命令形と注釈している。

　しかし、「見ゆ」の命令形は「見えよ」であり、「見え」ではない。この点を、澤瀉久孝『萬葉集注釋』は「『見』といふ命令形も一つ（1・27）だけあるので『見え』といふ命令形もあつてよい。」と言うが、27番歌において命令形を「み」と詠んでいるのは、「四來三」（よくみ）と結句の語尾を数字の「三」で表記するためであることは、本シリーズⅠの27番歌で記述したとおりであり、本歌に適用することはできない。

■新訓解の根拠

「間無見君」の「君」は、二音節仮名の「くに」と訓む。

　したがって、「間無見君」は「間なく見らくに」と訓む。

　2828番歌に「人之見久尓」を「人の見らくに」と訓んでいる例がある。

　本歌は、この「久尓」に「君」を用いて二音節仮名の「くに」と訓

ませているのである。「君」を「くに」と訓む例は、1721番歌、2727番
歌、2729番歌などにある。
　「見らく」は「見る」を名詞化するク語法で、「に」は原因・理由を示
す格助詞である。
　　第４句の「間無見君」は、「常に見ることによって」の意である。

巻第11　2596番（類例：2610番　2974番　2990番）

「正述心緒」の部にある歌。

新しい訓

> 慰もる　心はなしに　かくのみし　戀ふるや量る　月に日ご
> とに

新しい解釈

> 他のことで心を紛らわすこともなく、このようにばかり、**相
> 手が自分と逢いたいと思っているかどうかを、毎日あれこれ
> 量っている。**

■これまでの訓解に対する疑問点

　第４句の原文は**「戀也度」**であり、定訓は「恋や渡らむ」と訓んでい
る。

　しかし、助動詞「む」に当たる表記がない。

　また、「度」は「渡る」と訓むことができるが、「恋渡る」は「恋が続
く」の意であり、この歌においては、素直に恋が続くことを詠っている
歌とは思われない。

　恋が続くの意であれば、「渡」の文字を用いるのが自然であるが、本
歌は「度」である点に注目すべきである。

■新訓解の根拠

「**度**」を、「**量（はか）る**」と訓む。

「戀量る」は、相手が自分と逢いたいとどの程度思っているか、見当を
つけることである。「度」は「忖度」の「度」である。

「戀也度」は、「量る」対象が「戀」、すなわち相手が自分と逢いたいと

174

思っているかであり、それに疑念があるので、「也」を「戀」の直後に置いている。訓は、「恋ふるや量る」である。

　2898番歌「懸けず忘れむ　こと量りもが」および2908番歌「心安めむ　こと量りせよ」および2949番歌「心いぶせし　こと量り　よくせ我が背子」などがある。

　結句の「**月に日ごとに**」は、相手の気持ちを量る見当が毎日異なるというもので、それが上2句の「慰もる　心はなしに」に繋がるのである。

類　例

巻第11　2610番

「正述心緒」の部にある歌。

新しい訓

> ぬばたまの　我が黒髪を　引きぬらし　乱れてなほも　**戀量るかも**

新しい解釈

> （相手が思ってくれていると、結んだ髪が解けるというので）私は〈ぬばたまの〉黒髪を自分で解いて、そのうえ、心を乱して、**相手の気持ちを量っていることよ。**

■これまでの訓解に対する疑問点

　結句の原文は「**戀度鴨**」であり、定訓は「恋渡るかも」と訓み、注釈書の多くは「恋し続ける」の意に解している。

　しかし、『日本古典文学全集』が、「相手が思ってくれると髪がひとりでに解ける、という俗信（118）を裏返しにして、相手に思ってもらおうとして自分から髪を解いたのであろう。」と注釈しているように、この歌の作者（女）は、相手の男が自分のことをどう思っているか、と心

を乱していると詠んでいる歌である。

　したがって、単純に「恋し続ける」と詠んでいる状況ではない。

■ 新訓解の根拠

　本歌においても、「**戀度鴨**」の「**度**」は「**量る**」と訓む。

　この歌の女性は、自ら黒髪を解いてまでも、相手の男が自分のことを思ってくれているという状況をつくりたいのであり、そんなにまで心を乱して、相手の気持ちを推し量ろうとしていることよ、と詠んでいるのである。

巻第12　2974番

「寄物陳思」の部にある歌。

新しい訓

> 　　むらさきの　帯の結びも　解きもみず　もとなや妹に　**戀量りなむ**

新しい解釈

> 　　紫の帯もまだ解いてもいないのに、やたらに妹の**気持ちばかり推し量っているのだろう。**

■ これまでの訓解に対する疑問点と新訓解の根拠

　注釈書の多くは、この歌についても、結句「戀度南」を「恋渡りなむ」と訓み、「恋続ける」の意に解している。

　しかし、歌の作者は、妹の帯を解かないままで、恋を続けているというものではなく、帯を解く前から、すなわち、妹に対して行動にでる前から、妹が自分のことをどう思うか気になると詠んでいるのである。

　したがって、この歌の「度」も「渡り」ではなく、「量り」と訓むべ

きである。

巻第12　2990番

「寄物陳思」の部にある歌。

新しい訓

> をとめらが　續麻のたたり　打ち麻かけ　うむときなしに
> **戀量るかも**

新しい解釈

> 娘子らが紡ぐ麻糸を糸巻にかけて糸に撚ることの續むに、倦むことがないように、私は飽きることなく**恋の相手の気持ちを量っているのかも。**

■これまでの訓解に対する疑問点と新訓解の根拠

　注釈書の多くは、この歌についても、結句「戀度鴨」を「恋渡るかも」と訓み、「恋続ける」の意に解している。

　ちなみに、この歌の前後に「戀渡る」と詠んでいる、つぎの５首がある。

　2968　つるばみの一重の衣裏もなくあるらむ兒ゆえ戀渡るかも
（戀渡可聞）

　2983　高麗剣我が心からよそのみに見つつや君を戀渡りなむ
（戀渡奈牟）

　3003　夕月夜あかとき闇のおほほしく見し人ゆえに戀渡るかも
（戀渡鴨）

　3072　大崎のあり磯の渡りはふ葛の行方もなくや戀渡りなむ
（戀渡南）

3090　葦辺行く鴨の羽音の音のみに聞きつつもとな戀渡るかも

（戀渡鴨）

　これら５首の「戀渡」の歌は、作者が恋をしていることについて、相手の気持ちに対して不安を詠んでいる歌ではない。

　これに対し、「戀度」の前掲３首は「慰もる　心はなしに」、「乱れてなほも」、「帯の結びも　解きもみず」など、作者は恋をしている相手の気持ちに対し、不安がある状態を詠んでいる。

　前者５首の歌群には「戀渡」、後者の３首の歌群には「戀度」と、「渡」と「度」を意識的に区別して用いているのである。

　本歌において、作者は麻糸を續む娘子の作業に擬えて、娘子が飽きることなく麻糸を續み続けるように、私は恋する相手が自分のことをどう思っているか、飽きることなく思い量っていると詠んでいるものである。

　したがって、この歌の「度」も「渡り」ではなく、「量り」と訓むべきである。

「正述心緒」の部にある歌。

定訓

> 　奥山の　真木の板戸を　**おとはやみ**　妹があたりの　霜の上
> に寝ぬ

新しい解釈

> 　〈おくやまの〉立派な木で作った妹の家の板戸を、**訪れるのが
> 早かったので妹に逢えず**、その家の辺りの霜の上で寝た。

■これまでの解釈に対する疑問点

　第3句の原文は「**音速見**」であり、定訓は「音はやみ」と訓んでい
る。

　そして、ほとんどすべての注釈書は、「音」を真木の板戸を叩く音、
あるいは開く音と解釈し、「はやみ」をそれらの音が激しい、あるいは
鋭いので、家人に気づかれるため妹の家に入れず、と解釈している。

　しかし、「奥山の真木の板戸を」を詠んだ、つぎの歌がある。

　　3467　奥山の真木の板戸をとどとして我が開かむに入り来て寝さね

　この歌では、「とどとして我が開かむ」と詠んでおり、真木の板戸の
開く音が激しいことを詠っているが、それが逢うことの障害とは詠まれ
ていない。

　真木の板戸の音の問題でなく、家人が眠り込んでいるかどうかの問題
である。

■新解釈の根拠

「音」を「おと」と訓むが、「訪れ」の「おと」の意である。

「真木」の「まき」に、「枕く・娶く」の「まき」を縁語として、歌の作者が妹と共寝するために訪れたことを響かせている。

「おとはやみ」すなわち「訪れが早いので」は、家人がまだ寝入っている時間ではなく、妹が板戸を開けられない時間であることを指している。家人が眠り込んで妹と逢えるまで、屋外の霜の上で寝て待ったという歌である。

なお、「音」を「訪れ」の意に解するときは、「（多く否定の語を伴って）」（『古語大辞典』）と説明され、多くの古語辞典には「年越ゆるまで音もせず」（『竹取物語』）の例文を掲げている。

本歌において、「否定の語」はないが、妹を訪れたことにならず、霜の上で寝たというのであるから、実質的には否定の場合である。

この歌は定訓のように真木の板戸の音を詠んだ歌ではないが、真木の板戸は鋭い音がすることで知られているので、「訪れ」の「おと」を引き出す序詞に用いている。

「寄物陳思」の部にある歌。

新しい訓

> あだ人の　やなうち度す（度る）　瀬を速み　心は思へど
> 直（ただ）に逢はぬかも

新しい解釈

> 安太の人が簗（やな）をうち渡している川瀬の流れが激しいように、状況がきびしいので、心に思っているが、直接お逢いすることはないかも。
> （寓意）
> 徒（あだ）な人であるあなたは、多くの女性の気持ちを度（はか）っていて、逢う状況がきびしいので、心に思っているが、直接お逢いすることはないかも。

■これまでの訓解に対する疑問点

　注釈書は、初句の原文「安太人乃」の「安太」を今の奈良県五條市の吉野川のほとりにあった地名、第2句の原文「八名打度」の「八名」を川で魚を獲る仕掛けの「簗」、および「度」を「渡す」とそれぞれ訓んで、上3句を譬喩として下2句を導いていると解している。

　そのこと自体に異を唱えるものではないが、この歌全体に寓意があることを気づいていない。

■新訓解の根拠

　初句の「安太」は「徒」の「あだ」と訓む。「徒」は、「実（じつ）のないさま」「好色なさま」（以上、『古語大辞典』）の意がある。

「安太」が単なる地名でないので、「人乃」と表記していると考える。

　第2句「八名打度」の「八名」の「八」は多くという意であり、「名」は人の名である。「八名」は多くの人、すなわち多くの女性を意味している。

「度」は、2596番歌および2610番歌などで述べたように「量る」と訓むことができ、多くの女性の心を量るの意である。

「はかる」には「だます」（前同）の意がある。「うち」は、強調の接頭語。

　第3句の「瀬速」の「瀬」は、「逢瀬」の「瀬」であり、場所・状況の意である。「速」は、程度が甚だしいの意。

　このように、上3句は二重の訓みができるように用字して詠んでいる。

　上掲の寓意の解釈は、この歌においてはむしろ本旨であるといえるもので、上掲の最初の解釈は、女性が逢わないことの本心をあからさまにしないための技巧を用いた、見せかけの表現であろう。

「寄物陳思」の部にある歌。

定訓

> 泊瀬川　速み早瀬を　結び上げて　飽かずや妹と　問ひし君
> はも

新しい解釈

> 泊瀬川の**流れが速く激しいように、あわたゞしい逢瀬で激し
> く契りを交わしてきて、**飽きることはないか妹よ、と問うた君
> であったことよなあ。

■これまでの解釈に対する疑問点

　注釈書の多くは、君が泊瀬川の流れの激しい瀬の水を手に掬い上げ妹
に飲ませ、もう水に（あるいは、水の味のように）飽きないかと問うた
歌と解している。

　それでは、寄物陳思の歌としての理解は甚だ不十分である。

　もっとも、中西進『万葉集全訳注原文付』は「手を結んですくうこ
と。妹とのムスビをこめる習俗。」と注釈している。

■新解釈の根拠

　注釈書は、第２句「速見早湍」（速み早瀬）の解釈が不十分である。
「速見」の「速」は、2699番歌などにあるように「程度が激しいこと」
で、「**見**」は、恋歌においては**男女が共寝する**ことである。

　第３句の「結び上げて」の「結び」は、「約束・契りなどを固く交
す。」（『岩波古語辞典』）の意である。

　したがって、この上３句は、「泊瀬川の瀬のようにあわたゞしく激し

い逢瀬で共寝して契りを交わしてきて」の意である。

女が男とのあわただしくも激しい逢瀬を、回想している歌である。

「寄物陳思」の部にある歌。

新しい訓

明日香川　ゆく瀬を速み　早やけむと　待つらむ妹を　**この日暗しつ**

新しい解釈

明日香川の瀬の流れがとても速いので、早く来てくれるだろうと待っている妹を、（私は行けずに）**この日一日、悲しませてしまったことよ。**

■ これまでの訓解に対する疑問点

ほとんどすべての注釈書は、結句の原文「此日晩津」を「この日暮らしつ」と訓んで、「この日を暮らしてしまった。」と解釈している。

しかし、第4句まで妹が自分の来ることを明日香川の流れが速いので早く早くと待っているだろうと詠いながら、行けなかった理由も述べず、ただこの日を暮らしてしまったでは、何の興趣も詠まれていないことになり、十分な歌の解釈といえない。

まるで、妹を一日中待たせることが、興趣であるかのような解釈である。

■ 新訓解の根拠

結句「此日晩津」の「晩」は「暮らし」ではなく、「暗し」と訓む。「暗す」は、「悲しみなどで心を暗くする。」（『古語林』）、「悲しみに沈ませる。心を悩ませる。」（『新選古語辞典新版』）の意がある。

したがって、この歌は「待つらむ妹を」、自分が行かなかったので、

一日中、悲しみで心を暗くさせた、と詠んでいるものである。

「つ」は、確認の助動詞。

　結句は、妹に詫びている句である。

「寄物陳思」の部にある歌。

新しい訓

吾妹子に　逢わず久しも　**馬下りの**　阿部橘の　**苔むすまで**に

新しい解釈

　我が妹に逢わなくなって久しいことよ、それは、**旅の目的地に着いたとき**、そこにあった阿部の橘の木が**古めかしくなるほど**の長い年月である。

■これまでの訓解に対する疑問点

　ほとんどすべての注釈書は、第３句の原文「馬下乃」を「うまし物」と訓んで橘の枕詞とし、「おいしい物」の意であるからと解釈しているものがある。

　しかし、当時の橘は観賞用といわれ、いまの柑橘類とは全く異なり、食用として美味しいものであったという確証はない。

　また、「うましもの」と訓んでいる『日本古典文学全集』は、「うまし」はク活用で「ウマ酒」のようになるが、「うましもの」はシク活用型の場合である点が疑問としており、傾聴に値する。

「うましもの」に対して、「うま」に「馬」、「し」に「下」の「し」、「もの」に「下」の「も」と「乃」の「の」を用いる用字も、不自然である。

■新訓解の根拠

　第３句の原文**「馬下乃」**を、**「馬下りの」**と訓む。

「馬下り」とは、「旅の目的地に着いて旅装を解いたとき。」(『古語大辞典』) の意である。この歌の作者が「馬下り」した旅の目的地は、「阿部」であったのである。

「苔むす」は、「古めかしくなる。」(前同) の意。

同様の用例が、228番歌「苔生萬代尓」(こけむすまでに) にある。

橘の木は、常緑でいつまでも若々しいが、その橘の木が古めかしくなるほどの久しい間、この歌の作者は旅に出ており、妹と逢っていないと詠んでいるものである。

「寄物陳思」の部にある歌。

定訓

> 吾妹子が　何とも我を　思はねば　含（ふふ）める花の　**穂に咲きぬ**
> **べし**

（吾妹子＝わぎもこ）

新しい解釈

> 妹が私のことを何とも思わないのなら、今は蕾である妹が花
> に咲くにしても、（**花弁を開いて大きい花に咲くのではなく**）
> **小さい花を穂状につけた穂花に咲くべきだ。**

■これまでの解釈に対する疑問点

　ほとんどの注釈書は、「あなたが私を何とも思わないので、ふくらん
でいた蕾が人目につくほど咲いてしまいそうだ。」（『岩波文庫　万葉
集』）と解釈し、「つれなくされて、募る恋心を隠しきれなくなったと詠
う。」（前同）とのように解釈・注釈している。

　しかし、男が自分を花に譬えて（寄せて）詠うことはないと思う。

　下2句は、歌の作者のことではなく、相手の妹のことである。

■新解釈の根拠

　妹につれなくされた歌の作者は、蕾の妹がこれから美しく咲いて、他
の男に取られることを嫉んで詠んでいる歌と解する。

　すなわち、結句の「穂に咲きぬべし」の「**穂に咲く**」とは、**小さい花**
が穂状に集まって咲く状態で、華やかな花の状態ではない。

　穂状でない一般的な花は、何枚かの花弁が円盤状に開き、一つの花で
も相当の大きさがあり、華やかである。

すなわち、歌の作者は自分のものにならず、他人の男のものになる妹に対して、華やかに咲かず、質素に咲くべきだと詠んでいるのである。
　妹は二人称であるので、この「べし」は「勧誘・命令」の意に解すべきである。

「寄物陳思」の部にある歌。

新しい訓

　　にひばりの　今作る道　さやかにも　聞きてけるかも　**妹の
ことにを**

新しい解釈

　　新しく開墾して今作った道のようにはっきりと聞いたこと
よ、**妹のことに対してね。**

■これまでの訓解に対する疑問

　結句の原文は「**妹於事矣**」であるところ、諸古写本は「イモガウエノ
コト」と訓み、「矣」を訓んでいない。

　定訓は「妹がうえの事を」と9字に訓んでおり、「う」の単独母音を
含むが、8字の字余りである。

■新訓解の根拠

「於」を、「に」と訓む。「に」は動作の対象を示す格助詞で、「に対し
て」の意である。

　本歌の「於事」を「ことに」と訓むことは、すぐ後の2857番歌の
「於妹不相為」を「妹に逢はずして」と訓むことと同例である。

　末尾の「矣」の「を」は、定訓によれば格助詞になるが、私の新訓に
おいては強調の意の間投助詞である。

　結句を「**妹のことにを**」と訓めば7字であり、字余りも解消される。

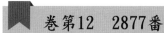

「正述心緒」の部にある歌である。

新しい訓

> **何時しなも**　戀ひずありとは　あらねども　うたてこのごろ
> 戀し繁しも

新しい解釈

> **いつの状態でも**恋していないことはないが、どうしようもな
> くこの頃はしばしば恋しいことであることよ。

■これまでの訓解に対する疑問点

　定訓は、初句の原文「何時奈毛」を、契沖の『萬葉代匠記』が「いつはなも」と訓むべきとしたことに従っているが、鹿持雅澄『萬葉集古義』が「奈」は「志」の誤字として「いつはしも」と訓んだことに従っている説もある。

　なお、「いつはなも」の「ナモ」は、万葉集中この一首だけで、歌にはほとんど用いられない詞という（『日本古典文學大系』）。

■新訓解の根拠

「何時」の二字は、「いつ」のほか、多様に訓まれている。

　例えば、「何時しかも」と訓む場合も、「も」を別表記としている場合（Ａ）、「かも」を別表記している場合（Ｂ）の二様に分かれる。

　　Ａ表記
　　1448番「何時毛」、3136番「何時毛」

　　B表記

　　　388番「何時鴨」、904番「何時可毛」、1346番「何時鴨」、4106番
　　　「何時可毛」

　　この結果から、いずれにしても本歌の「**何時**」は「**いつし**」と訓むこ
とができる。

　　よって、「何時奈毛」を「**何時しなも**」と訓む。

「**しな**」は「**階**」で、「**事の次第。情状。**」（『岩波古語辞典』）の意であ
る。この歌においては、「いつの段階あるいはいつの状況においても」
の意である。

「**も**」は、「……でも」「……だって」の意の係助詞。

「正述心緒」の部にある歌である。

新しい訓

> 　さ夜ふけて　妹を思ひ出^で　しきたへの　**枕もいよよに**　嘆き
> つるかも

新しい解釈

> 　夜が更けてきて妹のことを思い出し、〈しきたへの〉**枕もい
> よいよ**嘆いていることだろうか。

■これまでの訓解に対する疑問点

　定訓は、第4句の原文「枕毛衣世二」を「枕もそよに」と訓み、注釈書
は「そよ」は「物が軽く触れあう音を表す擬声語」(『岩波文庫　万葉集』)
としているが、「枕も響くほどに」(『日本古典文学全集』)、「枕もぎしぎしと
鳴るほど」(伊藤博訳注『新版万葉集』)などの訳文があり、違和感がある。

　それは、「そよ」の訓に問題があるからである。

■新訓解の根拠

「衣」は「い」、「世」は「よよ」と訓む。

「世」を「よよ」と訓むことは、『類聚名義抄』にある。

「いよよ」は、4094番歌「伊余與於母比弓」(いよよおもひて)、4467番
「伊與餘刀具倍之」(いよよとぐべし)にある。

　したがって、「枕毛衣世二」は「枕もいよよに」であり、「いよよ」は
「いよいよ。いっそう。」(『古語大辞典』)の意である。

　また、「まくらもいよよに」は8字であるが、句中に単独母音「い」
があるので、字余りは許容される。

「正述心緒」の部にある歌。

定訓

> いつまでに　生かむ命ぞ　**おおかたは　戀つつあらずは**　死なむまされり

新しい解釈

> いつまで生きているだろう命であることよ。ほとんどは、**恋をしていて相手と逢えないのだから**、死んでしまう方がよい。

■これまでの解釈に対する疑問点

　注釈書は、第4句「戀つつあらずは」を「恋に苦しんでいずに」(『日本古典文學大系』)、「恋しがりながらいきるより」(『日本古典文学全集』)、「恋つづけてゐないで」(澤瀉久孝『萬葉集注釋』)などと、恋することを否定的に詠っているもの、と解釈している。

　しかし、恋することは人生の喜びの一つで、万葉人も恋することを否定しているのではない。恋は、相手と逢いたいと思う気持ちであり、逢うことがあればこれほど幸せなことはない。

　この歌は、恋をしていても逢えないならば、と詠んでいるのである。

　本シリーズⅠ掲載の86番歌で詳述したように、「恋いつつあらずば」の「あらずば」は「逢うということがあらずば」の意である。

■新解釈の根拠

　本歌の4首前に、つぎの歌がある。

　2909　おほろかに我し思はば人妻にありといふ妹に**恋いつつあらめや**

いい加減に思っておれば、人妻であるという妹に恋しながら、逢い続けていることがあろうか、そうではなく**真剣に思っている恋であるから危険をかえりみず逢っている、**の意である。

　すなわち、ただ心の中で人妻に恋しているのではなく、逢っていることを詠んでいるもので、それが「恋いつつあらめや」の「あらめや」の表現となっている。

　したがって、本歌の「あらずば」はこれと正反対の表現であり、恋していながらも逢えないならば、の意である。恋すること自体を否定していない。

　初句「おほかたは」は、「（下に打消の語を伴って）ほとんど。まったく。」（『古語大辞典』）の意である。

「正述心緒」の部にある歌である。

新しい訓

> **終の命**　これは思はず　ただしくも　妹に逢はざる　ことを
> しぞ思ふ

新しい解釈

> **ついには死ぬ命**であること、これは惜しいと思わない。ただ
> ただ、妹に逢わないで死ぬことを残念に思う。

■これまでの訓解に対する疑問点
　初句の原文「終命」を諸古写本も、定訓も、すべて「死なむ命」と訓んでいる。
「終」に「つひ」の訓があるのに、義訓で訓むのは不可解である。

■新訓解の根拠
「終の別れ」などの詞は源氏物語（椎本）にあるが、「つひ」の詞が万葉時代にあったかを確認する。
　94番歌「佐不寐者遂尓」（さねずばつひに）、3116番歌「後遂」（のちつひに）、4508番歌「須恵都比尓」（すゑつひに）は「最後まで」の意であるから、「つひ」という詞が万葉歌にもあるのである。
　したがって、「終命」は「つひの命」と訓むべきである。

「悲別歌」の部にある歌。

新しい訓

> 玉勝間　島熊山の　夕暮れに　一人か君が　山路**はた**越ゆ

新しい解釈

> 〈玉勝間〉島熊山の夕暮どきに、**ひょっとしたら**君は一人で山
> 路を越えているのか。

■ これまでの訓解に対する疑問点

　定訓は、第４句の原文「**山道将越**」を「やまぢこゆらむ」と訓んでい
る。

　すなわち、「将」を現在推量の「らむ」と訓んでいるが、第４句に
「一人か君が」とあり、この歌は君が山路を越えて行くことを推量して
いるというよりも、一人で越えているのかとの疑問を詠んだ歌と解すべ
きだ、と思う。

■ 新訓解の根拠

「将」は、**「はた」**と訓む。

　副詞「はた」は、「疑問の語を伴って、これを強める語。何だって。
一体。」（『古語大辞典』）、「ひょっとすると。もしかしたら。」（『古語林』）
の意。

「はた」により、一人で山路を越えているのか、と疑問を強調している
のである。

巻第13　3234番

「雑歌」の部の長歌。

新しい訓

> （長歌の部分）
> 　神風の　伊勢の國は　**國見は行くも**　山見れば　高く貴し
> 川見れば　さやけく清し　湊なす　海も広し　見渡す　島も名
> 高し

新しい解釈

> 　〈神風の〉伊勢の国は　**国見に行くとまた**　山を見れば山は高
> く気高く、河を見ればさわやかで清く、湊をなしている海も広
> く、見渡す島も名が知られている島である、

■これまでの訓解に対する疑問点
　上掲３番目の句の原文は、諸古写本において「**國見者之毛**」である
が、古来、「**國見者**」は一つの句であり、「**之毛**」を別の句として、前句
との間に脱字があるとする説と、「**國見者之毛**」を「国見ればしも」と
訓む説がある。
　前者の脱字説はそれを推定させる客観的な証拠が全くなく、後者によ
れば「国見ればしも」の後に「山見れば」「川見れば」と続き、違和感
は否めない。

■新訓解の根拠
「**國見者之毛**」の「**之**」を「**行く**」と訓む。
　したがって、「国見は行くも」である。「は」は強調の係助詞、「も」
は添加の意の係助詞である。

上掲の句の前に「日の皇子の　聞こし食す　御食つ国」と詠まれており、伊勢の国は「天皇の食」の国であるとともに、国見に行けば風景が良い国であることを、強調かつ添加しているのである。

　この歌についても、これまで「之」を「ゆく」と訓むことに気がつかなかったため、混乱していたのである。

「相聞」の部にある長歌。

新しい訓

（長歌の末尾）
　天雲の　**行き暮れ暮れと**　葦垣の　思ひ乱れて　乱れ麻の
司をなみと　我が恋ふる　千重の一重も　人知れず　もとなや
恋む　息の緒にして

新しい解釈

　天雲が**行き暮れる**ように暗い気持ちになり、〈葦垣の〉心は
思い乱れて、〈乱れ麻の〉**取り締まるところがないので**、千分
の一も人に知られず、とめどもなく恋している、命をかけて。

その1

■これまでの訓解に対する疑問点

　前掲2句目の原文は「**行莫ゝ**」である。

　注釈書は、原文の「行莫ゝ」を「行ゝ莫ゝ」と改変したうえで、「行」
を「ゆ」、「莫」は「暮」の原字であるから「くら」と訓み、「行莫ゝ」
は「ゆくらゆくらに」であるとし、天雲のようにゆらゆら揺れている意
に解している。『新編日本古典文学全集』は「その表記の理由は不明。」
と注釈する。

　しかし、万葉集において、「直前の2文字を繰り返す場合、すなわち
「行莫」を繰り返す場合は「行莫ゝゝ」の表記であり、「行莫ゝ」であっ
ても、「行ゝ莫ゝ」であっても、「ゆくらゆくらに」とは訓めない。

　他に3342番歌「今日ゝゝ跡」（今日今日と）の例がある。

　なお、3329番歌に「ゆくらゆくらに」とあるが、その表記は「行良

行良尒」である。

■新訓解の根拠
「行莫〻」の表記は「莫」を繰り返しているだけであるから、「行き暮れ暮れと」と訓む。
「暮」の語を重ねることにより、天雲が日が暮れて暗くなるように、歌の作者の気持ちも暗くなり、の意である。

その2
■これまでの訓解に対する疑問点
　上掲6句目の原文は、元暦校本「司乎无登」、類聚古集および広瀬本「司乎無登」であるが、それ以降の古写本は「麻笥乎無登」である。
　しかし、古い古写本にある「司」という字画の少ない1字を、後の古写本にある「麻笥」の2字が原文で、その誤字であったとは到底考えられない。
　「司」では訓解できないと考えた、後の筆写者が「麻笥」の文字を創案したものである。誤った「歌の修復作業」の例である。
　注釈書は、澤瀉久孝『萬葉集注釋』および『新潮日本古典集成』は「司」により「つかさ」と訓んでいるが、他の多くは「麻笥」により「をけ」と訓んでいる。

■新訓解の根拠
「**司**」により、「**つかさ**」と訓むべきである。「司」の一字で「つかさどる」とも訓める（『類聚名義抄』）ので、意味は「治める」であり、この歌においては乱れた麻のような心の乱れを取り締まる、取り押さえる意である。
　この歌に、役所の意の「司」という詞を用いたのは、どうしようもない自分の恋心を強制的に取り締まって、抑えてくれる役所のような所もない、との思いからであろう。「麻笥」に収める、ではない。

「挽歌」の部にある長歌。

新しい訓

（長歌の部分）
　上つ瀬の　鮎を咋（く）はしめ　下つ瀬の　鮎を咋（く）はしめ　**麗（くは）し妹に落（あ）ゆを惜しみ　麗（くは）し妹に落（あ）ゆを惜しみ**

新しい解釈

　（鵜に）上の瀬の鮎を咋（く）はしめ、下の瀬の鮎を咋（く）はしめて、鮎が命を落とすのと同じように、**麗（くは）しいまま命を落とした妻のことが残念でならず、麗（くは）しいまま命を落とした妻のことが残念でならず、**

■ これまでの訓解に対する疑問点
　上掲部分の前に、泊瀬川での鵜飼を詠んでいる。
　上掲の5句目・6句目の原文「麗妹尓　鮎遠惜」、7句目・8句目の同「麗妹尓　鮎矣惜」（この句の繰り返しは、元暦校本などの原文による）に対し、定訓はいずれも「くはし妹に　鮎を惜しみ」と訓んでいるが、句意が明らかでない注釈書が多い。
　「美しい妻に鮎をやるのを惜しんでやらぬまま」（『日本古典文学全集』）「そんな妙なる妻に、鮎が惜しくてならぬので、」（『新潮日本古典集成』）との解釈に対しては、妻に対する挽歌として不自然である。
　また『日本古典文學大系』は「惜」を「撍」と意改して「鮎をとらむと」と訓んでいるが不当であり、澤瀉久孝『萬葉集注釋』が「鮎に心惹かれ」、中西進『万葉集全訳注原文付』が「鮎を大切にする」と各解釈していることも不適である。

■新訓解の根拠

「鮎を食はしめ」までが序詞で、「くはし」に「麗し妹」の「くはし」を導いていることは明らかである。

　問題の「鮎遠惜」であるが、注釈書は「鮎」をそのまま「鮎」と訓んでいるが、この歌は妻に対する挽歌であるので、妻の死の「あゆ」、すなわち「**落ゆ**」に「**鮎**」の訓を借りたものである。

　この歌の作者は、妻が麗しい姿、すなわち「くはし姿」であったことを、鵜に咥しめられている香魚の鮎を詠むことにより、「くはし」を導き、鮎が鵜に咥しめられて命を落とすように、妻が命を落としたことの「落ゆ」に「鮎」を借りているのである。「落」には、「しぬ（死）」（『旺文社漢和辞典新版』）の意がある。

　したがって、「麗妹尓　鮎遠惜」は、「麗し妹に　落ゆををしみ」と訓み、鮎が咥しめられたまま命を落とすのと同じように、妻に対し、麗しいまま命を落としたことが残念だ、と詠んでいるのである。

　この歌の作者は、この句の前に、咥しのまま鮎が命を落とすことを繰り返し詠んでおり、それは麗し妻が麗しいまま命を落としたことを惜しみ、強調したかったためである。

「挽歌」の部にある長歌である。

新しい訓

> たまほこの　道行く人は　あしひきの　野行き山行き　**ただ**
> **海に**　川行き渡り　いさなとり　海道（うみぢ）に出でて（後略）

新しい解釈

> 〈たまほこの〉道を行く人は〈あしひきの〉野を行き山を行
> き、**真直ぐ海の方に**川を行き渡り、〈いさなとり〉海路に出て、

■これまでの訓解に対する疑問点

　定訓は、前掲第5句の原文「**直海**」を「にはたづみ」と訓んでいる
が、それは「直海」の前後の各句に「たまほこの」「あしひきの」「いさ
なとり」の枕詞があるから、第5句も次の句の「川行き渡り」の枕詞と
見るのは間違いないとするものである（澤瀉久孝『萬葉集注釋』）。

　また、すぐ後の3339番の類似の歌に「潦　川往渉」とあり、「にはた
づみ　かはゆきわたり」と訓まれているので、本歌の「直海」を「には
たづみ」と訓むとするものである。

『岩波文庫　万葉集』は、「直海」がどうして「にはたづみ」と訓める
のかは未詳としている。

■新訓解の根拠

「直海」を、素直に「**ただ海に**」と訓む。「まっすぐ海に向かって」川
を行き渡り、の意である。枕詞ではなく、叙述語である。

　同様の用例は、「尾張に　直（ただ）に向かへる　一つ松　あはれ」（『日本書
紀』景行紀・歌謡27）にある。

また、「直」を「ただ」と訓むことは、この長歌の最末尾句が「直渡異六　直渡異六」（ただわたりけむ　ただわたりけむ）と「直渡」を「ただわたり」と繰り返して締めていることも、傍証である。
　「海に」の「に」を訓添して訓むことは、同じくこの長歌の「疎」に対し「おほには」の訓にもある。

東歌の「相聞」の部にある相模国の歌である。

定訓

> 鎌倉の　**見越の崎の**　岩崩えの　君が悔ゆべき　心は持たじ

新しい解釈

> 鎌倉の見越の崎にある岩崩えは、**遠くまで見渡せ、人を後悔させない**情景の中にあるように、私も**あなたが将来まで後悔する**ことになるような気持ちは持っていません。

■これまでの解釈に対する疑問

　注釈書の多くは、上3句「鎌倉の　見越の崎の　岩崩え」は、第4句の「悔ゆ」を導いていると解釈している。

　そして、澤瀉久孝『萬葉集注釋』は「鎌倉の見越の崎の岩崩のやうに、あなたが悔やむような心は私は持ちますまい。」と訳し、他の注釈書もほぼ同じである。

　しかし、これでは「鎌倉の見越の崎」は人を後悔させる岩崩えのあるところと詠っていることになるが、地元の地名を悪いことに結びつけて詠むことはこの時代の歌にはあり得ないことである。

　また、作者により、岩崩えの場所を「見越の崎の」と特定して詠まれている理由が、解釈に反映されていない。

■新訓解の根拠

「見越の崎」が稲村ケ崎の古名であるかどうか確かではないが、この歌の「見越の崎」は稲村ケ崎のことであろう。

　稲村ケ崎は、今も昔も、前景に江の島、遠く海上高く富士山が見え

る、訪れた人を気持ち良くさせ後悔させない場所である。それゆえ、作者は「見越の崎」と詠んでいる。

　したがって、この崎にある岩崩えは、後悔の意の「悔ゆ」の語呂を思わせるが、後悔などない情景の中にある。

　本歌は「相聞」の部の歌であり、求愛の歌であるが、求愛は、「将来も後悔させない」と誓うものであるから、遠くまで見え、人を後悔させない稲村ケ崎の景色を、「見越の崎」と詠み、そこにある岩崩えのように自分も相手が後悔するような気持ちは持っていない、と地元の鎌倉の景色を借りて求愛しているのである。

「鎌倉の見越の崎の岩崩え」を恋の崩壊を導くものとして詠んでいるものではなく、それは真逆の解釈である。

　誰もが見て感動する稲村ケ崎の情景を実際に知らない人、そこを「見越の崎」と詠んでいる理由を考えない人には、本歌を十分訓解できない。

　なお、第4句に「君が」とあり、多くの古語辞典は「上代では、主として男性に対して」（『古語大辞典』）用いたとあり、中西進『万葉集全訳注原文付』は本歌を「女の誓い歌」としている。

　しかし、万葉集においても495番、1428番などに「君」を女性に用いている例があるので、本歌の君も「女性」で、本歌は男の求愛の歌と解する。

東歌の中の相模国の歌である。

定訓

> まかなしみ　さ寝に吾<ruby>吾<rt>わ</rt></ruby>は行く　鎌倉の　美奈能瀬川<ruby>美奈能瀬川<rt>みなのせ</rt></ruby>に　潮満
> つなむか

新しい解釈

> （あの娘が）ほんとに可愛いので、共寝しようと私は行くが、
> 鎌倉の美奈能瀬川の河口に潮が満ちるように、**あの娘も皆と同
> じように潮時で、その気になっている時だろうか。**

■これまでの解釈に対する疑問点
　美奈能瀬川は、今の稲瀬川であるという注釈書が多いが、鎌倉市の由
比ガ浜に注ぐ河口は長谷の辺りに二つあり、一つは笹目ヶ谷、他は長谷
大谷戸を源流とする川で、前者が美奈能瀬川、後者は稲瀬川であり、両
者とも現在はほとんど暗渠になっている、溝のような小さい川である。
　注釈書は、結句の「潮満つなむか」を美奈能瀬川に海の潮が満ちて来
て「ふだんは歩いて渡れるが、満ち潮の時は河口が渡れなくなり、上流
の方までまわり道しなければならないのでないか、と案じて詠んだ歌」
（『日本古典文学全集』）、「川向こうの女の家に行けなくなると心配する
歌」（『岩波文庫　万葉集』）と解説している。
　どちらの川であっても、今も昔も満潮時でも徒渉できないような川で
はなく、また、女に逢いに行こうとする男が、渡れないかも、行けない
かもと消極的な歌を詠むわけがなく、解説は不自然である。

■新解釈の根拠

「**潮**」は、「ある事をするのに適当な機会。**潮時**。」(『古語大辞典』)の意で、「潮満つ」は、潮時になることを意味している。

また、美奈能瀬川の「みなのせ」は「皆のす」を掛けており、年ごろの「みんなと同じように」の意である。「のす」は「なす」の上代東国語で、「……のように」の意の接尾語(『古語大辞典』)である。

美奈能瀬川の河口は潮が満ちてくるので、その風景に寄せ、かつ名前の語呂を掛けて、娘子も他の年ごろの娘と同じように、自分と共寝してくれる潮時になっているかなあ、と男が疑問を懐きながら推量している歌である。

同じ東歌で、つぎの歌がある。

3549　た由比潟潮満ち渡るいづゆかもかなしき背ろが我がり通はむ

この歌では「潮満ち渡る」「背ろが我がり通はむ」と詠んでおり、潮が満ちることを通うことの妨げになると詠んでいない。

この歌においても、本歌と同様に「潮満ち」は背ろが来る「潮時」になるの意である。

女がた由比潟に潮が満ちている風景に寄せて、男が自分のところに来る潮時となって通ってきてくれるでしょう、と詠んでいるものである。

本歌は相模国歌と記載のある歌、この歌は国名の記載がない歌であるが、私は、この両歌は当時の鎌倉地方の流行り歌で、男歌と女歌の掛け合いの歌であったと解する。

それは、「多由比潟」は今の鎌倉市の由比ガ浜のことであると推定するからである。鎌倉市の「地名由来」によれば、助けあう「ゆい」からきているとも言われており、いずれにしても「結ひ」は一緒に働くことであるから地元の「た由比潟」の地名を詠むことにより、男女が一緒になることを響かせているのだと考える。

なお、「た由比潟」の「た」は動詞「結ひ」の接頭語、「潟」は遠浅の海岸のことで、由比ガ浜の状況に一致する。

遣新羅使が帰路、瀬戸内海を航行して来て、家島に着いたときの歌。

新しい訓

> 家島は　**何こそありけれ**　海原を　我が恋ひ来つる　妹もあ
> らなくに

新しい解釈

> 家島は着くやいなや、**どうしてであろう。この島は**私が逢い
> たいと思い海原をはるばるやって来た、その妻はいないが、何
> か安堵する島であることよ。

■これまでの訓解に対する疑問点

　第2句の原文は、諸古写本において「**奈尓許曽安里家礼**」であり、訓
は「**ナニコソアリケレ**」に一致している。

　注釈書は、これも一致して「名にこそありけれ」と訓んで、そこに妻
がいないのに「家島とは名ばかりだった。」(『岩波文庫　万葉集』)、「名
ばかりで実が伴わないことを責めていう。」(『日本古典文学全集』)、「有
名無実で人惑わせである、の意。」(『新編日本古典文学全集』) などとの
訓解をしているが、誤訓である。

「奈尓」は「名に」ではなく、「何(なに)」であり、「なにこそ」の
「こそ」は強調・願望の意であり、限定の「ばかり」の意はない。

　旅にある人が旅先の地を詠むことは、旅の安全をその地の神に祈る風
習があったことによるもので、他の万葉歌にもみられる。

「家島は名ばかりである」と家島を批判するような歌を、旅人が詠むこ
とはあり得ないのである。

■新訓解の根拠

「奈尓」を「何」と訓む例は、遣新羅使の歌群の４番目の歌である
3581番歌に「奈尓之可母」（何しかも）がある。

他にも、803番歌「奈尓世武尓」（何せむに）、3967番歌「奈尓乎可於
母波牟」（何をかおもはむ）、4125番歌「奈尓之可母」（何しかも）、4203
番歌「奈尓乎將語」（何をかたらむ）と、**「奈尓」**は**「何」**と訓まれてい
る。

一方、「名に」と訓む場合は、遣新羅使の歌群の歌においても3638番
歌「名尓於布奈流門能」（名におふ鳴門の）とあり、他にも196番歌「御
名尓懸世流」（み名にかかせる）、3787番「妹之名尓」（いもが名に）、
4011番歌「名尓於弊流」（名におへる）、4465番歌「名尓於敝流」（名に
おへる）とあって、「奈」の例は4003番歌「弥奈尓於姿勢流」（み名にお
はせる）とないではないが、「名」と訓む場合は圧倒的に「名」が用い
られている。

本歌の「奈尓」は「何」と訓むべきである。

「許曾安里家禮」の「こそありけれ」の意は、「〜するとすぐに。〜す
るやいなや。」（『古語林』）、「ちょうどその時。……するやいなや。」（『旺
文社古語辞典新版』）である。

歌の作者は、家島は自分の妻がいる島でないことを知っているが、こ
の島に着いて、すぐに安堵する気持ちになるのはどうしてだろう、と詠
んでいるものである。

下句の「我が恋ひ来つる　妹」に逢うことを旅人である歌の作者が安
堵する典型例として詠み、その妹がいない家島であるが「どうして」こ
んなに安堵した気持ちになるのだろう、というのが上２句の意である。

その理由は、３つあると思う。

> 1　家島が存在する位置は今の姫路の沖合であり、九州方面から、
> ここまで帰って来ると、都まであと４、５日で着き、妻に逢える
> と、その期待と安堵感が大きくなること。
> 2　家島には、船が停泊できる波の静かな深い湾があり、幾日も荒
> 波に揺られて航海してきた旅人には、身体が休まること。
> 3　家島の島の名前に、心が安らぐこと。

　予想外の多くの苦難に遭遇した遣新羅使一行が、ようやく家島にたどり着いたときの安堵の気持ちが歌から溢れ出ていることを感得すべきである。

　歌の作者は家島を讃えているのであり、注釈書のいうように、家島の名前を責めているような歌ではない。

補注

　私は、この『万葉集の新解釈』を執筆中に、家島を訪れたことがある。

　家島神社の石段の下に、さる万葉学者が揮毫した本歌原文と解説を記した各石碑があった。その解説文は、さすがに前掲注釈書のように家島の名を直に批判した文ではなかったが、「奈尓」を「名に」と訓解しているものであった。

　私は、詠み人の心を理解しない歌の訓解は歌の訓解ではなく、ましてそれを石碑に遺すことは、島の守り神をも、島の人の心をも傷つけるものであると思いながら立ち尽くした。

万葉歌訓解に関する類型別索引

　万葉集の全ての歌の訓解を点検し、700首余りについて新訓解を提唱したが、その原因を検索できるよう類型化したものである。構成は、つぎのとおり。

Ⅰ　いまだ定訓のない難訓歌
Ⅱ　訓を誤っている誤訓歌
　1　写本にない文字を原文として訓む誤字説による誤訓
　　　契沖説　賀茂真淵説　本居宣長説　加藤千蔭説　鹿持雅澄説　その他
　2　諸写本から原文の選択を誤ったことに起因する誤訓
　3　原文に問題はなくそれに付す訓を誤っている誤訓
　4　二音節仮名に訓まない誤訓
　5　特定文字に対する訓を誤っている誤訓
　　　「將」「與」「之」「數」「成」「行年」「酒」
　6　写本の原文にない文字を加えて訓む誤訓
　　　「ぬ」「む」「ら」
　7　代名詞あるいは副詞であることを看過した誤訓
　　　「し」「しか」「これ」「この」「こ」「か」「と」
　8　断定の意の助動詞「なり」と訓まない誤訓
Ⅲ　歌句の解釈の未解決
　1　語義を未詳としている句
　2　地名としている句
　3　枕詞としている句
　4　語義の誤解がある歌
　5　譬喩・寓意の解明が十分ではない歌
Ⅳ　その他

　歌の番号の右肩にある数字は、その番号の歌が掲載されている分冊の番号を示す。

I　いまだ定訓のない難訓歌

（原文/新訓）　　　　　　　　　　　　　　　　　　　**46首**

（I　巻第1・2・3）

　　9「**莫嚻圓隣之**」（鎮まりし）「**大相七兄爪湯氣**」（影萎えそゆけ　影な
　　　萎えそゆけ）

　67「**物戀之　鳴毛**」（物恋しきの　音に泣くも）

145「**鳥翔成**」（鳥飛びて）

156「**巳具耳矣　自得見監乍**」（御髪にを　自づと見つつ）

160「**面智男雲**」（望男雲）

249「**宜奴嶋尓**」（宜し奴島に）

262「**雪驟**」（雪のうごつく）

269「**我袖用手　將隠乎**」（我が袖もちて　隠らむを）

370「**潤濕跡**」（うるうると）

（II　巻第4・5・6・7）

655「**邑禮左變**」（里例さ反す）

904「**尓母布敷可可尓布敷可尓**」（入我我入に）

942「**妹目不數見而**」（妹が目うち見て）

970「**指進乃**」（さし過ぎの）

999「**網手繩乾有**」（網たな乾たり）

1205「**漸々志夫乎**」（やくやく癟ぶを）

1234「**入潮為**」（入り潮する）

1326「**照左豆我**」（照る左頭が）

（III　巻第8・9・10）

1689「**杏人**」（興人の）

1817「**明日者來牟等　云子鹿丹**」（明日には来むと　云いしかに）

1849「**水飯合**」（水樋合ふ）

2033「**磨待無**」（みがき待たなく）

（IV　巻第11・12・13）

2522「**在之者**」（有りゆけば）

2556「**徃褐**」（行きかねて）

2767「八目難為名」(傍目難すな)<ruby>を<rt>を</rt></ruby><ruby>か<rt>か</rt></ruby><ruby>め<rt>め</rt></ruby><ruby>なん<rt>なん</rt></ruby>

2830「中見刔」(的見止し)<ruby>まと<rt>まと</rt></ruby><ruby>み<rt>み</rt></ruby><ruby>さ<rt>さ</rt></ruby>

2842「(我心等望) 使 念」(使遣り 思ひて居れば)

3046「安甖仁」(あざさ)

3127「若歴木」(別れ来て)

3221「汗湍能振」(梅よく震る)

3242「行靡 闕矣」(行き靡ける 宮の門を)

（Ⅴ 巻第14・15・16・17）

3401「中砂尔」(中まなに)<ruby>なか<rt>なか</rt></ruby>

3407「麻具波思麻度尓」(目妙し窓に)<ruby>まくは<rt>まくは</rt></ruby>

3409「可奴麻豆久 比等登於多波布」(兼ぬ間づく 人と穏はふ)<ruby>おた<rt>おた</rt></ruby>

3411「久夜斯豆久」(悔しづく)

3419「奈可中次下」(なかなか繁に)

3502「等思佐倍己其登」(稔さへこごと)<ruby>とし<rt>とし</rt></ruby>

3518「可努麻豆久 比等曽於多波布」(兼の間づく 人ぞ穏はふ)<ruby>おた<rt>おた</rt></ruby>

3541「麻由可西良布母」(間ゆかせらふも)

3552「佐和恵」(咲くゑ)

3561「安良我伎麻由美」(荒掻き間ゆみ)

3566「曽和敝」(逸りへ)<ruby>そ<rt>そ</rt></ruby>

3791「刔部重部」(さし辺重ぶ)

　　　「信巾裳成 者之寸丹取為 攴屋所經」(巻き裳して 愛しきにとらし 跳ねやふる)<ruby>は<rt>は</rt></ruby>

　　　「所為故為」(為さゆ為す故)

3889「葉非左思所念」(灰差し思ほゆ)

3898「歌占和我世」(歌占ふ我が背)

（Ⅵ 巻第18・19・20）

4105一云 「我家牟伎波母」(我が家向きはも)

4382「布多冨我美」(ふた保頭)<ruby>ほかみ<rt>ほかみ</rt></ruby>

　　　「阿多由麻比」(あた婚ひ)<ruby>ゆま<rt>ゆま</rt></ruby>

II　訓を誤っている誤訓歌

1　写本にない文字を原文として訓む誤字説による誤訓（原文/原文であるとする文字）　　　　　　　　　　106首

契沖説　　　14首

47　葉（葉過ぎにし）/ 黄葉（黄葉の　過ぎにし）

82　弥（心様いやし）/ 祢（心さまねし）

151　乃（かくあるの）/刀（かくあると）

737　念（思はむ）/合（逢はむ）

886　計（遂げじもの）/許（床じもの）

904　都久（尽く惚り）/久都（くづほり）

948ⅥI　折不四哭（折り節も）/切木四之泣之（雁が音の）

1047　並（思ひ並み及けば）/煎（思へりしくは）

1259　子（根をし取りてば）/手（手をし取りてば）

1857　君（世の他国し）/吾（世の人吾し）

3290　念（常思ほえず）/忘（常忘らえず）

3403　於父母（父母にかなしも）/於久母（奥もかなしも）

4101　古（夜床片凝り）/左（夜床片去り）

4106　多（盛りもあらた）/牟等（盛りもあらむと）
　　　之（至りけむ）/末多之（待たしけむ）
　　　波（慎み居て）/波奈礼（離れ居て）

賀茂真淵説　　　21首

97　強佐（強ひさる）/弦作（をはくる）

210　穂（男の秀じもの）/徳（をとこじもの）

546　与（有れと寝るかも）/乞（ありこせぬかも）

1052　弓（ゆたけしく）/山（山高く）

1886　得（と行かば）/行（行きしかば）

2108　竟（果つる）/立見（立つ見む）

2241　夙〻（はやばやと）/凡〻（おほほしく）

2406　戸（夕べ戸も）/谷（夕べだに）

2488　立廻香瀧（立ち廻み難き）/ 立天木樹（立てるむろの木）

2503　射（厭ほしき汝の）/何（なにしか汝の）

2678 級子（為成しやし）/階寸（愛しきやし）

2717 堞（瀬垣にも）/染（よそ目にも）

2768 知（知るる仕業と）/將知（知らせむためと）

2996 眞枝（眞枝）/眞坂（まさか）

3223 卅（み槻）/五十（い槻）

3277 身（今身誰とか）/夜（今夜誰とか）

3344 大士（ますらを）/大士（おほつち）

3444 乃（籠にものたなに）/美（籠にもみたなふ）

3473 由（おゆに見えつる）/母（面に見えつる）

4156 耳（花はだにほふ）/開（花咲きにほふ）

4239 許毛（許げにし）/許毛里（籠りにし）

本居宣長説　　14首

1 告（為付けなべて）/吉（敷きなべて）

5 和豆肝（わづかに）/多（たづきも）

53 之、召（頻き召さるかも）/乏、呂（乏しきろかも）

484 所（かく待たゆれば）/耳（かくのみ待たば）

762 八也多八（はやおほや）/八多也八多（はたやはた）

785 壽（世）/身

1304 忘（吾を忘れめや）/下心（吾が下心）

1503 不歌（不可と言ふに似る）/不許（否と云ふに似る）

1562 之知左留（これ著く去る）/乏蜘在可（乏しくもあるか）

1582 布（頻きて見む）/希（珍しと）

1584 布（頻き見むと）/希（珍しと）

2758 戀西益卜思而心（恋せまし　占して心）/戀西　益卜男心（恋ふるにし　ますらを心）

2792 嶋（鳴）（鳴る心かな）/寫（現し心や）

3329 満言（満ちたる吾の）/満足（満ち足らはして）

加藤千蔭説　　7首

363 告（告らなば告らせ）/吉（よし名は告らせ）

948^{VI} 此（ここに続ぎ）/如此（かくつぎて）

1137 生（今は映ゆらぞ）/与（今はよらまし）

2066 乃（い別れの）/久（別れまく）

2234 礼（時雨降られめ）/所（時雨降る見ゆ）

2263 吉（けぶき吾が気胸）/吉（衍字）（いぶせき我が胸）

2270 更（今更に何）/更々（今更さらに）

鹿持雅澄説　5首

5 和豆肝（わづかに）/手（たづきも）

335 毛（淵に保つも）/乞（淵にありこそ）

1258 小可（稀にはありけり）/苛（からくぞありける）

2877VI 奈（何時しなも）/志（何時はしも）

2952 君乎母准其念（君をも急き思ふ）/君乎（母は衍字）准其念（君をしそ思ふ）

その他　45首

1 吉閑（聞かに）/告奈（告らな）

27 見多（見た）/見與（見よ）

59 妻（切妻吹く）/雪・妻（雪吹く、われ吹く）

79 來（まで来いませ）/尓（までにいませ）

203 塞為（塞なさまくに）/寒有（寒からまくに）

268 嶋（嶋待ちかねて）/嬬（妻待ちかねて）

382 果（見果てし山）/兒・杲（身がほし山）

385 可・和（草取るかなわ）/巨・知（草取りはなち）

537 取（とも）/敢（かも）

627 定（為集めよ）/柬（求め）

642 在（乱れて）/者（乱れば）

892 可（しか吹かひ）/巨（しはぶかひ）

952 嶋（島松）/嬬（妻まつ）

1020・1021　耶（出でますや）/愛耶（はしきやし）

1094 服（色つけ染めて）/取（色どり染めむ）

1099 比（蔭になそへむ）/化（蔭にならむか）

1216 手（神が手）/戸（神が門）

1280 委（思ひ捨てても）/妄（思ひ乱れて）

1296 就（目につきて）/影（面影に）

1305 已（已が心に）/下（下の心に）

1325 泳流（玉溺れしむ）/詠流（玉嘆かする）

1421　乎爲黒（埼の尾末黒）/ 乎烏里（咲きのををり）

1618　和和（わわらば）/ 和久（わくらば）

1727　妾者不敷（妾は開かず）/ 妾名者不教（妾が名は告らじ）

1753　汗可伎奈氣（汗かき無げ）/ 汗可伎奈氣伎（汗かき歎き）

1780　酒（界）・滷（潟）　後奈居而（後れ地震にて）/ 後奈美居而（後れ
並み居て）

1982　於戀（恋により）/ 獨戀（片恋に）

2005　手（しかぞ手にてあり）/ 年（しかぞ年にある）

2012　于（我れは穿かたぬ）/ 在（吾はありかてぬ）

2091ⅢI　得（と行きて泊てむ）/ 伊（い行きて泊てむ）

2487　者（逢はずやむとは）/ 去（逢はずやみなむ）

2511　戀（恋によるまな）/ 尓心（汝が心ゆめ）

2516　爲（苔生し負ひし）/ 有（苔生しにたり）

2584　小可（稀にはありけり）/ 奇（あやしかりけり）

2700　以（伏しもて死なむ）/ 雖（伏して死ぬとも）

2810　目直（目に直逢ひて）/ 直目（直目に逢ひて）

2811　牟（聞こすを留むに）/ 平（聞かむとならし）

2853　眼（間遠しかねて）/ 服（〈真玉〉つく　をちをしかねて）

3280　立留（立ちうかがひ）/ 立待留（立ち待てる）

3289　不志（我は思はず）/ 不忘（我は忘れず）

3295　〈刺〉々（さしてくはし子）/ ト（うらくはし子）

3299　妻（語らひあふを）/ 益（語らはましを）

3840　播（その子播くらむ）/ 懷（その子はらむ）

3888　染（染め屋形　黄染めの屋形）/ 柒（塗り屋形　黄塗りの屋形）

4111　久　（久しきに）/ 久礼奈為（紅に）

2　諸写本から原文の選択を誤ったことに起因する誤訓（新訓/定訓）

42首

15　伊理比弥之（入日いやし）/ 伊理比沙之（入日さし）

16　秋乃吾者（秋の吾には）/ 秋山吾者（秋山吾は）

46　寐毛宿良自八方（眠もよらじやも）/ 寐毛宿良目八方（眠も寝らめや
も）

49ⅥI　焉副而（これさへに）/ 馬副而（馬並めて）

109　益弓尓（まさでに）/益為尓（まさしに）

118　戀乱許曽（恋乱れこそ）/戀礼許曽（恋ふれこそ）

224　石水之見尓（勤しみに）/石水之貝尓（石川の貝に　石川の峽に）

256 一本云　舶尓波有之（船に波あらし）/尓波好有之（庭良くあらし）、舶尓波有之（舟庭ならし）

264　去邊不母（行方あらずも）/去邊白不母（ゆくへ知らずも）

266　夕詰千鳥（夕告げ千鳥）/夕浪千鳥（夕波千鳥）

274　奥部莫逝（沖へな行きそ）/奥部莫避（沖へな離り）

311 VI　戀教牟鴨（恋せしむかも）/戀敷牟鴨（恋しけむかも）

347　遊道尓伶者（遊びの道に　さすらへば）/遊道尓怜者（遊びの道に　たのしきは）

484　有不得騰（あり上がりえず）/有不得勝（ありかつましじ）

518　於曽理無（寄そりなく）/於曽理無（恐りなく）

606　多奈利丹（おほなりに）/多奈和丹（おほなわに）

894　阿庭可遠志（あてかをし）/阿遅可遠志（あちかをし）

915　音成（音しげく）/川音成（川音なす）

1059　在果石（あり果てし）/在杲石（ありがほし）

1547　相佐利仁（あひさりに）/相佐和仁（あふさわに）

1548　宇都呂波獣（移ろば厭くに）/予曽呂波獣（をそろはうきを）

2176　薦手搖奈利（薦手揺るなり）/苫手搖奈利（苫手動くなり）

2217　之黄葉　早者落（このもみぢ葉の　早く散るは）/黄葉早者散（もみぢ葉早く　散りにけり）

2338　板敢風吹（板上風吹き）/板玖風吹（いたく風吹き）

2470　潮（潮満ちて）/湖（湊に　港に）

2721　蕩可毛（動くかも）/薄可毛（薄きかも）

2859　高以避紫（高きい避かし）/高川避紫（高川避かし）

3132　爰毛来哉常（ここにも来やと）/變毛来哉常（かへりもくやと）雖徃不満（行けども満たず）/雖徃不歸（行けど帰らず）

3211　徒心哉（あだし心や）/徒心哉（現し心や）

3245　越得之早物（越し得し早やも）/越得之早物（をち得てしかも）

3272 VI　行莫ゝ（行き暮れ暮れと）/行ゝ莫ゝ（ゆくらゆくらに）　司（つかさ）/麻筍（をけ）

3450　加利馬利（絡めり）/加知馬利（勝ちめり）

3603　湯種蒔忌　美伎美尓（ゆ種蒔き　美し君に）/湯種蒔　忌忌伎美尓
（ゆ種蒔き　ゆゆしき君に）

3653　安可思都流牢乎（明かしつるろや）/安可思都流宇乎（明かし釣る
魚）

3692　之麻我久礼奴流（島隠れぬる）/（也）々麻我久礼奴流（山隠れぬる）

3754　公我子尓毛（君我が子にも）/多我子尓毛（あまたが子にも）

3785　家奈我氣婆（日長けば）/奈我奈氣婆（汝が鳴けば）

3887　苅苅婆可尓（枯れ枯れ墓に）/草苅婆可尓（萱刈りばかに）

3901　遠流人毛奈之（折る人もなし）/遠久人毛奈之（招く人もなし）

4111　時及能（時及くの）/時士久能（時じくの）

4291　伊佐石村竹（いさし群竹）/伊佐左村竹（いささ群竹）

4431　佐也久々毛用尓（鞘くくも夜に）/佐也久志毛用尓（さやぐ霜夜に）

3　原文に問題はなくそれに付す訓を誤っている誤訓（新訓/定訓）

305首

（I　巻第1・2・3）42首

　1　我許背齒/我こそは

　2　取與呂布（とり宜しき）/とりよろふ

　3　奈加弭（中弭）/鳴る弭　鳴り弭　長弭　金弭

　4　馬數面/馬並めて

　8　許藝乞菜（漕ぎ来な）/漕ぎいでな

　10　齒（世）/代

　15　清明己曽/あきらけくこそ、まさやかにこそ

　28　衣乾有（衣乾るなり　衣降るなり）/衣干したり

　32　古人尓/いにしへの　人に

　48　野炎/野にかぎろひの

　64　寒暮夕/寒き夕べは

　66　松之根乎（松が音を）/松が根を

　72　枕之邊人/枕のあたり　枕邊の人

　74　山下風之（山のおろしの）/山のあらしの

　79　家乎擇（家を放ちて）/家を置き

　94VI　將見圓山（見む麻呂山）/みも（む）ろの山

　106　如何/いかにか　　獨越武（一人越え踏む）/一人越ゆらむ

114^{VI} 異所縁/ 片寄りに
〔ことよりに〕

115 遺居面/ 後れ居て
〔のこりいて〕

133 小竹之葉者 (篠の葉は)/ ささの葉は　　乱友/ みだれども　さやげ
〔しののはは〕　　　　　　　　　　　　〔みだるとも〕
ども

139^{VI} 打歌山 (うち歌ふ山)/ うつたの山
〔うちうたたやま〕

143 將結 (結びゆき)/ 結びけむ
〔むすびゆき〕

147 天足有 (天垂るるなり)/ 天足らしたり
〔あまたるるなり〕　　　　　　〔あまた〕

158 立儀足 (立姿垂る)/ 立ち装ひたる
〔たちすがたたる〕　　　　　〔よそ〕

161 陳雲之/ たなびく雲の
〔つらなるくもの〕

187 所由無 (よしもなく)/ つれもなき
〔よしもなく〕

193 八多籠良 (微子ら)/ 畑子ら
〔はたこら〕

196 遺悶流 (諦むる)/ 慰もる
〔あきらむる〕

207^I 遺悶流 (諦むる)/ 慰もる
〔あきらむる〕

219 天數 (天に及く)/ 空かぞふ
〔あめにしく〕

225 相不勝/ 逢ひかつましじ
〔あひかてなくに〕

251 妹之結　紐吹返/ 妹が結びし　紐吹き返す
〔いもがむすべる〕〔ひもふきかへる〕

254 留火/ ともしび
〔とまりび〕

318 眞白衣/ 真白にぞ
〔ましろくぞ〕

319 水乃當烏 (水の適ひぞ)/ 水の激ちぞ
〔みづのかなひぞ〕　　　　　〔たぎ〕

324 山四見容之/ 山し見がほし
〔やましみやすし〕

327 將死還生/ よみがへりなむ
〔しにかへりいかむ〕

381 情進莫 (心急くな)/ 心進むな
〔こころまたくな〕　　　　〔また〕

388 伊与尓回之/ 伊豫にめぐらし
〔いとにめぐらし〕

391 樹尓伐歸都/ 木に伐り行きつ
〔きににきりきしつ〕

405 待鹿尓 (待ちしかに)/鹿待ちに　　社師留烏 (社仕留むも)/ 社し
〔まちしかに〕　　　　　〔しし〕　〔やしろしとむも〕
怨めし
〔うら〕

463 所思久尓 (思ほゆ久に)/ 思ほゆらくに
〔おもほゆひさに〕

(II　巻第4・5・6・7) 41首

488^{VI} 簾動之 (簾鳴らして)/ 簾動かし
〔すだれならし〕

499 百重二物 (百へ二も)/百重にも　　来及礑 (来至るかも)/来しか
〔ももへにも〕　　　　　　〔ももへ〕　〔きいたるかも〕　　　〔き〕
ぬかも

514 入尓家良之/ 入りにけらしも
〔いるにけらし〕

529 小歴木 (禁樹)//柴
〔さへき〕〔さへきしば〕

543 安蘇蘇二破（縦しそそにや）/あそそには

604Ⅵ 何如之怪曽毛（何かの怪ぞも）/何の兆ぞも

607Ⅵ 打礼杼/打つなれど

629 奈何鹿/何すとか

630 可散物乎/散るべきものを

635 珠社所念/玉こそ思ほゆれ

638 心遮（心に障る）/心まとひぬ

641 隔付經/へつかふ　幸也/幸くや

642 久留部寸（暗るべき）/反轉

664 將關哉（塞がめや）/つつまめや

707Ⅵ 思遣（諦むる）/思ひ遣る　戀成（恋して）/恋ひなり

723 常呼二跡（常をにと）/とこよにと

740 後毛相跡（後も逢はむと）/後も逢はむと　不相可聞/逢はざらむかも

741 手二毛不所觸者/手にも触れねば

788 人之事思三（人の事重み）/人の言繁み

864 那我古飛（己が恋）/長恋

877 比等母祢能（人胸の）/人皆の

939 邊波安美（辺つ波安み）/辺波静けみ

950 山守居/山守据ゑ

988 落易（散り替ひ）/うつろふ

989 加度打放（角打ち放ち）/稜打ち放ち

1011 散去十方吉（散りぬそもよし）/散りぬともよし

1042 聲之清者（音のさやけきは）/音の清きは

1113 八信井上尓（山の井のへに）/走り井の上に

1127 癢者吾者（病む者我は）/置きては我は

1132 寤毛（目覚めるも）/うつつにも

1134 石迹柏等（石踏みかへど）/石と柏と　時齒成（常盤して）/常盤なす

1142 命幸　久吉（命幸く　久によかれと）/命をし　幸くよけむと）

1145 雖凉常不干（冷ゆとも干さず）/干せど乾かず

1216 方便海（潟辺の海）/わたつみの

1259 哀我（愛し我）/愛しきが

1266 八船多氣（八船長け）/弥船たけ

1283 石走/石の橋

1289 葉茂山邊（葉茂き山辺）/繁き山辺

1305 名著念（懐きて思ふ）/懐かしみ思ふ

1306 反戀/なほ恋にけり

1370 太莫逝/いたくなゆきそ

（Ⅲ　巻第8・9・10）69首

1418 石激/いはばしる

1437 ¹ 山下風/山のあらし

1438 波奈（端）/花

1455 命向（命の行くゑ）/命に向かひ　　梶柄母我（梶取るも我）/梶柄にもが

1459 不所比日可聞（比ひえぬかも）/散れるころかも

1480 心有今夜（心ある今宵）/心あらば今宵

1486 令落常香/散らしてむとか

1507 伊加登伊可等（五十処と五十処と）/如何と如何と

1512 霜莫零/霜な降りそね

1516 黄反木葉乃/もみつ木の葉の

1520 伊奈宇之呂（いな憂しろ）/いなむしろ

1551 ⱽᴵ 雨令零収（雨止ませ）/雨止みぬ

1555 此宿流/この寝ぬる

1575 黄變（黄ばみする）/黄葉ぬる

1606 ⱽᴵ 簾令動（簾鳴らさせ）/簾動かし

1610 丁壮香見（若長官）/うら若み

1623 黄變/黄葉つ

1654 言者可聞奈吉（言ふ量もなき）/ことはかもなき

1666 一哉君之（はじめて君が）/一人か君が

1671 撈動（漕ぎ行く）/漕ぐなり

1683 捄手折（集め手折り）/ふさ手折り

1694 吾尓尓保波尓/我ににほはね

1702 及乏/すべなきまでに

1704 捄手折（集め手折り）/ふさ手折り

1731 布麻越者（踏み越さば）/幣置かば

1737 傍為而/近づきて

1738 多波礼弖有家留 （た晴れてありける）/戯れてありける

1743 心悲久 （心惹く）/ま悲しく

1759 目串毛勿見 （目奇しもな見そ）/めぐしもな見そ

1777 奈何身將装餝 （なぞ身飾らむ）/なぞ身よそはむ

1779 麻勢久 可願 （座せ久しかれ）/ま幸くもがも

1799ⅤⅠ 尓保比 去名 （にほひ失せるな）/にほひて行かな

1800 和霊乃 服 寒等仁 （にきたまの　まつろひ冷めらに）/にきたへの 衣 寒らに

1834 零重管 （降り重ねつつ）/降りしきりつつ

1859 馬並面 （目並べて）/こまなへて

1865 最木末之 （いとど木末の）/遠き木末の

1867 佐宿木 （ねむの木のこと）/桜

1868 置末勿勤 （置き据えなゆめ）/端に置くなゆめ

1875 紀之 許能 （しるしばかりの）/木の木の暮れの

1918 多零 （さはに降る）/いたく降る

1942 田草引/葛引く

1966 為君御跡 （君なる御跡）/君が御跡と

1979 酢軽 （巣借る）/スガル （蜂）

1996 水左閇而照 （水障へて照り）/水さへに照る

1997 乏 諸手丹 （はしたなるまでに）/すべなきまでに

2015 撈動 （漕ぎ行く）/漕ぐなる

2021 鶏音莫動 （鶏ろな騒き）/とりがねななき

2043 清夕 （清けき宵に）/清き夕べに

2058 年丹装 （年に塗る）/年によそふ

2066 別乃 （い別れの）/別れまく

2088 吾隠有 （吾が籠むる）/吾が隠せる

2092 心不欲 （心おのづと）/心いさよひ

2094 落僧惜毛 （散り添う惜しも）/散らくし惜しも

2109 芽子乃若末長 （萩の芽長し）/萩の末長し

2113 手寸十名相 （丈整へ）/たきそなへ　手もすまに　　早芽子 （早萩）/初萩

2135 霜乃零尓/霜の降らくに

2166 鳥音異鳴 （鳥が音去なる）/鳥が音異に鳴く

2211　解登 結而 （篤と結びて）/ 解くと結びて

2230　稲葉掻別 （去なばかき別け）/ 稲葉かき分け

2295　日殊 （日毎に）/ 日に異に

2301　忍咲八師 （おしゑやし）/ よしゑやし

2302　惑者之 （惑ふさの）/ ある人の

2305　襟解物乎 （択り解くものを）/ 紐解くものを

2322ᵛᴵ　言 多毛 （ことおほくも）/ こちたくも　ここだくも

2328　梅之早花 （梅のわさ花）/ 梅の初花

2334　戀為來/ 恋しくの

2336　湯小竹之於尒 （ゆ篠の上に）/ ゆ笹の上に

2337　小竹葉尒 （篠の葉に）/ 笹の葉に

2350ᴵ　山下風波 （山のおろしは）/ 山のあらしは

（Ⅳ　巻第11・12・13）89首

2355　惠得 （いとほしゑ）/ うつくしと

2361　足 壯 厳 （足厳しく）/ 足飾りせむ

2362　相狹丸 （逢ひざま）/ あふさわ

2363　曲道爲 （設く道とする）/ 避き道にせむ

2370　戀 死 耶 （恋も死ぬれや）/ 恋ひも死ねとか

2373　戀 无 （恋しきはなし）/ 恋はすべなし

2383　半手不忘 （はした忘れず）/ はたて忘れず

2391　玉 響 （魂ひびき）/ 玉かぎる

2393　惻隱 （いたはしき）/ ねもころ

2401　戀死 々々哉 （恋死なば　恋も死ぬれや）/ 恋死なば　恋も死ねとか

2412　戀無乏 （恋は空しく）/ 恋はすべなく

2414　意迫不得 （諦めえずに）/ 慰めかねて

2433　如數書 （敷く文の如）/ 数書く如き

2441　無乏 （空しくて）/ すべをなみ

2452　意迫 （諦めて）/ 慰めて　心遣り

2457　小雨被敷 （小雨被ひ敷き）/ 小雨ふりしき

2459　彌急 々事 （いや疾くに　疾く事なさば）/ いや早に　言をはやみか

2467　妹 命 （妹が御言を）/ 妹が命を

2471 凡浪（おほなみに）/ なみなみに

2476 擇爲我（択りする我ぞ）/ えらえし我そ

2478 人不顔面（人に見せぬに）/ 人にはしのぶ

2481 跡状不知（跡形知らず）/ たどきも知らず　有不得（有りとも得ずや）/ ありかつましじ　吾眷（吾かへりみて）/ 我が恋らくは

2488 心哀（心かなし）/ ねもころに

2501 眷浦經（かへりみうらぶる）/ 恋ひうらぶれぬ

2511 戀由眼（恋によるまな）/ 恋ふらくはゆめ

2515 枕動（枕は響む）/ 枕動きて

2554 對面者（向ひあはば）/ 相見ては

2555 目之乏流君（目が惚る君の）/ 目が欲る君が

2558 思篇來師（思ひ掛け来し）/ 思へりけらし

2574 雖打不寒（打てども覚めず）/ 打てども懲りず

2583 相見而　幾久毛（相見して　幾久しくも）/ あひ見ては　幾ひささにも

2596Ⅵ 戀也度（恋ふるや量る）/ 恋や渡らむ　月日殊（月に日ごとに）/ 月に日に異に

2601 振有公尓（振りたる君に）/ 古りたる君に

2610Ⅵ 戀度鴨（恋量るかも）/ 恋渡るかも

2612 袖觸而夜（袖触りにてよ）/ 袖触れにしよ　袖を触れてよ

2638 君之弓食之（君が弓壌めの）/ 君が弓弦の

2644 從桁將去（異他より行かむ）/ 桁より行かむ

2647 東細布（東袴）/ 横雲の　手作りを

2649 山田守翁（山田守る男の）/ 山田守るをぢが

2677Ⅰ 下風（おろしの風）/ あらしの風

2679Ⅰ 下風（おろし）/ あらし

2752 靡合歡木（なびくねぶ）/ しなひねぶ

2782 左寐蟹齒（さ沼蟹は）/ さ寝がには

2810 太口（多く）/ いたく

2832 筌乎伏而　不肯盛（筌を隠して　漏りあへず）/ 筌を伏せて　守りもあへず

2855Ⅵ 妹於事矣（妹のことにを）/ 妹がうえのこと

2856 手向爲在（手向したれば）/ 手向したれや

2866 素衣/さ衣

2877Ⅵ 何時奈毛（何時しなも）/何時はなも

2885Ⅵ 枕毛衣世二（枕もいよよに）/枕もそよに

2920Ⅵ 終命（つひの命）/死なむ命

2927 戀以 亂今可聞（恋ゆゑ 乱る今かも）/恋い 乱れ来むかも

2930 戀中尓毛（恋にあたるにも）/恋のうちにも

2941 跡状（名残り）/たどき

2943 執許乎（執すばかりを）/捕ふばかりを

2947或本歌曰 反側（彷徨ふ）/臥い伏す

一云 無乏（空しくて）/すべをなみ

2948 戀有容儀（恋ふる有り様）/恋ひたる姿

2955 情斑（心まだらぶ）/心迷ひぬ

2961 心遮焉（心に障る）/心惑ひぬ

2974Ⅵ 戀度南（恋量りなむ）/恋渡りなむ

2990Ⅵ 戀度鴨（恋量るかも）/恋渡るかも

2996 事社者（事こそは）/言こそは

2999 擇擢之業曾（択らびし業ぞ）/択らえし業ぞ

3035 反羽二（帰らうに）/かへらばに

3091 所遺間尓（残さるる間に）/後るるほどに

3106 欲為者（欲しけくするは）/欲しきがためは

3113 堅要菅（固くえうじつつ）/堅く言いつつ

3116 不相登要之（逢はじとえうじし）/逢はじと言ひし

3140 君所遺而（君遣させて）/君に後れて

3173 乱穿江之（渡る堀江の）/騒ぐ堀江の

3193一云歌 長戀為乍（汝が恋しつつ）/長恋しつつ

3223 峯文十遠仁 球手折（丈もとををに 集め手折り）/枝もとををに ふさ手折り

3243 纓有（纓なれば）/うなげる

3245 越得之早物（越し得し早も）/をち得てしかも

3257 石橋跡/石橋踏み

3258 思足椅（思ひ垂るるい）/思ひ足らはし

3276 念足橋（思ひ垂らはし）/思ひ足らはし

3280 天之足夜尓（天の垂り夜に）/天の足り夜を

3282 I 山下吹面 （おろしの吹きて）/ あらしの吹きて

3290 會計良恩 （合ひけらし）/ 逢ひけらし

3300 有雙雖為 （舫ひすれども）/ ありなみすれど

3308 都不止來 （かつて止めずけり）/ さね止まずけり

3311 石者履友 （石は履くとも）/ 石は踏めども

3317 石者雖履 （石は履けども）/ 石は踏むとも

3323 不連尓 （連れなくに）/ 編まなくに

3330 VI 鮎遠惜 （落ゆを惜しみ）/ 鮎を惜しみ

3333 大卜置面 （占据えて）/ 占置きて

3335 VI 直海 （ただ海に）/ にはたづみ

3336 所聞海尓 （聞こゆる海に）/ かしまの海に

（V　巻第14・15・16・17）　48首

3353 伎倍乃波也之尓　奈乎多弖天 （柵戸の栄しに　名を立てて）/ 伎倍の林に　汝を立てて

3356 氣尓餘波受吉奴 （怪に呼ばず来ぬ）/気によはず来ぬ

3358 或本哥曰 奴良久波思家良久 （寝らくは時化らく）/寝らくはしけらく

一本歌曰 多麻能乎思家也 （偶のおしけや）/ 玉の緒しけや

3359 於思敝 （押しへ）/ 磯辺 （おしへ）

3362 見所久思 （見え届し）/ 見かくし　見退くし

3363 須疑乃木能末可 （過ぎの此の間か）/ 杉の木の間か

3367 安流吉於保美 （有るき多み）/ 歩き多み

3370 波奈都豆麻 （放つ妻）/ 花つ妻

3382 和伎奈婆 （分きなば）/ 吾来なば

3385 於須比 （押す日）/ 磯辺 （おすひ）

3395 都久多思　安比太欲波 （つくたし　間よは）/ 月立ち　間夜は

3406 許登之 （言し）/ 今年

3419 伊香保世欲 （伊香保瀬よ）/ 伊香保背よ

3424 多賀家可母多牟 （誰が来かも彩む）/ 誰が笥か持たむ

3425 奈我己許呂能礼 （汝が心乗れ）/ 汝が心告れ

3446 都可布 （番ふ）/ 使ふ

3448 比自 （泥）/ 隼人がいう海や湖に中にある洲のこと

3468 乎呂能波都乎尓 （雄ろの初尾に）/ 尾ろのはつ麻に　尾ろのはつ尾に

3486 可多麻斯尓 （羨ましに）/ 勝たましに　片増しに

3488 於布之毛等 （覆ふしもと）/ 生ふ 楢

3493 故夜提能 （木宿の）/ 小枝の

3499 祢呂等敝奈香母 （寝ろと生なかも）/ 寝ろとへなかも

3506 許騰伎 （如き）/ 蠶時

3515 久尓波布利 （国放り）/ 国溢り

3525 許等乎呂波敝而 （言折ろ延へて）/ 言緒ろ延へて

3535 於能我乎遠 （己が夫を）/ 己が緒を　　古麻 （小間）/ 駒

3551 比良湍尓母 （平背にも）/ 平瀬にも

3718 奈尓許曽安里家礼 （何こそありけれ）/ 名にこそありけれ

3808 窠尓毛 （さとるにも）/ うつつにも

3817 可流羽須波 （刈る蓮葉）/ 唐臼　韓臼

3822 寺之長屋尓 （近し長屋に）/ 寺の長屋に

3837 玉尓似有將見 （玉なる見らむ）/ 玉に似たる見む

3846 僧 半 甘 （僧はしたなむ）/ 法師は泣かむ

3847 汝毛 半 甘 （汝もはしたなむ）/汝も泣かず

3857 雖行徍 （行き徍けども）/ 寝ぬれども　行き行けど

3860 情進尓 （逸りかに）/賢しらに

3864 情出尓 （自らに）/賢しらに

3874 認河邊之 （見とむ川辺の）/ つなぐ川辺の

3878 將見和之 （見むくゎし）/ 見むわし

3879 眞奴良留 奴 和之 （ま乗らる奴くゎし）/ まぬらる奴　わし

3880 所聞多祢乃 （聞こゆ種の）/ かしまねの

3905 意毛比奈美可毛 （思ひ並みかも）/ 思ひ無みかも

3907 於婆勢流 （おはせる）/帯ばせる

3941 夜氣波之之奴等母 （やけはしぬとも）/ 焼けは死ぬとも

4000 於婆勢流 （おはせる）/帯ばせる

4003 弥奈尓於婆勢流 （御名におはせる）/ 御名に帯ばせる

4024 由吉之久良之毛 （雪敷くらしも）/ 雪し消らしも

4028 美奈宇良波倍弓奈 （水占は経てな）/ 水占延へてな

(Ⅵ 巻第18・19・20)　16首

4094 多之氣久 （足しげく）/ 確けく

4106 左度波世流 （さと馳せる）/ さどはせる

4108 左度波須（さと馳す）/ さどはす
4111 可見能（上の）/ 神の
4112 美都礼騰母（満つれども）/ 見つれども
4143 挹亂（汲み乱る）/ 汲みまがふ
4164 左之麻久流（さし捲くる）/ さし任くる
4174 手折乎伎都追（手折り置きつつ）/ 手折り招きつつ
4191 之我波多波（其が端は）/ しが鰭は
4265 鎮而将待（鎮めて待たむ）/ 斎ひて待たむ
4288 雪波布礼ゝ之（雪は降れれば）/ 雪は降れれし
4308 波奈尓（端に）/ 花に
4321 加曳我伊牟多祢牟（替え甲斐持たねむ）/ かえ（萱）がむた寝む
4326 等能能（外の野）/ 殿の
4372 美佐可多麻波理（み坂霊振り）/ み坂給はり
4424 美佐可多婆良婆（み坂た晴らば）/ み坂給らば

4　二音節仮名に訓まない誤訓（新訓/定訓）　　　　　7首

1 家吉閑（家聞かに）/ 家聞かな
5 和豆肝（わづかに）/ わづきも　たづきも
913 鳴奈壽（鳴くなへに）/ 鳴くなへ　鳴くなり
1857 世人君羊蹄（世の他國し）/ 世の人吾し
2544Ⅵ 見君（見らくに）/ 見え君
2759 古幹（震るがに）/ ふるから
3475Ⅳ 遊布麻夜萬（遊布麻山に）/ 遊布麻山

5　特定文字に対する訓を誤っている誤訓　　　　　75首

「將（はた）」〈む　らむ　けむ　なむ　てむ〉　　27首（新訓/定訓）

226Ⅵ 將誰告（はた誰に告ぐ）/ 誰か告げけむ
231Ⅵ 開香將散（咲きかはた散る）/ 咲きか散るらむ
545Ⅵ 將留鴨（はた留むかも）/ 留めてむかも
682Ⅵ 將念（はた思ふ）/ 思ふらむ
699Ⅵ 後毛將相（後もはた逢ふ）/ 後にも逢はむ
752Ⅵ 何如將為（いかにはたする）/ 如何にかもせむ
759Ⅵ 入將座（入りはた居ます）/ 入り居ませなむ

1201^{VI} 將依思有 （<ruby>はた<rt>はたより</rt></ruby>寄りしある）/ 寄らむと思へる

1485^{VI} 將 移 香 （<ruby>はた<rt>はたうつろ</rt></ruby>移ろふか）/ 移ろひなむか

1504^{VI} 不見可將過 （見ずかはた過ぐ）/ 見ずか過ぎなむ

1505^{VI} 將 至 鴨 （はた至るかも）/ 至りけむかも

1621^{VI} 有者將散 （あらばはた散る）/ あらば散りなむ

1754^{VI} 何如將及 （如何にはたしく）/ いかにかしかむ

將來其日毛 （はた来その日も）/ 来むその日も

1949^{VI} 君將聞可　朝宿疑將寐 （君はた聞くか　朝居かはた寝る）/ 君は聞

けむか　朝いか寝けむ

2020^{VI} 將相等念夜 （はた逢ふと思へや）/ 逢はむと思へや

2317^{VI} 將落雪之 （はた降る雪の）/ 降りなむ雪の

2837^{VI} 將 乱 跡也 （はた乱るとや）/ 乱れなむとや

2884^{VI} 將 開 明日 （はた明くる明日）/ 明けなむ明日

2978^{VI} 將不相哉 （はた逢はざるや）/ 逢はざらめやも

3069^{VI} 直 將吉 （直にはた良し）/ 直にしえけむ

3110^{VI} 將絶常云而 （はた絶ゆと言ひて）/ 絶えむと言ひて

3124^{VI} 君將行哉 （君はた行くや）/ 君去なめやも

3161^{VI} 將鬱悒 （はたおほほしき）/ おほほしみせむ

3193^{VI} 山道將越 （山路はた越ゆ）/ 山路越ゆらむ

3217^{VI} 將斎 （はた斎ふ）/ 斎ひてむ

3795^{VI} 我者將依 （我ははた寄る）/ 我は寄りなむ

4248^{VI} 將 忘 也毛 （はた忘れやも）/ 忘らえめやも

「『與』、または『与』」（と　とも　よ　あたひ　あたふ　くみす　か）」〈こ
そ　こせ〉　　　15首（新訓/定訓）

546 有与宿鴨 （有れと寝るかも）/ 有りこせぬかも

995 遊飲興 （遊び飲むとも）/ 遊び飲みこそ

1248 我告与 （我に告げてよ）/ 我に告げこそ

1965 尓保比 与 （にほひ与へよ）/ にほひこそ

1973 有 与 奴香聞 （有り適ひぬかも）/ 有りこせぬかも

2000 妹告与具 （妹に告げとそ）/ 妹に告げこそ

2008^{II} 早 告与 （早く告げてよ）/ 早く告げこそ

2375 相 與 勿湯目 （相与すなゆめ）/ あひこすなゆめ

2387^{III} 有 與 鴨 （有り適ふかも）/ 有りこせぬかも

2501 夢所見**與** (夢を見せる**か**)/夢に見え**こそ**

2850 相見**與** (逢ひて見ゆる**か**)/逢ふと見え**こそ**

2858[II] 吾**与**經 (吾ともに触れ)/我にも触れ**こそ**

2958 不止見**與** (止まず見ゆる**か**)/止まず見え**こそ**

2959 嗣而所見**與** (継ぎて見ゆる**か**)/つぎて見え**こそ**

3254[III] 眞福在**与**具 (ま幸く有り**とそ**)/ま幸くあり**こそ**

「**之**（ゆく　いたり）」〈**の　が　し　ば**〉 13首（新訓/定訓）

229[VI] 沈**之** (沈み**ゆく**)/沈み**にし**

334 忘**之**為 (忘れ**ゆく**ため)/忘れ**ぬが**ため

948[VI] **之**来継皆石 (**行き**来継ぎ**かし**)/来継ぐ**こ**のころ

1886 里得**之**鹿齒 (里に**と**行**かば**)/里行き**しかば**

2062[VI] 公**之**来為 (君**行き**来るため)/君**が**来むため

2363 君**之**来 (君の**行き**来る)/君**が**来まさむ

2522 在**之**者 (有り**ゆけば**)/あり**しかば**

2922[VI] 日**之**晩毛 (日**行き**暮るるも)/日の暮るらく**も**

3213 君**之**行疑 (君**行き**行く**か**)/君**が**行くらむ

3234[VI] 國見者**之**毛 (国見は**行くも**)/国見れば**しも**

3338 浪**之**塞 (波**至り**塞く)/波の塞ふる

4106 **之**家牟 (**至り**けむ)/〈待た〉**しけむ**

4288 雪波布礼〻**之** (雪は降れれ**ば**)/(雪は降れれ**し**)

「**數**（しき　しく　しか）」〈**かず　あまた**〉 7首（新訓/定訓）

4 馬**數** (馬**敷き**)/馬**並**め

219 天**數** (天に**及く**)/そら**数ふ**

2433 如**數**書 (**敷く**文のごと)/**数**書くごとき

2948 **數**知兼 (**しくしく**知るがね)/**あまた**著るけむ

2962 袖不**數**而 (袖**敷かず**して)/袖**離れ**て寝る

2995 重編**數** (重ね編み**及き**)/隔て編む**数**

3329 **數**物不敢鳴 (**し**〈**頻**〉きもあへぬなり)/**よみ**もあへぬかも

「**成**（て　して）」〈**なす　なり**〉 5首（新訓/定訓）

19 衣尓著**成** (衣に付き**て**)/衣につく**なす**

145 鳥翔**成** (鳥飛び**て**)/**翼なす　あまがけり**

707[VI] 戀**成**尓家類 (恋して**にける**)/戀**なりにける**

1134 　時歯成（常磐して）/ 常磐なす

3791ⅥＩ　引帯成（引き帯して）/ 引き帯なす

「行年（こね）」〈そね〉　5首（新訓/定訓）

299 　雨莫零行年（雨な降り来ね）/ 雨な降りそね

1319 　風莫吹行年（風な吹き来ね）/ 風な吹きそね

1363 　言勿絶行年（言な絶え来ね）/ 言な絶えそね

1970 　雨莫零行年（雨な降り来ね）/ 雨な降りそね

3278Ⅰ　犬莫吠行年（犬な吠え来ね）/ 犬な吠えそね

「酒（き）」〈す〉　3首（新訓/定訓）

1809 　須酒師競（好きし競ひ）/ すすし競ひ

3487 　可久須酒曽（かく好きぞ）/ かくすすぞ

3564 　安騰須酒香（あど隙か）/ あどすすか

6　写本の原文にない文字を加えて訓む誤訓　　　24首

「ぬ」　12首（新訓/定訓）

133 　別れ来れば（別来礼婆）/ 別れきぬれば

1468 　萩の咲けれや（芽開礼也）/ 萩咲きぬれや

1551ⅥＩ　雨止ませ（雨令零収）/ 雨止みぬ

1662 　存らへ経るは（流經者）/ 存らへぬるは

1954 　来居るもなくか（來居裳鳴香）/ 来居るも鳴かぬか

2092 　保ち得れかも（有得鴨）/ ありこせぬかも

2176 　告へに来らし（告尓來良思）/ 告げに来ぬらし

2328 　散るとも良けれ（落十方吉）/ 散りぬともよし

2355 　早も死ぬれや（早裳死耶）/ 早も死なぬか

2387Ⅲ　有り適ふかも（有與鴨）/ 有りこせぬかも

2513 　雨し降らばや（雨零耶）/ 雨も降らぬか

2585 　あらばかも（有鴨）/ あらぬかも

「む」　9首（新訓/定訓）

740 　後にも逢ふと（後毛相跡）/ 後も逢はむと

1455 　恋ふるゆは（戀從者）/ 恋ひむゆは

1486 　散らしむるとか（令散常香）/ 散らしてむとか

2062[VI] **君行き来るため** 「公之來為」/「君が来むため」

2099 **置きかも枯るる** （置哉枯）/ 置きや枯らさ**む**

2363 **君の行き来る** （公之来）/ 君が来まさ**む**

2406 **恋ひつつやある** （戀有）/ 恋ひつつかあら**む**

2596[VI] **恋ふるや量る** （戀也度）/ 恋や渡ら**む**

2927 **乱る今かも** （亂今可聞）/ 乱れ来**む**かも

「ら」　3首（新訓/定訓）

106 **一人越え踏む** （獨越武）/ 一人越ゆ**らむ**

1812 **春立つるしも** （春立下）/ 春立つ**らし**も

1865 **春の離（さ）け来し** （春避来之）/ 春さり来**らし**

7　代名詞あるいは副詞であることを看過した誤訓　　13首

「し」「しか」　3首（新訓/定訓）

892 **之（しか）可夫可比** （**しか**吹かひ）/ **し**はぶかひ

1262 **鹿（しか）待君之** （**しか**待つ君の）/ **しし**（鹿）待つ君が

1367 **此待鳥如** （**し**待つ鳥ごと）/ 鳥待つがごと

「これ」「この」「こ」　5首（新訓/定訓）

49[VI] **焉（これ）副而** （**これ**さへに）/ 馬並（な）めて

1562 **之（これしるくさる）知左留** （**これ**告く去る）/ 乏蜘在可 （ともしくもあるか）

1697 **使在之（これ）** （使ひなる**これ**）/ 使ひにあらし

2217 **之（この）黄葉　早者落** （**この**黄葉（もみぢは）の　早く散るは）/ 黄葉早者　落 （もみち葉早く　散りにけり）

4127 **許牟可比** （**こ**向かひ）/ い向かひ

「か」　2首（新訓/定訓）

100[VI] **荷之緒（かの緒）** （**かの**緒）/ 荷（に）の緒（を）

3500 **可（か）母** （**かも**〈あのようにもまた〉）/ **かも**〈詠嘆〉

「と」　3首（新訓/定訓）

1886 **里得（と）之鹿歯** （里に**と**行かば）/ 里行きしかば

2091 **得（と）行而将泊** （**と**行きて泊（は）てむ）/ え行きて泊てむ　い行きて泊てむ

4385 **於枳弓等（と）母枳奴** （置きて**とも**来ぬ）/（語性不明とする）

236

8　断定の意の助動詞「なり」と訓まない誤訓　　11首（新訓／定訓）

　　3　音為奈利（理）（音〈の〉するなり）／音すなり

　　28　衣乾有（衣乾るなり）／衣干したり

　147　天足有（天垂るるなり）／天足らしたり

　667　相有物乎（逢ふなるものを）／逢ひたるものを

　986　月之照有（月の照るなり）／月の照りたる

　1094　黄葉為在（黄葉するなり）／黄葉しにけり

　1689　戀布在奈利（恋しくあるなり）／恋しくありなり

　2383　猶戀在（なほ恋ふるなり）／なは恋にけり

　2386　後悔在（のち悔ゆるなり）／のち悔いにけり

　2442　戀在（恋にしあるなり）／恋にしありけり

　3289　相有君乎（逢ふなる君を）／逢ひたる君を

Ⅲ　歌句の解釈の未解決

1　語義を未詳としている句　　　　　36首（未詳句／新解釈）

　　2　とりよろふ／（とり宜しき）とりわけ心ひかれる

　　3　なか弭／弭のなか（間）にある弦のこと

　327　うれもそ／ほんの端っこ

　503　さ藍さ謂沈み／衣が藍甕に沈むように言い沈み

　543　よしそそにや／たとい垣間見ることになるだろうか、かまわない

　772　もどけども／非難しても

　878　とのしくも／全面的に繰り返し

　925Ⅲ　久木／老木で幹の曲がった木

　1015　たけそかに／宴の盛りに

　1807　行きかがれ／帰る処が分からなくなるほど理性を失って

　1863　久木／老木で幹の曲がった木

　1889Ⅴ　月夜さし／性交の隠語

　1961　袖に来居つつ／家の門戸の袖（脇）に来てとまりながら

　2117　少女らに　行き会ひの早稲を　刈る時に／少女らに行き会って一緒に早稲を刈ることになる時期に

　2734　潮満てば／恋心が体にいっぱいになり沈みそうな時期になったら

　2753Ⅲ　濱久木／浜辺にある老木で幹の曲がった木

2805　音とろ／**声の調子を合わせること**

3358　しけらく／**物事が少ないこと**

3361　かなるましづみ／**十中七八抵抗を止めて**

3363　まつしだす／**待つ準備をする**

3432　吾を可鶏山のかづの木の／**私に連想させる可鶏山のかづの木のように**

3481ᴵᴵ　あり衣のさゐさゐ沈み／**衣を染めるため甕に沈めるように**

3499　寝ろと生なかも／（萱が）**その上に寝ろと生えている所なのかなあ**

3541　間ゆかせらふも／**密通させていることよ**

3553　こてたずくもか／**後方から手助けしてほしい**

3566　そりへかも／**思わぬ方向に考えるかも**

3888　屋形／**布で覆われた遺体**

3973　事はたな結ひ／**このことについては決して自分の心に閉じこもらないで**

4081　かた食むかも／**ひたすら食べるかも**

4131　ふさ圧しに／**すべて負かせて責任を取らせに**

4172　草取らむ／**鳥を捕らえよう**

4236　馴る肌娘子／**馴れた肌の妻**

4386　業りましつしも／**家業をなさっておられるに違いない**

4387　置きて猛来ぬ／**触れないで精いっぱいの気持ちで来た**

4430ⱽ　可成るましづみ／**十中七八不安が鎮まって**

4413　背ろがめき来む／**背子らしい姿で帰って来るだろう**

2　地名としている句　　　　　　　　　　　　　44首（定訓／新解釈）

19　綜痲形／**綜痲のような形（榛の花序のこと）**

139ⱽᴵ　打歌の山／**うち向かって歌ふ山**

589　うち廻の里／**ちょっと曲がったところにある里**

643　痛背の川（弓月岳と三輪山の間にある川）／**夫との離別の辛さを川を渡ることに譬えたもの**

1212ⱽᴵ　足代（地名）／**当て**

1273　波豆麻／**波止場**

1315　橘の島／**橘の花が咲いている山斎**

1560　始見之埼／**見初めし前**

1746 多珂（郡の名称）に /長（気丈）に

1776 絶等寸（山の名称）/発つとき

1859 高山部/ 高き山辺

2143 敷野 / い敷き野（一面に広がっている野）

2530 寸戸（地名）/柵戸のこと

2541 徃箕の里 / 行き廻る里

2652 小竹葉野/篠葉野（篠の葉の野）

2698 朝香方（浅香潟）/ 朝が方（朝別れた人）

2699ᵛᴵ 安太（地名）/徒

3048 雁羽の小野 / 狩場の小野

3052 佐紀沢（沢の名称）に生ふる / 咲く沢に生ふる

3191ᴵⱽ 木綿間山 / 心で結ばれている間柄

3353 伎倍（地名）/柵戸のこと

3354 伎倍人 / 柵戸に移配された人

3381 宇奈比（地名）/海傍（海辺）

3405 多杼里（地名）/ 辿り（迷路）

3427 可刀利（地名）/主り（主婦）

3438 可牟思太（地名）/ 年長の

3447 安努・阿努（地名）/「あな（穴）」の訛り

3448 乎那（地名）/女

3450 乎久佐・小具佐（地名）/ 小瘡

3458 等里（地名）乃乎加耻志 / 取りの犯ちし（手淫）

3475ᴵⱽ 遊布麻夜萬 / 心で結ばれている間柄

3478 故奈（山の名称）乃思良祢 / 子汝の知らね

3489 欲良（山の名称）能夜麻邊 / 寄らの山辺

3496 古婆（地名）/国名である高麗

3503 安齊可我多（潟の名称）/あぜか象

3508 芝付乃 御宇良佐伎（地名）/芝が良く生えている内に咲いている

3525 水久君野 / 水に浸かっている野

3543 武路我夜乃 都留（地名）/室蚊帳の吊る

3553 可家（地名）能水奈刀尔 / 駆けの湊に

3564 古須氣（地名）呂乃 / 小隙ろの（を響かせている）

3875 押垂小野 /（二人を離すことを）押し進めているような地形の小野

3880　所聞多祢（地名）/ **名前が聞こえている有名な食材**

4338　牟良自（地名）/ **群がらない**

4341　美袁利（地名）/ **美しい季節**

3　枕詞としている句　　　　　　　　　18首（定訓/新解釈）

894　あちかをし /**宛号し（行き先を号令すること）**

970　さし過ぎの / **年月が過ぎてゆくこと**

1520　稲蓆 / **いな憂しろ**

1704　ふさ手折り / **「集め手折り」と訓み、集めて折り取ること**

1859　目並べて / **目を凝らして見ると**

2297　黄葉の / **黄葉のように成熟した美しさの**

2391　玉響 / **お互いの魂が共鳴し合って**

2492　丹穂鳥 / **水中で水掻きして進むように、他人に知られず努力している譬え**

2750Ⅵ　馬下りの / **目的地で旅装を解くこと**

3052　かきつばた / **かきつばたが咲く沢**

3057　心ぐみ / **思う娘のことで茅花のように心が甘くふくらみ**

3335Ⅵ　直海 / **まっすぐ海に**

3436　しらとほふ / **しばしば訪れ続けている**

3488　おふしもと / **覆い隠そうと**

3627　にほ鳥の　なづさひ行けば / **にほ鳥が必死に水掻きして進むように櫂を漕いで行けば**

3875　ことさけを / **どうせ二人を離すことを**

3895　たまはやす / **興奮すること**

4338　たたみけめ / **幾重にも重なるような関係であっただろう**

4　語義の誤解がある歌　　　　　　　139首（定訓/新解釈）

（Ⅰ　巻第1・2・3）　16首

11　草を刈らさね / **逢瀬の場を作ってほしい**

15　入日 / **人が亡くなること**

20・21　袖振る / **懸想ではなく不適応現象（からかい）の行為**

55　真土山 / **待っている家人を偲ばせる存在**

86　恋ひつつあらずば / **恋い続けていても逢えないならば**

110　刈る草の / **逢瀬の時を響かせている**

111　いにしへに　恋ふる鳥 / **葛野王のこと**

112　いにしへに　恋ふらむ鳥 / **葛野王のこと**

114Ⅵ　異よりに / **高市皇子の方ではなく穂積皇子の方に靡くこと**

130　瀬は渡らずて / **男女が一線を越えないで**

203　あはに / **薄情に**

249　隠り江の / **「隠る」ことの歌語**

269　焼けつつ / **恋い焦がれつつ**

324　川とほしろし / **川が遠くまではっきり見えること**

385　草取るかなわ / **草を掴む格好をしてね**

410　後に悔ゆ / **娘の成長後に後悔すること**

（Ⅱ　巻第4・5・6・7）　25首

504Ⅵ　君が家に / （人麻呂の歌であるので）**妻の家に**

512　か依り合はば / **進行を合わせてくれれば**

536　かた思ひに / **潟のようにまた現れる恋に**

592　外のみに / **自分には関係ないこととして**

611　妹に逢はめや / **妹に逢おうとするだろうか、しない**

643　痛背の川を渡り / **夫と離別する辛さ**

652　かつがつも / **一方では少しずつ**

667　夜は隠る / **夜が闇に包まれる**

670　山き / **山に向かって**

679　いなと言はば / **私があなたの誘いを断れば**

689　目言 / **目で語り合う**

697　直香 / **本音**

725　にほ鳥の / **にほ鳥に自分（坂上郎女）を仮託している**

763　沫緒に撚り / **軽い気持ちで関係する**

886　遂げじもの / **まだ都を見ていないこと**

892　いとのきて / **すっかり短くなった**

897　いとのきて / **完全に現役を退いて**

904　手を携はり　父母も　上はなさがり / **父母も手を取った以上は私から離れないで**　にふががにふ / **何が何だか分からないまま**

986　おほのびに / **はなはだ遅く**

989　かど打ち放ち / **うちとけ合って**

1012　を折りにを折り / **折々に**

1103　今しきは / **つい今ほどまでは**

1264　商^{あき}じこり / **買い物上手を威張ること**

1266　八船たけ / **多くの船の操縦に長じて航行し**

1373^Ⅵ　菅の根見むに / **長くしっかりと共寝したいのに**

（Ⅲ　巻第8・9・10）9首

1459　世間^{よのなか}も / **男女の仲も**

1592　然あらず / **肯定できない意の独立句**

1618　わわらばに / **揺れて落ち着かない葉に**

1759　目奇しもな見そ / **見ると現実離れしているけれども、見ないことに
せよ**

1800　まつろひ冷めらに / **苦しい課役から解放されたように**

1842^Ⅵ　山かたつきて / **山にひたすら心を寄せて離れず**

1943　草取れり / **草原で鳥を捕まえること**

1979　巣借るなす野の　時鳥 / **鶯の巣を借りる野の時鳥のように**

2253^Ⅵ　色づかふ　秋の露霜 / **木々の葉を色づかせることに男女の色情を
醸している**

（Ⅳ　巻第11・12・13）29首

2364　寸^すけきに / **隙間から**

2489　本に我立ち / **木の根元に自分自身が立って**

2616^Ⅵ　おとはやみ / **訪問が早かったので**

2699^Ⅵ　簗^{やな}うち度す / **多くの女性の気持ちをはかる意も掛けている**

2706^Ⅵ　速み早瀬を　結び上げて / **あわただしい逢瀬で激しく契りを交わし
て**

2713^Ⅵ　この日暮らしつ / **この日一日中悲しませてしまった**

2743　玉藻刈りつつ / **乱れる玉藻を刈りながら心を乱していましょう**
　　　　或本歌曰　玉藻刈る刈る / **玉藻を刈りながら心を乱していましょう**

2783^Ⅵ　穂に咲きぬべし / **穂状の花のように質素に咲くべきだ**

2861　磯の上に　生ふる小松の / **人目に曝されて永く生えている磯の小松
のように**

2883　見てばこそ　我が恋やまめ / **見たとすれば、私の恋は収まるだろう
が**

2892　思ひ遣る　すべのたどきも / 思いを馳せる方法・手段も

2896　泡沫も / はかない関係にある恋人も
　うたかた

2903ᴵᴵ　いとのきて / すっかり後退して

2909ⱽᴵ　恋つつあらめや / 恋をしながら逢い続けていることでがあろうか

2913ⱽᴵ　恋つつあらずは / 恋しながら逢えないならば

2930　恋にあたるにも / これから恋に出会うにしても

2965　橡 の　袷の衣　裏にせば / 橡の衣を裏にして着るように、あなた
　つるばみ　あはせ
　が気が進まない状態なら

3049　麻生の下草　早く生ひば / 麻畑の下草が早く伸びておれば逢瀬の場
　を ふ
　にできず

3057　心ぐみ / 心が甘くふくらみ

3068　吹き返し / 状況が正反対になること

3093　目を安み / 見て心が安らぐので

3205　玉藻刈る刈る / 恋しいのに逢えずに心を乱しているのであれば乱れ
　る玉藻を刈り続ける

3206　玉藻　刈るとかも / 乱れる玉藻を刈るように心を乱しているという
　ことかも

3223　ま割りもつ　小鈴 / 裂け目を入れた小鈴のこと

3226　さざれ波　浮きて流るる / さざれ波が川の流水によりどころなく流
　される

3261　思ひ遣る　すべのたどきも / 思いを馳せる方法・手段も

3272ⱽᴵ　司をなみと / 取り締まってくれるところがないので

3322　もし子は内に　至れども / もし子の心が極限の状態になっても

3330ⱽᴵ　妹に　あゆを惜しみ / 妹が命を落としたことを残念でならず

（Ⅴ　巻第14・15・16・17）47首

3358或本意哥日　寝らくは時化らく / 共寝することが少なくて
　ぬ　しけ

3366ⱽᴵ　潮満つなむか / (娘が共寝する) 潮時になっているだろうか

3367　有るき多み / 暮らしに忙しいので

3368　よにもたよらに / (二人の関係について) 決して弛んだように

3382　分きなば / 押し分けて行くとしたら

3385　押す日 / あまねく照らす日

3392　よにもたゆらに / (二人の関係について) 決して弛んだ気持ちで

3394　さ衣の　小筑波嶺ろの　山の崎 / 嬥歌のとき共寝した場所である山

の﨑

3396	目行か / 心ひかれて視線を向けること
3401	中砂（なかまな）/ 川の中にある小さい砂地
3403	まさかもかなし / 目の前に迫ってきて悲しい
3412	葛葉がた / 連れて行くこと（具すこと）が難しいを響かせている
3415	植ゑ小水葱　かく恋ひむ / 当初のような激しい恋でなくなっていること
3423	降ろよき（雪）/ 触ろ行きを響かせている
3429	あさましものを / 呆れたものだよ
3430	葭越さるらめ / 私のところにどうせやって来るのでしょうの寓意がある
3431	ここば児がたに / あの娘のために転んだならば
3432	吾をかづさねも　かづさかずとも / かづの木の皮を剝いで行かなくとも私を奪い取ってほしいの意
3433	こだる木を / 恋人を木に擬えて恋人が恋に少しだれている状態
3435	衣に　つきよらしも / 榛の木の花序が衣に好ましく付着すること
3443	張り手 / 見張りする人
3448	ひぢにつくまで /(峰が) 泥になるまで長く
3459	稲搗けば / 性交のこと
3473	おゆに見えつる / およに見えつるで惑わすように目に浮かぶこと
3476	立と月 / 月経　の（ぬ）かなへゆけば / 隔てることなく通って行けば
3479	合はずがへ / どうして交合しないものか
3481	さるさゐ沈み /503番「さゐさゐ沈み」の訛り
3482 或本歌日	ことたかり / 噂が寄り集まり
3484	明日期せざめや / 明日までにするという約束ではないのではないですか
3486	弓束並べ巻き / 並行して関係する　　　いや奸ましに / ますます心がねじけている
3494	もみつまで / 揉み合い体が赤く色なすまで
3497	あやにあやに / 表面に現れるほどに
3509	ねなへども / 音を出して寝ないで風が吹いていること
3526	なよも張りそね / 決して見張らないでね

3536 赤駒を打ちて さ緒引き / 女の許へ行くときは夜の闇に目立たない 黒馬で行くもので赤馬で行くのは無神経であるの意

3538 或本歌曰 駒を馳ささけ / 馬を走らせて気晴らしをする

3548 II いとのきて / すっかり離れていて

3550 稲は搗かねど / 性交を拒否したのではないが

3731 妹が目 離れて 我居らめやも / 逢えなくても私は妻を思って居るだろうよ

3820 作る屋の 形をよろしみ / 自分がいままでやってきたことが評価されるようになったのでの意

3821 賢人らが 角のふくれに / 分別くさく小賢しく人と和合しない者に

3848 あな干稲干稲し / 女性と結ばれる機を逸したこと

3857 行き往けども / 日は過ぎてゆくけれど

3875 こと放けを 押したる小野ゆ / どうせ二人を離すことを推し進めている地形の小野であるから

3887 天なるや / 天上のように物音ひとつしないの意

3889 灰差し思ほゆ / はっきりと瞼に浮かんで鮮やかに思われる

3973 事はたな結ひ / これには決して閉じこもるなの意

（VI 巻第18・19・20） 13首

4082 かく恋すらは / このような恋は考えられないことで

4106 さとはせる / 急に思いを向けた

4108 さとはす / 急にのめりこんでしまった

4139 春の苑 紅匂ふ 桃の花 / 得意絶頂期にある大伴家持の心象風景

4172 草取らむ / 鳥を捕まえること

4235 秀ろに踏み敵し / その上に現れて踏み抑え

4236 馴る肌娘子 / 馴れ親しんだ肌の妻

4290 鶯鳴くも / 鶯は自己の縄張りを主張して鳴いているけれども（今の自分にはそんな力もない）

4292 一人し思へば / 後ろ盾であった橘諸兄に見放されたことが背景にある

4324 にへの浦 / 琵琶湖のこと こともかゆはむ / わけもなく通うだろう

4358 言ひし児 / 待って居ますと約束した児

4413 背ろがめき来む / 背子らしい様子で帰って来るだろう

4431 鞘くくも夜に / (笹の葉が) 鞘のように包まるほど寒い夜に

5　譬喩・寓意の解明が十分ではない歌　　　　　　　　179首

9	10	11	12	13・14	15	16
20・21	27	28	47	48	72	94ⅵ
97	100ⅵ	106	111	112	114ⅵ	130
158	160	161	264	268	269	390
391	405	410	503	536	606	630
652	725	763	788	950	952	970
988	995	1099	1137	1259	1262	1296
1304	1305	1306	1315	1325	1326	1367
1370	1373	1459	1503	1512	1547	1548
1702	1817	1889	2297	2433	2459	2467
2470	2471	2476	2478	2481	2487	2488
2492	2638	2644	2647	2649	2652	2678
2698	2699ⅵ	2700	2706ⅵ	2717	2721	2734
2752	2753ⅲ	2759	2767	2768	2782	2783ⅵ
2792	2805	2830	2832	2855ⅵ	2861	2965
2995	2996	2999	3046	3048	3049	3052
3068	3091	3205	3093	3191	3205	3226
3300	3311	3317	3323	3330ⅵ	3359	3361
3363	3368	3396	3401	3407	3411	3412
3415	3419	3424	3429	3430	3431	3432
3433	3435	3436	3447	3448	3450	3468
3475	3486	3494	3497	3500	3502	3503
3509	3541	3543	3551	3553	3564	3754
3817	3820	3821	3840	3848	3874	3875
3941	4081	4082	4105一云	4139	4143	4290
4291	4292	4338	4387			

Ⅳ　その他

1　題詞の誤解が歌を誤解させている歌　　　5首

　　16　「春山萬花之艶」は若々しい女性の艶やかな花のような容姿のこと
　　　　であり、「秋山千葉之彩」は年を重ねた女性の彩る紅葉のような容

姿のことである。

223　柿本人麻呂が石見国まで行って妻に逢えないで、途中で臨終を迎えたとき、自傷して詠むと想定する歌の一首、の意である。

229Ⅵ　嬢子の屍を「姫島松原」において見たとあるのに、姫島の海中にあるのを見たと誤解している。

269　「屋部坂」は坂の名称ではなく、「物惜しみする」の意の「やぶさか」の歌である。

504Ⅵ「柿本朝臣人麻呂妻歌一首」は、人麻呂の妻の歌一首の意ではなく、人麻呂が妻を詠んだ歌一首の意である。

2　歌の作者の推定

2390ほか　柿本人麻呂歌集の略体歌　　大伴家持
　　　　　　（本シリーズⅢに掲載の「柿本人麻呂歌集の略体歌には大伴家持らが創作した歌がある」を参照）

3324　柿本人麻呂

万葉歌訓解の現状と総括

　前掲「万葉歌訓解に関する類型別索引」に基づき、万葉歌の訓解の現状をつぎのとおり総括する。

１　未だ定訓のない歌約50首（句）、これに語義未詳とする36首、地名・枕詞とするだけで実質的に解明されていない62首を加え、約150首（句）が訓解未了のままで放置されている。

　　万葉集の注釈書に「後考を俟つ」とあるように研究者が新訓解に対する熱意がなく、第２次世界大戦終結後80年近く経っても変わらない現状を思うと、これからも期待できそうにない。

　　何億年、何万年前の地球の生成や、人類の進化の研究がなされ、さらに宇宙に対する研究もなされつつある中で、たかだか1300年前に今と同じ国土に住んでいた同じ言語を持つ同胞の詩歌が、どうして解明不可能ということがあろうか。使命感と熱意の問題である。

２　すでに定訓とされているが、私の総点検により誤訓と思われる歌が約580首もある。

　　このうち、古写本により原文が異なる原文の選択に起因する誤訓42首、および古写本の原文を誤りと主張して、別の文字を想定して訓を付す誤字説による訓解が100首以上ある。

　　誤字説は江戸時代の研究者により多用された訓解手段で、今も踏襲されている。

　　これら２種類の誤訓に対しては、何より原文の確定作業が先決であり、古文書解読の専門家・書家の参画が必須である。また、昨今の AI 技術を利用すれば、各古写本の筆跡の特徴が解析され、原文の特定が飛躍的に進むと期待できる。誤字説による訓解のほとんどは、科学的根拠のないことが判明するだろう。

3　原文の特定に問題はないが、付訓に問題があると考える歌が約440首ある。

　　そのうち、今回の点検で初めて判明したことであるが、万葉歌の文字として比較的多く使用されている「將」、「之」について、これまで助動詞「む」、あるいは助詞「の」「が」「し」等と訓まれ、副詞「はた」、動詞「ゆく」と訓むことに気づかなかったことが、多くの誤訓を生んでいる。

　　しかも、「はた」とか、「ゆく」とか、二字に訓むべきところを「む」や「の」の一字に訓んでいるため当然に「字足らず」となり、この字足らずを解消するため、原文にない文字を付加して訓むという副次的な誤訓を招いている。

　　「將」「之」のほか、「與」「數」などの特定の文字に対する硬直的な付訓による誤訓と、原文にない「ぬ」「む」等の助動詞の文字を補って訓む誤訓などを合わせると約130首に上る。

　　これらの誤訓は他の範疇の誤訓と異なり、容易に直ちに訂正できるものである。

4　正しい訓は、その訓による意味が解明されて初めて成立するものであることは、一字一音で表記されており仮名読みができるが、その語義が未詳の句が多いことにより実証される。

　　すなわち、前記3に掲げた約440首の残り約310首の誤訓歌、および語義を誤解釈している約140首の歌の計約450首は、語の意味を理解できていないという点において共通している。

　　そして、これら万葉歌の誤訓・誤解釈の主要な原因は万葉歌が詠まれた当時の生活環境、および歌を詠んだ作者の心情を十分理解していないことによるものである。

　　前記2、3で述べた訓解の問題は言語に関するものであるが、ここでいう約450首については、1で述べた訓解未了の約150首とともに、言語の知識だけで十分ではなく、当時の生活環境、および歌を詠んだ作者の心情の理解が十分でなければ、当該漢字、当該仮名読み句に対し、適正な訓および解

釈を施すことはできない。

　当時の生活環境に関しては、宮廷関係の歌については上代史の知識、万葉集に多い花や鳥の歌については花や鳥に対する相当詳しい知識、また農業、染色などを含む万葉人の当時の生活の場を想像できる知識・体験を有することが重要である。

　さらに、万葉歌に圧倒的に多い恋歌（相聞歌）を訓解するためには、男女の仲・夫婦の情を理解できる、あるいは共感できる年齢・経験が必要であろう。

　約150首の訓解未了の歌および約450首の誤訓解と思われる歌に対して新訓解を推進してゆくためには、歌に詠まれている状況・事物に関する知識・経験を有する職業の国民の参加が必須と考える。

5　歌は31文字の中に、譬喩を用い、また表面の意味のほかに寓意をこめて詠まれることが、散文と異なる優れた特質である。

　万葉歌には「譬喩」との題詞があるものを含め、譬喩・寓意が十分解明されていない歌が約180首ある。

　歌の作者は譬喩や寓意をこめることに苦心して詠んでいるが、歌を詠まない人には作者のその意図や感性が理解できないことが多い。歌は31文字の散文ではなく、31文字に数百文字の散文に相当する内容をこめている。

　これまでの訓解は、自身が歌を詠まない人によって多く訓解されてきたことの結果であろう。万葉歌は字面だけの訓解だけでは、本当の解釈にはならないのである。

　野球をしたことがない人が、野球のテレビ解説者になってはいけないのである。

　これからは、万葉集の訓解を職業とする人は、自身も歌を詠むように努めるべきであろう。

以上

「もっと味わい深い　万葉集の新解釈」の掲載歌原文集

1　「もっと味わい深い　万葉集の新解釈」ⅠないしⅥに掲載した歌の原文（長歌については、掲載部分のみ）を、「万葉集校本データベース作成委員会」提供のウェブサイト画面より、下掲の各古写本の原文を著者が判読した結果に基づき、かつ他の文献も参照して作成したものである。

　　元暦校本（元）、類聚古集（類）、金沢本（金）、広瀬本（広）、紀州本（紀）、西本願寺本（西）、神宮文庫本（神）、京都大学本（京）、陽明本（陽）、寛永版本（寛）

　　ただし、掲載歌の原文が、すべて上掲古写本にあるのではなく、一部の古写本に存在しないことがある。また、各古写本により、原文が異なると判定したものに対しては、＊印を付して異なる原文を示した。

2　「補追」「類例」および本文中に掲記した歌については、その歌の解説が分冊Ⅰ～Ⅵのいずれに記載されているかを示すため、歌番号の右肩に分冊の数字を付した。

卷第1

1番　籠毛與　美籠母乳　布久思毛與　美夫君志持　此岳尓　菜採須
　　兒　**家吉閑　名告沙**＊1**根**　虚見津　山跡乃國者　押奈戸手　吾
　　許曽居　**師告名倍手**　吾己曽座　**我許者**＊2**背歯**　告目　家呼毛
　　名雄母
　　　　＊1　類・広は「紗」
　　　　＊2　広・紀・神・西・京・陽・寛にあるが、元・類になく、元の
　　　　　　「許」と「背」の間の左横に小字の書き込みがある。

251

2番　山常庭　村山有等　**取與呂布**　天乃香具山　騰立　國見乎爲者
國原波　煙立龍　海原波　加萬目立多都　怜忦國曽　蜻嶋　八
間跡能國者

3番　八隅知之　我大王乃　朝庭　取撫賜　夕庭　伊緣立之　御執*
乃　梓弓之　**奈加弭乃**　**音為奈利**　朝獵尓　今立須良思　暮獵
尓　今他田渚良之　御執*　梓能弓之　**奈加弭乃**　**音為奈里**
　　　　　*之・広・紀は「勢」。

4番　玉尅*春　内乃大野尓　**馬數而**　朝布麻須等六　其草深野
　　　　　*類・神は「刻」。

5番　霞立　長春日乃　晩家流　**和豆肝之良受**　村肝乃　心乎痛見
奴要子鳥　卜歡居者　珠手次　懸乃宜久　遠神　吾大王乃　行
幸能　山越風乃　獨座　吾衣手尓　朝夕尓　還比奴礼*婆（以
下、省略）
　　　　　*元・類に「礼」はない。

8番　熟田津尓　舩乗世武登　月待者　潮毛可奈比沼　**今者許藝乞菜**

9番　**莫囂圓隣之**　**大相七兄爪湯*氣**　吾瀬子之　射立為兼　五可新何
本
　　　　　*神・西・京・陽・寛は「謁」。

10番　**君之齒母**　吾代毛所知哉　磐代乃　岡之草根乎　去來結手名

11番　吾勢子波　借廬作良須　草無者　小松下乃　**草乎苅核**

12番　吾欲之　野島波見世追　底深伎　**阿胡根能浦乃**　珠曽不拾

13番　**高山波**　**雲根火雄男志等**　**耳梨與**　相諍競伎　神代從　如此尓
有良之　古昔母　然尓有許曽　虛蟬毛　嬬乎　相格良思吉

14番　**高山與　耳梨山與**　相之時　立見尓来之　伊奈美國波良

15番　渡津海乃　豐旗雲尓　**伊理比弥*之**　今夜乃月夜　**清明己曽**
　　　　＊元・類は「弥」、西・京・陽は「祢」、広・神・寛は「沙」、紀は「佐」。

16番　冬木成　春去来者　不喧有之　鳥毛来鳴奴　不開有之　花毛佐
　　　家禮杼　山乎茂　入而毛不取　草深　執手母不見　秋山乃　木
　　　葉乎見而者　黄葉乎婆　取而曽思努布　青乎者　置而曽歎久
　　　曽許之恨之　**秋乃*吾者**
　　　　＊元は「乃」、他は「山」である。

19番　**綜麻形乃**　林始乃　狭野榛能　**衣尓着成**　目尓都久和我勢

20番　茜草指　武良前野逝　標野行　野守者不見哉　**君之袖布流**

21番　紫草能　尓保敝類妹乎　尓苦久有者　**人嬬故尓**　**吾戀目八方**

27番　淑*¹人乃　良跡吉見而　好常言師　**芳野吉見多*²**　良人四来三
　　　　＊１　紀以外は、「洲」。
　　　　＊２　寛は「與」、広は右に「與」、西は右に「欲」を添える。

28番　**春過而　夏来良之**　白妙能　**衣乾有**　天之香来山

32番　**古人尓**　和礼有哉　樂浪乃　故京乎　見者悲寸

45番　八隅知之　吾大王　高照　日之皇子　神長柄　神佐備世須登
　　　太敷為　京乎置而　隱口乃　泊瀬山者　真木立　荒山道乎　石
　　　根　禁樹*押靡　坂鳥乃　朝越座而　玉限　夕去来者　三雪落
　　　阿騎乃大野尓　旗須為寸　四能乎押靡　草枕　多日夜取世須
　　　古昔念而
　　　　＊元は「樹」の次にも「禁」がある。

46番　阿騎乃尓　宿旅人　打靡　**寐毛宿良自*¹八方**　古*²部念尓

47番　真草苅　荒野者雖有　**葉過去　君之形見　跡曽来師**

48番　東　野**炎**　立所見而　反見為者　月西渡

49番ⅤⅠ　日雙斯　皇子命乃　**焉＊剖而**　御獵立師斯　時者來向
　　＊元は「焉」、右に小字で「馬」と書き添えがある。他は「馬」である。

53番　藤原之　大宮都加倍　安礼衝哉　處女之友者　**之吉＊1召＊2賀聞**
　　＊1　元には「吉」がない。
　　＊2　類・広は「召」が「呂」。

55番　朝毛吉　**木人乏母**　亦打山　行來跡見良武　**樹人友師母**

59番　流經　**妻吹風之**　寒夜尓　吾勢能君者　獨香宿良武

64番　葦邊行　鴨之羽我比尓　霜零而　**寒暮夕**　和＊之所念
　　＊元・広・紀は「倭」、類は不明文字。

66番　大伴乃　高師能濱乃　**松之根乎**　枕宿杼　家之所偲由

67番　旅尓之而　**物戀之＊鳴毛**　不所聞有世者　孤悲而死萬思
　　＊神・京・陽・寛は「之」の後に「伎乃鳴事毛」がある。

72番　玉藻苅　奧敝波不榜　敷妙乃＊1　**枕之邊人＊2**　忘可祢津藻
　　＊1　神・西・京・陽・寛は「之」。
　　＊2　神・寛には「人」がない。

74番　見吉野乃　**山下風之**　寒久尓　當＊當也今夜毛　我獨宿牟
　　＊元・類は「當」、その他は「為」。

79番　天皇乃　御命畏美　柔備尓之　家乎擇　隱國乃　泊瀬乃川尓
　　　 舼浮而　（中略）通乍　作家尓　**千代二手來座　多公＊與**　吾毛
　　　 通武
　　　　　　＊類は「正」。

82番　浦佐夫流　**情佐麻弥之**　久堅乃　天之四具礼能　流相見者

巻第2

86番　如此許　**戀乍不有者**　高山之　磐根四巻手　死奈麻死物乎

94番VI　玉匣　**將見圓山乃**　狹名葛　佐不寐者遂尓　有勝麻之自＊
　　　　　　＊元・類以外は「目」。

97番　三薦苅　信濃乃真弓　不引為而　**強佐＊留行事乎**　知跡言莫君二
　　　　　　＊元・金・広・類・紀は「佐」、西・神・京・陽・寛は「作」。

100番VI　東人之　荷向遽乃　**荷之緒尓毛**　妹情尓　乗尓家留香聞＊
　　　　　　＊金・紀・神・西・京・陽・寛は「問」。

106番　二人行杵　去過難寸　秋山乎　**如何君之　獨越武**

109番　大舩之　津守之占尓　將告登波　**益為尓知而**　我二人宿之

110番　大名兒　**彼方野邊尓　苅草乃**　束之＊間毛　吾忘目八
　　　　　　＊神・京・陽・寛は「之」がない。

111番　**古尓　戀流鳥鴨**　弓絃葉乃　三井能上従　鳴渡遊久

112番　**古尓　戀良武鳥者**　霍公鳥　盖哉鳴之　吾戀＊流其騰
　　　　　　＊元・金・類・紀は「念」であるが、付訓はいずれも「こふる」であ
　　　　　　る。

114番VI　秋田之　穂向乃所縁　**異所縁**　君尓因奈名　事痛有登母

115番　**遺居而**　戀管不有者　追及武　道之阿廻尓　標結吾勢

118番　歎管　**大夫之戀　乱***¹**許曽**　吾髮結*²乃　漬而奴礼計礼
　　　　＊１　金・西・京は「礼」、広・陽は「乱」「礼」の併記。
　　　　＊２　元は「結髮」。

130番　丹生乃河　**瀬者不渡而**　由久遊久登　戀痛吾弟　乞通來祢

133番　**小竹之葉者**　三山毛清尓　**乱友**　吾者妹思　別来礼婆

139番ⅥＶ　石見之海　**打歌山乃**　木際從　吾振袖乎　妹將見香

143番　磐代乃　岸*之松枝　**將結**　人者反而　復將見鴨
　　　　＊元・金・広は「崖」。

145番　**鳥翔成**　有我欲比管　見良目杼母　人社不知　松者知良武

147番　天原　振放見者　大王乃　御壽者**長久　天足有**

151番　**如是有乃**　豫*知勢婆　大御舩　泊之登萬里人　標結痲思乎
　　　　＊金・類は「懷」、紀は「預」である。

156番　三諸之　神之神須疑　**巳具耳矣　自得見監乍**　共不寐夜叙多

158番　山振之　**立儀足**　山清水　酌尓雖行　道之白鳴

160番　燃火物　取而裹而　福路庭　入澄不言八　**面智男雲**

161番　**向南山　陳雲之**　青雲之　星離去　月矣離而

187番　**所由無***　佐太乃岡邊尓　反居者　嶋御橋尓　誰加住舞無
　　　　＊金・広・紀は「无」。

193番　**八多籠良我**＊　夜晝登不云　行路乎　吾者皆悉　宮道叙為
　　　　＊神・京・陽・寬は「家」。

196番Ⅰ　（前略）宿兄鳥之　片戀嬬　一云爲乍　朝鳥　一云朝霧　往來為君
　　　　之　夏草乃　念之萎而　夕星之　彼徃此去　大舩　猶預不定見
　　　　者　**遣悶流**　情毛不在　其故　為便知之也　（後略）

203番　零雪者　**安播**＊¹**尓勿落**　吉隱之　猪養乃岡之　**塞**＊²**為巻尓**
　　　　＊１　神・陽・寬は「幡」。
　　　　＊２　金は「寒」である。

207番　（前略）聲耳乎　聞而有不得者　吾戀　千重之一隔毛　**遣悶流**
　　　　情毛有八等　吾妹子之　不止出見之　輕市尓　吾立聞者　（後略）

210番　（前略）若兒乃　乞泣毎　取與　物之無者　**烏穂自物**　腋挾持
　　　　（後略）

219番　**天數**　凡津子之　相日　於保尓見敷者　今叙悔

223番　鴨山之　磐根之巻有　**吾乎鴨**　**不知等妹之**　待乍將有

224番　且今日且今日　吾待君者　**石水之見**＊**尓**　一云谷尓　**交而**　**有登不**
　　　　言八方
　　　　　＊金・類・広・紀は「見」、神・西・京・陽・寬は「貝」。

225番　直相者　**相不勝**　石川尓　雲立渡礼　見乍將偲

226番Ⅵ　荒浪尓　緣來玉乎　枕尓置　吾此間有跡　**誰將告**

229番Ⅵ　難波方　塩干勿有曽祢　**沈之**　妹之光儀乎　見卷苦流思母

231番Ⅵ　高圓之　野邊秋芽子　徒　**開香將散**　見人無尓

巻第3

249番　三津埼　浪矣恐　**隱江乃**　舟公　**宣奴嶋尓**

251番　粟路之　野島之前乃　濱風尓　**妹之結**　**紐吹返**

254番　**留火之**　明大門尓　入日哉　搒將別　家當不見

256番一本云　武庫乃海　**舶*尓波有之**　伊射里為流　海部乃釣舩　浪上従
　　　　所見
　　　　＊類・神・寛は「舶」、西は「舳」、紀は「海」は無く「舟」。

262番　矢釣山　木立不見　**落乱**　**雪驟***　朝楽毛
　　　　＊類・広は「驟」(右に「驪」)、神・西・陽・寛は「驪」、紀は「𩥇」。

264番　物乃部能　八十氏河乃　阿白木尓　不知代經浪乃　**去邊不母**
　　　　結句は、類は「不」と「母」の間の右に「白」、広・紀・神・西・京・
　　　　陽・寛は「去邊白不母」。

266番　淡海乃海　**夕浪*千鳥**　汝鳴者　情毛思努尓　古所念
　　　　＊類の「浪」の「良」が、「告」と読める。

268番　吾背子我　古家乃里之　明日香庭　乳鳥鳴成　**嶋待不得而**

269番　人不見者　**我袖用手**　**將隱乎**　所焼乍可將有　不服而來來

274番　吾舩者　枚乃湖尓　搒將泊　奧部**莫避***　左夜深去來
　　　　＊類は「遊」、右に「逝」を併記。

299番　奧山之　菅葉凌　零雪乃　消者將惜　**雨莫零行年**

311番^{VI}　梓弓　引豊國之　鏡山　不見久有者　**戀敷*牟鳴**
　　　　＊類は「教」である。

318番　田兒之浦從　打出而見者　**真白衣**　不盡能高嶺尓　雪波零家留

319番　（前略）不盡河跡　人乃渡毛　其山之　**水乃當焉**（後略）

324番　（前略）明日香能　舊京師者　山高三　**河登保志呂之**　春日者
山四見容之　秋夜者　河四清之　旦雲二　多頭羽乱　夕霧丹
河津者驟（後略）

327番　海若之　奧尓持行而　雖放　**宇禮牟曽此之**　**將死還生**

334番　萱草　吾紐二付　香具山乃　故去之里乎　**不忘***之為
　　　　＊類は「不」がなく「王心」、紀・西は「㤀」。

335番　吾行者　久者不有　夢乃和太　**湍者不成而**　**淵有毛**＊
　　　　＊類は「如」である。

347番　世間之　**遊道尓**　**冷者**　酔泣＊為尓　可有良師
　　　　＊神・寛は「哭」。

363番　美沙居　荒礒尓生　名乗藻乃　**告名者告世**　父母者知友

370番　雨不零　殿雲流夜之　**潤濕跡**　戀乍居寸　君待香光

381番　思家登　**情進莫**　風俟　好為而伊麻世　荒其路

382番　鶏之鳴　東國尓　高山者　左波尓雖有　明神之　貴山乃　儕立
乃　**見果石山跡**　神代從　人之言嗣　國見為　築羽乃山矣（後
略）

385番　霰零　吉志美我高嶺乎　險跡　**草取可**＊1**奈和**＊2　妹手乎取
　　　　＊1　広は「所」。
　　　　＊2　広・紀は「知」である。

388番　海若者　靈寸物香　淡路島　中尓立置而　白浪乎　**伊与尓廻之**
座待月　開乃門從者　暮去者　塩乎令滿　明去者　塩乎令干
（後略）

390番　輕池之　汭＊廻徃轉留　鴨尚尓　玉藻乃於丹　獨宿名久二
　　　＊広・神・京・陽・寛は「納」。

391番　鳥總立　足柄山尓　舩木伐　**樹尓伐歸都**　安多良舩材乎

405番　春日野尓　粟種有世伐　**待鹿尓**　継而行益乎　**社師留**＊焉
　　　＊紀は判読困難。

410番　橘乎　屋前尓殖生　立而居而　後雖悔　**驗將有八方**

463番　長夜乎　獨哉將宿跡　君之云者　過去人之　**所念久尓**

巻第4
484番　一日社　人母待吉＊1　長氣乎　如此所待者　**有不得騰**＊2
　　　＊1　神・西・京・陽・寛は「告」。
　　　＊2　神・西・京・陽・寛は「勝」。

488番ᵛᴵ　君待登　吾戀居者　我屋戸之　**簾動之**　秋風吹

499番　**百重二物　来及磊常**　念鴨　公之使乃　雖見不飽有武＊
　　　＊広・神・西・陽・寛は「哉」。

503番　珠衣乃　**狹藍左謂沈**　家妹尓　物不語来而　思金津裳

504番ᵛᴵ　**君家尓**　吾住坂乃　家道乎毛　吾者不忘　命不死者

512番　秋田之　穂田乃苅婆加　**香緣相者**　彼所毛加人之　吾乎事將成

514番　吾背子之　盖世流衣之　針目不落　**入＊尓家良之**　我情副

260

　　　　　＊紀は「入」の次に「来」がある。

518番　春日野之　山邊道乎　**与*曽理無**　通之君我　不所見許呂香裳
　　　　＊元は「於」、類は無い。

529番　佐保河乃　涯之官能　**小歴木莫刈焉**　在乍毛　張之来者　立隠
　　　金

536番　飫宇能海之　塩干乃渇之　**片念尓**　思哉将去　道之永手呼

537番　事清　甚毛莫言　一日太尓　君伊之哭者　**痛寸取*物**
　　　　＊元は判読不明。

543番　（前略）親ゝ*　吾者不念　草枕　客乎便宜常　思乍　公将有跡
　　　安蘇ゝ二破　且者雖知　之加須我仁　黙然得不在者（後略）
　　　　＊元・類以外は無い。

545番VI　吾背子之　跡履求　追去者　木乃關守伊　**将留鴨**

546番　（前略）自妻跡　憑有今夜　秋夜之　百夜乃長　**有与宿鴨**

589番　**衣手乎**　**打廻乃里尓**　有吾乎　不知曽人者　待跡不来家留

592番　闇夜尓　鳴奈流鶴之　**外耳**　聞乍可将有　相跡羽奈之尓

604番VI　劔大*刀　身尓取副常　夢見津　**何如之恠曽毛**　君尓相為
　　　　＊京・陽・寛は「太」。

606番　吾毛念　人毛莫忘　**多奈和*丹**　浦吹風之　止時無有
　　　　＊元は「利」である。

607番VI　皆人乎　宿与殿金者　**打礼杼**　君乎之念者　寐不勝鴨

611番　今更　**妹尓將相八跡**　念可聞　幾許吾胷*　欝悒將有
　　　*元・金・寛以外は「胸」。

627番　吾手本　將巻跡念牟　大夫者　**變*水定**　白髮生二有
　　　*元以外は、「戀」あるいは「恋」である。

629番　**奈何鹿**　使之来流　君乎社*　左右裳　待難為禮
　　　*元は「新」である。

630番　初花之　**可散物乎**　人事乃　繁尓因而　止息比者鴨

635番　草枕　客者嬬者　雖率有　匣内之　**珠社所念***
　　　*紀は「見」である。

638番　直一夜　隔之可良尓　荒玉乃　月歟經去跡　**心遮**

641番　絶常云者　和備染責跡　燒大*刀乃　**隔付經事者**　幸也吾君
　　　*京・陽・寛は「太」。

642番　吾妹兒尓　**戀而乱在**　久流部寸二　懸而緣与　余戀始

643番　世間之　女尓思有者　吾渡　**痛背乃河乎**　渡金目八

652番　玉主尓　珠者授而　**勝且毛**　枕與吾者　率二將宿

655番　不念乎　思常云者　天地之　神祇毛知寒　**邑禮左變**

664番　石上　零十方雨二　**將関哉**　妹似相武登　言義之鬼尾

667番　戀〻而　**相有物乎**　月四有者　**夜波隱良武**　須臾羽蟻待

670番　月讀之　光二來益　足疾乃　**山寸*隔而**　不遠國
　　　*神・西・京・陽・寛は「乎」。

679番　**不欲常云者**　将強哉吾背　菅根之　念乱而　戀管母將有

682番Ⅵ　**將念**　人尓有莫國　勲　情盡而　戀流吾毳

689番　海山毛　隔莫國　奈何鴨　**目言乎谷裳**　幾許乏寸

697番　吾聞尓　繋莫言　刈薦之　乱而念　**君之直香曽**

699番Ⅵ　一瀬二波　千遍障良比　逝水之　**後毛將相**　今尓不有十方

707番Ⅵ　**思遣**　為便乃不知者　片垸之　底曽吾者　戀成尓家類

723番　**常呼二跡**　吾行莫國　小金門尓　物悲良尓　念有之　吾兒乃刀　自緒　野干玉之　夜晝跡不言　念二思　吾身者瘦奴（後略）

725番　**二寶鳥乃**　潜池水　情有者　君尓吾戀　情示左祢

737番　云〻　人者雖云　若狹道乃　後瀬山之　**後毛將念君**

740番　事耳乎　**後毛相跡**　勲　吾乎令憑而　**不相可聞**

741番　夢之相者　苦有家里　覺而　掻探友　**手二毛不所觸者**

752番Ⅵ　如是許　面影耳　所念者　**何如將為**　人目繁而

759番Ⅵ　何　時尓加妹乎　牟具良布能　穢屋戸尓　**入將座**

762番　神左夫跡　不欲者不有　**八也多八**　如是為而後二　佐夫之家牟　可聞

763番　玉緒乎　**沫緒二搓而**　結有者　在手後二毛　不相在目八方

772番　夢尓谷　將所見常吾者　**保杼毛友**　不相志思者　諾不所見有武

785番　吾屋戸之　草上白久　置露乃　**壽母不有惜**　妹尓不相有者

788番　浦若見　花咲難寸　梅乎殖而　**人之事重三**　念曽吾爲類

巻第5

864番　於久礼爲天　**那我古飛世殊波**　弥曽能不乃　于梅能波奈尓母＊
奈良瘶之母能乎
　　　＊類は「辰」、紀は「弖」、広は「忘」を併記。

877番　**比等母祢能**　宇良夫禮遠留尓　多都多夜麻　美麻知可豆加婆
和周良志奈牟迦

878番　伊比都ゝ母　能知許曽斯良米　**等乃斯久母**　佐夫志計米夜母
吉美伊麻佐受斯弖

886番　（前略）伊都斯可母　京師乎美武等　意母比都ゝ　迦多良比遠＊1
礼騰　意乃何身志　伊多波斯計禮婆　玉桙乃　道乃久麻尾尓
久佐太遠＊2利　志婆刀利志＊3伎提　**等計自母能**　宇知許伊布志
提　意母比都ゝ　奈宜伎布勢良久（後略）
　　　＊1　類は「家」、広・紀は「表」である。
　　　＊2　類は「家」、広・紀・西・京は「表」である。
　　　＊3　類には「刀利志」が無い。

892番II　（前略）糟湯酒　宇知須ゝ呂比弖　**之可夫可比**　鼻毗之毗之尓
（中略）**伊等乃伎提**　短物乎　端伎流等　云之如　楚取　五十戸
良我許惠波　寝屋度麻伝　来立呼比奴（後略）

894番　（前略）大御神等　舳舳尓　御手打掛弖　墨縄遠　播倍多留期等
久　**阿庭＊可遠志**　智可能岫欲利　大伴　御津濱備尓（後略）
　　　＊広・紀・西は「遅」、神・京・陽・寛は「庭」。

897番　靈剋　内限者　謂二贍浮州人壽一百二十年一也　平氣久　安久母阿良牟
遠　事母無　裳無母阿良牟遠　世間能　宇計都良計久　**伊等**

264

　　　　能伎提　痛伎瘡尓波　醎塩遠　灌知布何其等久　益〻母　重馬
　　　　荷尓　表荷打等　伊布許等能其等　老尓旦阿留　我身上尓　病
　　　　遠等　加旦阿礼婆（後略）

904番　（前略）由布弊尓奈禮婆　伊射祢余登　手乎多豆佐波里　父母毛
　　　　表者奈佐我利　三枝之　中尓乎祢牟登　愛久　志我可多良倍婆
　　　　（中略）於毛波奴尓　横風乃　**尓母**[1]　**布敷可尔布敷可尔**　覆來礼
　　　　婆（中略）漸〻　**可多知都久保里**　朝〻　伊布許登[2]夜美　靈
　　　　剋　伊乃知多延奴禮（後略）
　　　　　　＊1　広・紀の本文に「母」はなく、書き添えである。
　　　　　　＊2　西・京は「等」。

巻第6

913番　（前略）川之瀬毎　開來者　朝霧立　夕去者　**川津鳴奈瓣**＊　紐
　　　　不解　客尓之有者　吾耳爲而　清川原乎　見良久之惜蒙
　　　　　　＊神・西・京・陽・寛は、「瓣」のつぎに「詳」の字がある。

915番　千鳥鳴　三吉野川之　＊**音成**　止時梨二　所思君
　　　　　　＊元・類・西・京・陽・寛は「音成」、金・紀は「川音」、広は「川音
　　　　　　成」。

925番[III]　烏玉之　夜乃深去者　**久木**生留　清河原尓　知鳥數鳴

939番　奥浪　**邊波安美**　射去爲登　藤江乃浦尓　舩曽動流

942番　味澤相　**妹目不數見而**　敷細乃　枕毛不卷　櫻皮纏　作流舟二
　　　　真梶貫　吾榜來者（後略）

948番[VI]　（前略）物部乃　八十友能壯者　折木四哭＊　**之來継皆石**　此續
　　　　常丹有脊者　友名目而　遊物尾（後略）
　　　　　　＊神は「奧」。

950番　大王之　界賜跡　**山守居**　守云山尓　不入者不止

952番　韓衣　服楢乃里之　**嶋待尓**　玉乎師付牟　好人欲得

970番　**指進乃**　栗栖乃小野之　芽花　將落時尓之　行而手向六

986番　愛也思　不遠里乃　君來跡　**大能備尓鴨**　**月之照有**

988番　春草者　**後波落易**　巖成　常磐尓座　貴吾君

989番　燒刀之　**加度打放**　大夫之　禱豊御酒尓　吾醉尓家里

995番　如是爲乍　**遊飲與**　草木尚　春者生管　秋者落去

999番　從千沼廻　雨曽零來　四八津之白水郎　**網手繩*乾有**　沾將堪香
聞
　　　　　*元・紀は「繩」、京・寛は「綱」、その他は不明。類に「乾」は無い。

1011番　我屋戸之　梅咲有跡　告遣者　來云似有　**散去十方吉**

1012番　春去者　**乎呼理尓乎乎呼里**　鶯之　鳴吾嶋曽　不息通為*
　　　　　*類は「世」。

1015番　玉敷而　待益欲利者　**多鷄蘇香仁**　來有今夜四　樂所念

1020・1021番　王　命恐見　**刾並***1　國尓出座耶*2　吾背乃君矣（後略）
　　　　　*1　「並」の次に、神・西・京・陽・寛は「之」がある。
　　　　　*2　元・紀は「取」。

1042番　一松　幾代可歷流　吹風乃　**聲之清者**　年深香聞

1047番　（前略）物負之　八十伴緒之　打經而　**思並敷者**　天地乃　依會
限　萬世丹　榮將徃迹*　思煎石　大宮尚矣（後略）
　　　　　*元は「跡」、広は「德」。

1052番　**弓高來**　川乃淵清石　百世左右　神之味將徃　大宮所

1059番　（前略）開花之　色目列敷　百鳥之　音名束敷　**在果*石**　住吉
里乃　荒樂苦惜哭
　　　　＊広・京・陽・寛は「杲」、紀は「黒」である。

巻第7

1094番　我衣　**色服染**　味酒　三室山　黄葉為在

1099番　片岡之　此向峯　椎蒔者　今年夏之　**陰尓將比疑**

1103番　**今敷者**　見目屋跡念之　三芳野之　大川余杼乎　今日見鶴鴨

1113番　此小川　白氣結　瀧*1至　**八信井上尓**　事上不為*2友
　　　　＊1　元・類は「流」、紀は該当文字が無い。
　　　　＊2　類は「為」が無い。紀は「為不」である。

1127番　隕田寸津　走井水之　清有者　**癈*者吾者**　去不勝可聞
　　　　＊神・西・京・陽・寛は、「度」である。

1132番　夢乃和太　事西在來　窪毛　見而來物乎　念四念者

1134番　能野川　**石迹柏等**　時歯成　吾者通　萬世左右二

1137番　氏人之　髴乃足白　吾在者　**今歯生*良増**　木積不來友
　　　　＊広は「生」、その他は「王」。

1142番　**命**　幸久吉　石流　垂水ゝ乎　結飲都

1145番　為妹　貝乎拾等　陳奴乃海尓　所沾之袖者　**雖凉常*不干**
　　　　＊類は「常」が無い。

1201番VI　大海之　水底豊三　立浪之　**將依思有**　磯之淸左

1205番　奥津梶　**漸〻志夫乎**　欲見　吾為里乃　隠久惜毛

1212番VI　**足代過而**　絲鹿乃山之　櫻花　不散在南　還來萬代

1216番　塩滿者　如何將為跡香　**方便海之**　**神我手渡**　海部未通女等

1234番　塩早三　礒廻荷居者　**入潮為**　海人鳥屋見濫　多比由久和礼乎

1248番　吾妹子　見偲　奥藻　花開在　**我告与**

1258番　黙然不有跡　事之名種尓　云言乎　聞知良久波　**少可者有来**

1259番　佐伯山　于花以之　**哀我**　子鴛取而者　花散鞆

1262番　足病之　山海石榴開　八岑越　**鹿待君之**　伊波比嬬可聞

1264番　西市尓　但獨出而　眼不並　買師絹之　**商自許里鴨**

1266番　大舟乎　荒海尓搒出　**八舩多氣**　吾見之兒等之　目見者知之母

1273番　住吉　**波豆麻君之**　馬乘衣　雜豆﨟　漢女乎座而　縫衣叙

1280番　撃日刺　宮路行丹　吾裳破　玉緒　**念委**　家在矣

1283番　橋立　倉椅川　**石走者裳**　壯子時　我度爲　**石走者裳**

1289番　垣越　犬召越　鳥獦爲公　青山　**葉茂山邊**　馬安公*
　　　　　　　*神・西・寛は「君」。

1296番　今造　斑衣服　**面就**　吾尓所念　未服友

1304番　天雲　棚引山　隱在　**吾忘***　木葉知
　　　　　*字体については本文で説明あり。

268

1305番　雖見不飽　人國山　木葉　己心　**名着念**

1306番　是山　黄葉下　花矣我　小端見　**反戀**

1315番　**橘之**　嶋尓之居者　河遠　不曝縫之　吾下衣

1319番ᴵ　大海之　水底照之　石着玉　齊而将採　**風莫吹行年**

1325番　白玉乎　手者不纏尓　匣耳　置有之人曽　**玉令泳*流**
　　　　*元・神は「詠」。

1326番　**照左豆我**　手尓纏古須　玉毛欲得　其緒者替而　吾玉尓将為

1363番ᴵ　春日野尓　咲有芽子者　片枝者　未含有　**言勿絶行年**

1367番　三國山　木末尓住歴　武佐左妣乃　**此待鳥如***　吾俟将痩
　　　　*元・類・広・紀は「名」。

1370番　甚多毛　不零雨故　庭立水　**太莫逝**　人之應知

1373番ⱽᴵ　春日山　ゝ高有良之　**石上**　**菅根将見尓**　月待難

巻第8

1418番　**石激***　垂見之上乃　左和良妣乃　毛要出春尓　成来鴨
　　　　*類は「灑」。

1421番　春山之　開乃**乎為黒***尓　春菜採　妹之白紐　見九四與四門
　　　　*広は「里」。

1437番ᴵ　霞立　春日之里　梅花　**山下風尓**　落許須莫湯目

1438番　霞立　春日里之　梅花　**波奈**尓将問常　吾念奈久尓

1455番　玉切　**命向**　**戀從者**　公之三舶乃　**梶柄母我**

1459番　世間毛　常尓師不有者　室*戸尓有　櫻花乃　**不所比日可聞**
　　　　＊京・寛は「屋」。

1468番　霍公鳥　音聞小野乃　秋風*　**芽開礼也**　聲之乏寸
　　　　＊類・広・紀には「尓」がある。

1480番　我屋戸尓　月押照有　霍公鳥　**心有今夜**　来鳴令響

1485番VI　夏儲而　開有波祢受　久方乃　雨打零者　**將移香**

1486番　吾屋前之　花橘乎　霍公鳥　来不喧地尓　**令*落常香**
　　　　＊類・京・陽には「令」が無い。

1503番　吾妹兒之　家乃垣内乃　佐由理花　由利登云者　**不歌*云二似**
　　　　＊神・西・寛は「謌」。

1504番VI　暇無　五月乎尚尓　吾妹兒我　花橘乎　**不見可將過**

1505番VI　霍公鳥　鳴之登時　君之家尓　徃跡追者　**將至鴨**

1507番　**伊加登伊可等**　有吾屋前尓　百枝刺　於布流橘　（後略）

1512番　經毛無　緯毛不定　未通女等之　織黄葉尓　**霜莫零**

1516番　秋山尓　**黄反木葉乃**　移去者　更哉秋乎　欲見世武

1520番　牽牛者　織女等　天地之　別時由　**伊奈宇之呂**　河向立　思*空
　　　　不安久尓　（後略）
　　　　　　＊神・西・寛は「意」。

1547番　棹四香能　芽二貫置有　露之白珠　**相佐利*仁**　誰人可毛　手尓

将巻知布
　　　＊紀は「利」、京も「利」と読める。他は「和」である。

1548番　咲花毛　**乎**＊１**曾呂波厭**　奥手有　長意＊２尓　尚不如家里
　　　＊１　類・紀は「乎」、神・西・京・陽・寛は「宇」。
　　　＊２　類は「戀」である。

1551番Ⅵ　待時而　落鐘礼能　**雨令零収**＊　開朝香　山之将黄變
　　　＊類は「攸」。

1555番　秋立而　幾日毛不有者　**此宿流**　朝開之風者　手本寒母

1560番　妹目乎　**始見之埼乃**　秋芽子者　此月其呂波　落許須莫湯目

1562番　誰聞都　從此間鳴渡　鴈鳴乃　嬬呼音乃　**之知左留**＊
　　　＊類は「留」、広・紀・西・神・陽は「守」、京・寛は「寸」。

1575番　雲上尓　鳴都流鴈乃　寒苗　芽子乃下葉者　**黄變可毛**

1582番　**布将見**　人尓令見跡　黄葉乎　手折曽我來師　雨零久仁

1584番Ⅲ　**布将見跡**　吾念君者　秋山乃　始黄葉尓　似許曽有家礼

1592番　**然不有**　五百代小田乎　苅乱　田盧尓居者　京師所念

1606番Ⅵ　君待跡　吾戀居者　我屋戸乃　**簾令動**　秋之風吹

1610番　高圓之　秋野上乃　瞿麥之花　**丁壮香見**　人之挿頭師　瞿麥之花

1618番　玉尓貫　不令消賜良牟　秋芽子乃　**宇礼和ゝ良葉尓**　置有白露

1621番Ⅵ　吾屋前乃　芽子花咲有　見来益　今二日許　**有者将落**

1623番Ⅲ　吾屋戸尓　**黄變蝦手**　毎見　妹乎懸管　不戀日者無

1654番　松影乃　淺茅之上乃　白雪乎　不令消将置　**言者可聞奈吉**

1662番　沫雪之　可消物乎　至今*　**流經者**　妹尓相曽
　　　　＊類・広・紀は、次に「尓」がある。

巻第9

1666番　朝霧尓　沾尓之衣　不干而　**一哉君之**　山道将越

1671番　湯羅乃前　塩乾尓祁良志　白神之　礒浦箕乎　**敢而榜*動**
　　　　＊広・紀・西・京・陽は「滂」。

1683番　妹手　取而引与治　**捄手折**　吾刺可　花開鴨

1689番　在衣邊　着而捄尓　**杏人**　濱過者　戀布在奈利

1694番　細比礼乃　鷺坂山　白管自　**吾尓尓保波尓***　妹尓示
　　　　＊類・広・紀は「尓」、神・京・寛は「氏」、西・陽は「弓」。

1697番　家人　**使在之**　春雨乃　与久列杼吾乎　沾念者

1702番　妹當　茂苅音　夕霧　來鳴而過去　**及乏**

1704番Ⅲ　**捄手折**　多武山霧　茂鴨　細川瀬　波*驟祁留
　　　　＊類は「波」が無い。

1727番　朝入為流　人跡乎見座　草枕　客去人尓　**妾者不敷**

1731番　山科乃　石田社尓　**布麻*越者**　蓋吾妹　直相鴨
　　　　＊類・広・紀は「麻」、神・西・京・陽・寛は「麾」。

1737番　大瀧乎　過而夏箕尓　**傍為*而**　浄河瀬　見何明沙

　　　　＊類は「ゐ」。

1738番　（前略）人皆乃＊　如是迷有者　容艶　緣而曽妹者　**多波礼弖有**
　　　　家留
　　　　＊紀・神・西・京・寬は「人乃皆」。

1743番　大橋之　頭尔家有者　**心悲久**　獨去兒尔　屋戸借申尾

1746番　遠妻四　**高尔有世婆**　不知十方　手綱乃濱能　尋來名益

1753番　衣手　常陸國　二並　筑波乃山乎　欲見　君來座登　熱＊尓　**汗**
　　　　可伎奈氣　木根取　嘯鳴登　（後略）
　　　　＊京・寬は「熱」、類は「勢」、紀・神・西・陽は「熱」。

1754番^VI　今日尔　**何如將及**　筑波嶺　昔人之　**將來其日毛**

1759番　（前略）從來　不禁行事叙　今日耳者　**目串毛勿見**　事毛咎莫

1776番　**絶等寸笑**　山之岑上乃　櫻花　將開春部者　君乎將思

1777番　君無者　**奈何身將裝餝**　匣有　黄楊之小梳毛　將取跡毛不念

1779番　命乎志　**痲勢久可願**　名欲山　石踐平之　復亦毛來武

1780番　牡＊牛乃　**三宅之酒尔**　指向　鹿島之埼尔　（中略）三舩出者
　　　　濱毛勢尔　**後奈居而**　反側　（後略）
　　　　＊神・西・京・陽・寬は「牝」。

1799番^VI　玉津嶋　礒之裏未之　真名＊仁文　**尓保比去名**　妹觸險
　　　　＊紀は「真名子」。

1800番　（前略）恐耶　神之三坂尔　**和＊霊乃**　**服寒等丹**　烏玉乃　髪者
　　　　乱而　邦問跡　國矣毛不告　（後略）

＊類は「和可」。

1807番　（前略）如花　咲而立有者　夏蟲乃　入火之如　水門入尓　舩己
　　　　具如久　**歸香具礼**　人乃言時（後略）

1809番　（前略）智奴壯士　宇奈比壯士乃　廬八燎　**須酒師競**　相結婚
　　　　為家類時者（後略）

巻第10

1812番　久方之　天芳山　此夕　霞霏霺　**春立下**

1814番　古　人之殖兼　杉枝　霞霏霺　**春者來良之**

1817番　今朝去而　**明日者來牟等**　**云子鹿丹**　旦妻山丹　霞霏霺
　　　　第2・3句の原文につき、本文「補注」に詳述。

1834番　梅花　咲落過奴　然為蟹　白雪庭尓　**零重管**

1842番ⅤⅠ　除雪而　梅莫戀　足曳之　**山片就而**　家居為流君

1849番　山際之　雪不消有乎　**水飯合**　川之副者　目生来鴨

1857番　毎年　梅者開友　空蟬之　**世人君羊蹄**　春無有来

1859番　**馬並而**　高山＊乎　白妙丹　令艶色有者　梅花鴨
　　　　　＊京・寛は「山部」。

1863番　去年咲之　**久木今開**　徒　土哉將墮　見人名四二

1865番　打靡　春避来之　山際　**宷**＊1　**木末乃**＊2　咲徃見者
　　　　　＊1　寛は「最」、類は不明。
　　　　　＊2　神・寛は「之」。

274

1867番　阿保山之　**佐宿木花者**　今日毛鴨　散亂　見人無二

1868番　川津鳴　吉野河之　瀧上乃　馬醉之花曽　**置末勿勤**

1875番　春去者　**紀之許能暮之**　夕月夜　欝束無＊裳　山陰尓指天
　　　　＊元は「毛」を併記、類は「无」である。

1886番　住吉之　**里得之鹿齒**　春花乃　益希見　君相有香聞

1889番^V　吾屋前之　毛桃之下尓　**月夜指**　下心吉　菟楯項者

1918番　梅花　令散春雨　**多零**　客尓也君之　廬入西留良武

1942番　霍公鳥　鳴音聞哉　宇能花乃　開落岳尓　**田草引嬬嬬**

1943番　月夜吉　鳴霍公鳥　欲見　**吾草取有**　見人毛欲得

1949番^{VI}　霍公鳥　今朝之旦明尓　鳴都流波　**君將聞可　朝宿疑將寐**

1954番　霍公鳥　**来居裳鳴香**　吾屋前乃　花橘乃　地二落六見牟

1961番　吾衣　於君令服与登　霍公鳥　吾乎領　**袖尓来居管**

1962番　本人　霍公鳥乎八　希將見　**今哉汝来**　戀乍居者

1965番　思子之　衣將摺尓　**尓保比与**　嶋之榛原　秋不立友

1966番　風散　花橘叫　袖受而　**為君御跡**　思鶴鴨

1970番^I　見渡者　向野邊乃　石竹之　落巻惜毛　**雨莫零行年＊**
　　　　＊類は「序」である。

1973番　吾妹子尓　相市乃花波　落不過　今咲有如　**有与奴＊香聞**

275

＊類は「奴」が「妹」、広は「奴妹」である。

1979番　春之在者　**酢輕成野之**　霍公鳥　保等穂跡妹尓　不相来尓家里

1982番　日倉足者　時常雖鳴　**於＊戀**　手弱女我者　不定哭
　　　　＊神・西・京・陽・寛は、「我」である。

1996番　天漢　**水左閇而照　舟竟**　舟人　妹等所見寸哉

1997番Ⅲ　久方之　天漢原丹　奴延鳥之　裏歎座津　**乏諸手丹**

2000番　天漢　安渡丹　舳浮而　秋立待等　**妹告与具**

2005番　天地等　別之時從　自孋　**然叙手而在**　金待吾者

2008番Ⅱ　黒玉　宵霧隱　遠鞆　妹傳　**速告＊与**
　　　　＊類は「告而」である。

2012番　水良玉　五百都集乎　解毛不見　**吾者于可太奴**　相日待尓

2015番Ⅲ　吾世子尓　裏戀居者　天河＊１　**夜船滂＊２動**　梶音所聞
　　　　＊１　元・類・紀は「漢」。
　　　　＊２　元・類は「傍」、神・寛は「撈」である。

2020番Ⅵ　天漢　夜舳滂＊而　雖明　**將相等念夜**　袖易受將有
　　　　＊元・類は「傍」、神・寛は「撈」である。

2021番　遙媄等　手枕易　寐夜　**鷄音莫動　明者雖明**

2033番　天漢　安川原　定而　神競者　**磨待無**

2043番　秋風之　**清夕**　天漢　舟滂＊度　月人壯子
　　　　＊類・寛は「榜」、神は「撈」。

2058番　**年丹装**　吾舟滂*　天河　風者吹友　浪立勿忌
　　　＊類・寛は「榜」、神は「撓」。

2062番Ⅵ　機　踏木持徃而　天河*　打橋度　**公之来為**
　　　＊元・類は「漢」。

2066番　擇月日　逢義之有者　**別乃**　惜有君者　明日副裳欲得*
　　　＊元は「聞」、陽は「待」。

2088番　**吾隠有**　機棹無而　渡守　舟將借八方　須臾者有待

2091番Ⅲ　彦星之　川瀬渡　左小舟乃　**得行而將泊**　河津石所念

2092番　（前略）村肝　**心不欲***　解衣　思乱而　何時跡　吾待今夜　此川　行長　**有得鴨**
　　　＊紀は「歌」である。

2094番　竿志鹿之　心相念　秋芽子之　鐘礼零丹　**落僧惜毛**

2099番　白露乃　置巻惜　秋芽子乎　折*耳折而　**置哉枯**
　　　＊類には、この「折」が無い。

2108番　秋風者　急ゝ*吹來　芽子花　落巻惜三　**競竟**
　　　＊神・西・寛は「之」、京は該当文字が無い。

2109番　我屋前之　**芽子之若末長**　秋風之　吹南時尓　將開跡思手*
　　　＊神・西・京・陽・寛は「乎」。

2113番　**手寸十名相**　殖之名知久　出見者　屋前之早芽子　咲尓家類香聞

2117番　嬢嬬等*　**行相乃速稲乎**　苅時　成來下　芽子花咲
　　　＊類・紀は、次に「乎」がある。

2135番^Ⅲ　押照　難波穿江之　葦邊者　鴈宿有疑　**霜乃零尓**

2143番　於君戀　裏觸居者　**敷野之**　秋芽子凌　左*牡鹿鳴裳
　　　　　*元は「小」、類・紀は「少」がある。

2166番　妹手乎　取石池之　浪間從　**鳥音異鳴**　秋過良之

2176番　秋田苅　苫手搖奈利　白露者*　置穂田無跡　告尓來良思
　　　　　*元・紀は「志」である。

2211番　妹之紐　解登結而　立田山　今許曽黄葉　始而有家礼

2217番　君之家乃　**之***¹**黄葉**　**早者落**　四具礼乃雨尓　**所沾良之母***²
　　　　　＊1　元・紀・寛には「之」の字がない。
　　　　　＊2　元は「如」である。

2230番　戀乍裳　稲葉搔別　家居者　乏不有　秋之暮風

2234番　一日　千重敷布　我戀　妹當　為暮零礼見

2241番　秋夜　霧發*渡　夙ゝ　夢見　妹形矣
　　　　　*紀は「發」が無い。

2253番^Ⅵ　色付相　秋之露霜　莫零*　妹之手本乎　不纏今夜者
　　　　　*元は次に「根」がある。

2263番　九月　四具礼乃雨之　山霧　煙寸吾吉*胸　誰乎見者将息
　　　　　*類・神・西・京・陽・寛は「告」である。

2270番　道邊之　乎花我下之　思草　今更尓何物　可将念

2295番　我屋戸之　田葛葉*¹日殊　色付奴　不来座君者　何情曽*²毛
　　　　　元は＊1の「葉」、＊2の「曽」が無い。

2297番　黄葉之　過不勝兒乎　人妻跡　見乍哉将有　戀敷物乎

2301番　忍咲八師　不戀登爲跡　金風之　寒吹夜者　君乎之曽念

2302番　惑*¹者之　痛情無跡　将念　秋之長夜乎　寤師*²耳
　　　＊１　元・紀は「或」、その他は「惑」。
　　　＊２　元・類は判読不明。

2305番　旅尚　襟解物乎　事繁三　丸宿吾爲　長此夜

2317番Ⅵ　殊落者　袖副沾而　可通　将落雪之　空尓消二管

2322番Ⅵ　甚多毛　不零雪故　言多毛　天三空者　陰*相管
　　　＊神・西・京・陽・寛は「隱」。

2328番　來可視　人毛不有尓　吾家有　梅之*早花　落十方吉
　　　＊神・西・京・陽・寛は「之」が無い。

2334番　阿和*雪　千重零敷　戀爲來　食永我　見偲
　　　＊神・西・寛は「沫」。

2336番　甚毛　夜深勿行　道邊之　湯小竹之於尓　霜降夜焉

2337番　小竹葉尓　薄太礼零覆　消名羽鴨　将忘云者　益所念

2338番　霰落　板敢風吹　寒夜也　旗野尓今夜　吾獨寢牟

2350番ⁱ　足檜木乃　山下風波　雖不吹　君無夕者　豫寒毛

巻第11

2355番　**惠得**　吾念妹者　**早裳死耶**　雖生　吾迩應依　人云名國

2361番　天在　一棚橋　何将行　褌草　妻所云　**足壮*嚴**

＊広は「装」、神・寛は「荘」。

2362番　開木代　来背若子　欲云余　**相狭丸**　吾欲云　開木代来背

2363番　岡前　多未足道乎　人莫通　在乍毛　**公之来**　**曲道爲**

2364番　玉垂　小簾之寸鶏吉仁　入通来根　足乳根之　母我問者　風跡　將申

2370番　戀死　**戀死耶**　玉桙　路行人　事告無＊
　　　　＊嘉暦伝承本は「無」、その他は「兼」。

2373番　何時　不戀時　雖不有　夕方枉＊1　**戀无**＊2
　　　　＊1　嘉暦伝承本は「任」、広は「化」。
　　　　＊2　嘉暦伝承本と広は「无」、その他は「無乏」。

2375番　吾以後　所生人　如我　戀為道　**相與勿湯目**

2383番　世中　常如　雖念　半手不忘　**猶戀在**

2386番IV　石尚　行應通　建男　戀云事　**後悔在**

2387番III　日促＊　人可知　今日　如千歳　**有與鴨**
　　　　＊広・神・寛は「位」。

2391番　**玉響**　昨夕　見物　今朝　可戀物

2393番　玉桙　道不行為有者　**側＊隠**　此有戀　不相
　　　　＊嘉暦伝承本は「側」である。

2401番IV　戀死　**戀死哉**　我妹　吾家門　過行

2406番　狛錦　紐解開　**夕戸**　不知有命　戀有

2412番　我妹　**戀無*乏**　夢見　吾雖念　不所寐
　　　　＊嘉暦伝承本・広は「无」。

2414番　戀事　**意追不得**　出行者　山川　不知來

2433番　水上　**如數書**　吾命　妹相　受日鶴鴨

2441番IV　隱沼　從裏戀者　**無乏**　妹名告　忌物矣

2442番IV　大土　採雖盡　世中　盡不得物　**戀在**

2452番IV　雲谷　灼發　**意追**　見乍為　及直相

2457番　大野　**小雨被敷**　木本　時依来　我念人

2459番　吾背兒我　濱行風　**弥急**　**ゝ事**　益不相有

2467番　路邊　草深百合之　後云　**妹命**　我知

2470番　**潮**＊　核延子菅　不竊隱　公戀乍　有不勝鴨
　　　　＊類・広は「湖」。

2471番　山代　泉小菅　**凡浪**　妹心　吾不念

2476番　打田　稗數多　雖有　**擇為我**　夜一人宿

2478番　秋柏　潤和川邊　細竹目　**人不顔面**　公無＊勝
　　　　＊嘉暦伝承本・広・類は「无」。

2481番　大野　**跡状不知**　印結　有不得　**吾眷**

2487番　平山　子松末　有廉叙波　我思妹　**不相止者**＊
　　　　＊西・京・陽は「看」である。

2488番　礒上　**立廻香瀧**　心哀　何深目　念始

2489番　橘　**本我立**　下枝取　成哉君　問子等

2492番　念　餘者　丹穂鳥　**足沾来**　人見鴨

2501番　里遠　眷浦經　真鏡　床重不去　**夢所見與**

2503番　夕去　床重不去　黄楊枕　**射然汝**　主待固*
　　　　＊嘉暦伝承本・類は「困」。

2511番　隱口乃　豐泊瀬道者　常滑乃　恐道曽　**戀由眼**

2513番　雷神　小動　刺雲　**雨零耶**　君將留

2515番　布細布　**枕動**　夜不寐　思人　後相物

2516番　敷細布　枕人　事問哉　其枕　**苔生負為**

2522番　恨登　思狹名盤　**在之者**　外耳見之　心者雖念

2530番　璞之　**寸戸我竹垣**　編目從毛　妹志所見者　吾戀目八方

2541番　個俳*　**往箕之里尓**　妹乎置而　心空在　土者蹈鞆
　　　　＊神・京・寛は「徊徘」。

2544番VI　寤*者　相緣毛無　夢谷　間無見君　戀尓可死
　　　　＊広・西・京・陽は「寐」。

2554番　**對面者**　面隱流　物柄尓　繼而見巻能　欲公麁

2555番　旦戸*乎　速莫開　味澤相　**目之乏流君**　今夜来座有
　　　　＊紀・神・西・京・陽・寛は「戸」の次に「遣」がある。

2556番　玉垂之　小簀之垂簾乎　**徃褐**　寐者不眠友　君者通速為

2558番　愛等　**思篇來師**　莫忘登　結之紐乃　解樂念者

2574番　面忘　太尓毛得為也登　手握而　**雖打不寒**　戀云*奴
　　　　＊紀・神・京・陽・寛は「之」。

2583番　**相見而**　幾久毛　不有尓　如年月　所思可聞

2584番　大夫登　念有吾乎　如是許　令戀波　**小可者在来**

2585番　如是為乍　吾待印　**有鴨**　世人皆乃　常不在國

2596番ⅤⅠ　名草漏　心莫二　如是耳　**戀也度**　月日殊

2601番　現毛　夢毛吾者　不思寸　**振有公尓**　此間將會十羽

2610番ⅤⅠ　夜干玉之　吾黑髮乎　引奴良思　乱而反　**戀度鴨**

2612番　白細布乃　**袖觸而夜**　吾背子尓　吾戀落波　止時裳無

2616番ⅤⅠ　奧山之　眞木之板戶乎　**音速見**　妹之當乃　霜上尓宿奴

2638番　梓弓　末之腹野尓　鷹田為　**君之弓食之**　將絶跡念甕屋

2644番　小墾田之　板田乃橋之　壞者　**從桁將去**　莫戀吾妹

2647番　**東細布**　從空延越　遠見社　目言疎良米　絶跡間也

2649番　足日木之　**山田守翁**　置蚊火之　下粉枯耳　余戀居久

2652番　妹之髮　上**小竹葉野之**　放駒　蕩去家良思　不合思者

2677番[I]　佐保乃内従　**下風之**　吹礼波　還者胡粉　歎夜衣大寸

2678番　**級子八師**　不吹風故　玉遉　開而左宿之　吾其悔寸

2679番[I]　窓超尓　月臨照而　足檜乃　**下風吹夜者**　公乎之其念

2698番　徃而見而　来戀敷　**朝香方**　山越置代　宿不勝鴨

2699番[VI]　**安太人乃**　八名打度　瀬速　意者雖念　直不相鴨

2700番　玉蜻　石垣淵之　隱庭　**伏以死**　汝名羽不謂

2706番[VI]　泊瀬川　**速見早湍乎**　**結上而**　不飽八妹登　問師公羽裳

2713番[VI]　明日香河　逝湍乎早見　將速登　待良武妹乎　**此日晩津**

2717番　朝東風尓　井提越浪之　**世蝶似裳**　不相鬼故　瀧毛響動二

2721番　玉藻刈　井提乃四賀良美　**蕩*可毛**　戀乃余杼女留　吾情可聞
　　　　　＊類は「蕩」、その他は「薄」である。

2734番　**塩滿者**　水沫尓浮　細砂裳　吾者生鹿　戀者不死而

2743番[IV]　中ゝ二　君二不戀者　枚*浦乃　白水郎有申尾　**玉藻刈管**
　　　　　＊類・広・紀は「枚」、その他は「牧」である。

　　　或本歌曰[IV]　中ゝ尓　君尓不戀波　留鳥*浦之　海部尓有益男　珠藻刈
　　　苅
　　　　　＊嘉暦伝承本・広は「牛馬」。

2750番[VI]　吾妹子　不相久　**馬下乃**　阿倍橘乃　蘿生左右

2752番　吾妹兒乎　聞都賀野邊能　**靡合歡木**　吾者隱不得　間無念者

284

2753番[III]　浪間從　所見小嶋之　**濱久木**　久成奴　君尓不相四手

2758番　菅根之　勤妹尓　戀西　**益卜*思而心**　不所念鳧
　　　　　＊類・神は「下」。

2759番　吾屋戸之　**穂蓼古幹**　採生之　實成左右二　君乎志將待

2767番　足引乃　山橘之　色出而　吾戀南雄　八目難為名

2768番　葦多頭乃　颯入江乃　白菅乃　**知為等**　乞痛鴨

2782番　**左寐蟹齒**　孰共毛宿常　奥藻之　名延之君之　言待吾乎

2783番[VI]　吾妹子之　奈何跡裳吾　不思者　含花之　**穂應咲**

2792番　玉緒之　**嶋意哉**　年月乃　行易及　妹尓不逢將有

2805番　伊勢能海從　鳴来鶴乃　**音杼侶毛**　君之所聞者　吾將戀八方

2810番　音耳乎　聞而哉戀　犬馬鏡　目直相而　戀巻裳**太口**

2811番　此言乎　**聞跡牟***　眞十鏡　照月夜裳　闇耳見
　　　　　＊類は「牟」、その他は「乎」。

2830番　梓弓　〻束巻易　**中見判***　更雖引　君之隨意
　　　　　＊広・神・京・陽・寛は「判」。

2832番　山河尓　**筌乎伏而**　**不肯盛**　年之八歳乎　吾竊儶師

2837番[VI]　三吉野之　水具麻我菅乎　不編尓　苅*耳苅而　**將乱跡也**
　　　　　＊神・京・寛は「刈」。

2842番　**使**＊¹　**念**＊²　新夜　一夜不落　夢見与＊³
　　　　紀・西・神・京・陽・寛の＊１は「我心」、＊２は「等望使念」である。
　　　　＊３　元にだけある。

2850番　現　直不相　夢谷　**相見與**　我戀國

2853番　真珠　**眼遠兼**　念　一重衣　一人服寐

2855番ⅥI　新治　今作路　清　聞鴨　**妹於事矣**

2856番　山代　石田社　心鈍　**手向為在**　妹相難

2858番ⅡI　妹戀　不寐朝　吹風　**妹經者**　吾与＊經
　　　　＊広・西・京・陽は「与」、神・寛は「共」、紀は「與經吾」である。

2859番　飛鳥川　**高以＊避紫**　越來　信今夜　不明行哉
　　　　＊類は「以」、広・紀・西・京・陽は「川」、神・寛は「河」。

2861番　**礒上**　**生小松**　名惜　人不知　戀渡鴨

2866番　人妻尓　言者誰事　**酢衣乃**　此紐解跡　言者執言

2877番ⅥI　**何時奈毛**　不戀＊有登者　雖不有　得田直比来　戀之繁母
　　　　＊元・広は、次に「奈毛」がある。

2883番　外目毛　君之光儀乎　**見而者社**　吾戀山目　命不死者

2884番ⅥI　戀管＊母　今日者在目杼　玉遞　**将開明日**　如何将暮
　　　　＊京・陽は「乍」。

2885番ⅥI　左夜深而　妹乎念出　布妙之　**枕毛衣世二**　嘆鶴鴨

2892番^Ⅳ　**思遣**　**爲便乃田時毛**　吾者無　不相數多　月之經去者

2896番　**歌*方毛**　日管毛有鹿　吾有者　地庭不落　空消生
　　　　　＊類・広は「哥」、京・陽は「謌」。

2903番^Ⅱ　**五十殿寸太**　薄寸眉根乎　徒　令*掻管　不相人可母
　　　　　＊広・紀・京・陽は「尓」である。

2909番^Ⅵ　凡尓　吾之念者　人妻尓　有云妹尓　**戀管有米也**

2913番^Ⅵ　何時左右二　**將生命曽**　凡者　戀乍不有者　死上有

2920番^Ⅵ　**終命**　此者不念　唯毛　妹尓不相　言乎之曽念

2922番^Ⅵ　夕去者　於君將相跡　念許増*　**日之晩毛**　悕有家禮
　　　　　＊神・西・寛は「憎」、広は「僧」。

2927番　浦觸而　可例西袖叩　又巻者　過西**戀也**　**亂今可聞**

2930番　生代尓　戀云物乎　相不見者　**戀中尓毛**　吾曽苦寸

2941番　**念八流**　**跡狀毛我者**　今者無　妹二不相而　年之經行者

2943番　我命之　長欲家口　偽乎　好為人乎　**執許乎**

2947番^Ⅳ　念西　餘西鹿齒　為便乎無美　吾者五十日手寸　應忌鬼尾
　　　　或本歌日　門出而　**吾反側乎**　人見監可毛

2948番　明日者　其門將去　出而見與　**戀有容儀**　數知兼

2952番　吾齡之　衰去者　白細布之　袖乃狎尓思　**君乎母准其念**

2955番　夢可登　**情斑**　月數多　干西君之　事之通者

2958番IV 人見而 言害目不為 夢谷 **不止見與** 我戀将息

2959番IV 現者 言絶有 夢谷 **嗣而所見與** 直相左右二

2961番 虚蟬之 常辭登 雖念 繼而之聞者 **心遮焉**

2962番 白細之 **袖不數而**＊ 烏玉之 今夜者早毛 明者将開
　　　　＊この次に元は「當」、神・寛は「宿」の字がある。

2965番 **橡之 袷衣 裏尓為者** 吾将強八方 君之不來座

2974番VI 紫 帶之結毛 解毛不見 本名也妹尓 **戀度南**

2978番VI 真十鏡 見座吾背子 吾形見 将持辰尓 **将不相哉**

2990番VI 嬢嬬等之 續麻之多田有 打痲懸 續時無二 **戀度鴨**

2995番 相因之 出來左右者 疊薦 **重編數** 夢西将見

2996番 白香付 木綿者花物 事社者 何時之**真枝毛** 常不所忘

2999番IV 水乎多 上尓種蒔 比要乎多 **擇擢之業曽** 吾獨宿

3035番 曉之 朝霧隱 **反羽二** 如何戀乃 色丹出尓家留

3046番 左佐浪之 波越**安暫仁** 落小雨 間文置而 吾不念國

3048番 御獦為 **鴈羽之小野之** 櫟柴之 奈礼波不益 戀社益

3049番 櫻麻之 **麻原乃下草** **早生者** 妹之下紐 不解有申尾

3052番 垣津旗 **開澤生** 菅根之 絶跡也君之 不所見頃者

3057番　淺茅原　茅生*丹足蹈　**意具美**　吾念兒等之　家當見津
　　　　＊元は「見」、類は「茅」が無く「見」である。

3068番　水茎*之　崗乃田葛葉緒　**吹變**　面知兒等之　不見比鴨
　　　　＊広・神・京・寛は「莖」。

3069番[VI]　赤駒之　射去羽計　真田葛原　何傳言　**直將吉**

3091番　鴨尚毛　己之妻共　求食為而　**所遣間尓**　戀云物乎

3093番　小竹之上尓　來居而鳴鳥　**目乎安見**　人妻姤尓　吾戀二來

3106番　相見　**欲為者**　從君毛　吾曽益而　伊布可思美為也

3110番[VI]　人言之　繁思有者　君毛吾毛　**將絶常云而**　相之物鴨

3113番　在有而　後毛將相登　言耳乎　**堅要管**　相者無尓

3116番[IV]　我故尓　痛勿和備曽　後遂　**不相登要之**　言毛不有尓

3124番[VI]　雨毛零　夜毛更深利　今更　**君將行哉**　紐解設名

3127番　度會　大河邊　**若歷木**　吾久在者　妹戀鴨

3132番　莫去跡　**爰***[1]**毛来哉常**　顧尓　**雖佳不満***[2]　道之長手矣
　　　　＊1　元は「爰」、類は「戀」、他は「變」である。
　　　　＊2　元・類・西は「満」、他は「歸」である。

3140番[IV]　波之寸八師　志賀在戀尓毛　有之鴨　**君所遣而**　戀敷念者

3161番[VI]　在千方　在名草目而　行目友　家有妹伊　**將欝悒**

3173番　松浦舟　**乱穿江之**　水尾早　檝取間無　所念鴨

3191番　不欲惠八師*　不戀登為杼　**木綿間山**　越去之公之　所念良國
　　　　　*元・紀は「師」、その他は「跡」である。

3193番^{IV・VI}　玉勝間　嶋熊山之　夕晩　獨可君之　山道将越
　　　一云　暮霧尓　**長戀為乍**　寐不勝可母

3205番　後居而　戀乍不有者　田籠之浦乃　海部有申尾　**珠藻苅々**

3206番^{IV}　筑紫道之　**荒礒乃玉藻**　苅鴨　君久　待不來

3211番　玉緒乃　**徒*心哉**　八十梶懸　水手出牟舩尓　後而将居
　　　　　*神は「從」、寛は「徙」、広は「徃」、その他は「徒」。

3213番　十月　鍾礼乃雨丹　沾乍哉　**君之行疑**　宿可借疑

3217番^{VI}　荒津海　吾幣奉　**将齋**　早還座　面變不爲

巻第13

3221番　冬木成　春去來者　朝尓波　白露置　夕尓波　霞多奈妣久　**汗**
　　　瑞*能振　樹奴礼我之多尓　鶯鳴母
　　　　　*類は「埼」、神・寛は「湍」である。

3223番　（前略）百不足　**卅***¹**槻枝丹**　水枝指　秋赤葉　**真割持**　小鈴文
　　　由良尓　手弱女尓　吾者有友　引攀而　**峯***²**文十遠仁**　**球手折**
　　　吾者持而徃　公之頭刺荷
　　　　　＊1　元は「世」、広は「世」、寛は「三十」、その他は「卅」である。
　　　　　＊2　元は「峯」の次に「而」がある。

3226番　沙邪礼浪　**浮而流**　長谷河　可依礒之　無蚊不怜也

3234番^{VI}　（前略）神風之　伊勢乃國者　**國見者之毛**　山見者　高貴之　河
　　　見者　左夜氣久清之　水門成　海毛廣之　見渡　島名高之（後
　　　略）

3242番　百岐年　三野之國之　高北之　八十一隣之宮尓　日向尓　**行靡**
闕矣　有登聞而　吾通道之　奥十山　三野之山（後略）

3243番　（前略）荒礒之於丹　濱菜採　海部處女等　**纜有**　領巾文光蟹
（後略）

3245番　天橋文　長雲鴨　高山文　高雲鴨　月夜見乃　持有越水　伊取
來而　公奉而　**越得之早*物**
　　　　＊元は「旱」に見える。

3254番ᴵᴵᴵ　志貴嶋　倭國者　事霊之　所佐國叙　**真福在与具**

3257番　直不來　自此巨勢道柄　**石橋跡**　名積序吾來　戀天窮見

3258番　荒玉之　年者來去而　玉梓之　使之不來者　霞立　長春日乎
天地丹　**思足椅**　帶乳根笑　母之養蚕之　眉隱　氣衝渡（後略）

3261番ᴵⱽ　**思遣**　爲便乃田付毛　今者無　於君不相而　年之歷去者

3272番ⱽᴵ　（前略）天雲之　**行莫ゝ*¹**　蘆垣乃　思乱而　乱麻乃　**司*²乎**
無登　吾戀流　千重乃一重母　人不令知　本名也戀牟　氣之緒
尓爲而
　　　　＊１　広・寛は「行莫莫」。
　　　　＊２　元・類・広は「司」、その他は「麻筍」である。

3276番ᴵⱽ　百不足　山田道乎　浪雲乃　愛妻跡　不語　別之來者　速川
之　徃文不知　衣袂笑　反裳不知　馬自物　立而爪衝　爲須部
乃　田付乎白粉　物部乃　八十乃心叫*　天地二　**念足椅**　玉相
者　君來益八跡　吾嗟　八尺之嗟（後略）
　　　　＊神・寛は「呼」。

3277番　眠不睡　吾思君者　何處邊　**今身誰與可**　雖待不來

3278番^I　（前略）十六待如　床敷而　吾待公　**犬莫吠行年**

3280番　（前略）左夜深而　荒風乃吹者　**立留**　待吾袖尓　零雪者　凍渡
奴　（中略）卯菅庭　君尓波不相　夢谷　相跡所見社　**天之足夜
乎**

3282番^I　衣袖丹　**山下吹而**　寒夜乎　君不來者　獨鴨寢

3289番　（前略）徃方無　我為時尓　應相登　**相有君乎**　莫寐等　母寸巨
勢友　吾情　清隅之池之　池底　**吾者不志***　正相左右二
　　*神・西・寛は「忍」である。

3290番　古之　神乃時從　**會計良思**　今心文　**常不所念**

3295番　（前略）日本之　黄楊乃小櫛乎　抑刺　〻**細子**　彼曽吾孃

3299番　（前略）左丹漆之　小舟毛鴨　玉纒之　小檝毛鴨　榜渡乍毛　**相
語妻遠**

3300番　忍照　難波乃埼尓　引登　赤曽朋*¹舟　曽朋*²舟尓　綱取繋
引豆良比　**有雙雖為**　日豆良賓　**有雙雖為**　**有雙不得叙**　所言
西我身
　　*1、*2　元・類は「明」である。

3308番　天地之　神尾母吾者　禱而寸　戀云物者　**都不止來**

3311番　隱來乃　泊瀬少國丹*　妻有者　**石者履友**　猶來〻
　　*神・寛は「尓」。

3317番^{IV}　馬替者　妹歩行將有　縱惠八子　**石者雖履**　吾二行

3322番　門座　**郎子內尓**　雖至　痛之戀者　今還金

3323番　師名立　都久麻左野方　息長之　遠智能小菅　**不連尓**　伊苅持
来　**不敷尓**　伊苅持來而　置而　吾乎令偲　息長之　遠智能子
菅

3324番　挂纏毛　文恐　藤原　王都志弥美尓　人下　滿雖有　君下　大
座常　徃向　年緒長　仕來（中略）十五月之　多田波思家武登
吾思　皇子命者（中略）九月之　四具礼之秋者（中略）朝裳吉
城於道從　角障經　石村乎見乍　神葬（中略）天原　振放見管
珠手次　懸而思名　雖恐有

3329番　（前略）天雲　下有人者　妾耳鴨　君尓戀濫　吾耳鴨　夫君尓
戀礼薄　**天地**　**滿言**　**戀鴨**　胷之病有　念鴨（中略）人寐　味
寐者不宿尓　大舩之　行良行良尓　思乍　吾寐夜等者　**數物不
敢鳴** *
　　＊元・紀・陽・寛は「鳴」、広・神は「鴨」、類はどちらか不明。

3330番ⅥＩ（前略）上瀬之　年魚矣令咋　下瀬之　鮎矣令咋＊　麗妹尓　**鮎
遠惜**（後略）
　　＊元は「命唯」である。

3333番　（前略）行師君　何時來座登　**大卜**＊**置而**　齋度尓　枉言哉　人
之言釣（後略）
　　＊元は「大卜」、類は「大占」、他は「大夕卜」である。

3335番ⅥＩ玉桙之　道去人者　足檜木之　山行野徃　**直海**　川徃渡　不知
魚取　海道荷出而（後略）

3336番　鳥音之　**所聞海尓**　高山麻　障所為而　奥藻麻　枕所為（後略）

3338番　蘆檜木乃　山道者將行　風吹者　**浪之塞**　海道者不行

3344番　（前略）黄葉之　過行跡　玉桙之　使之云者　螢成　髣髴聞而
大土乎　**火**＊1**穂跡**＊2　立而居而　去方毛不知　朝霧乃　思惑而

（後略）

巻第14

3353番　阿良多麻能　**伎倍乃波也之尒**　奈乎多弓天　由吉＊可都麻思自
移乎佐伎太多尼
＊紀・西・陽は「伎」。

3354番　**伎倍比等乃**　萬太良夫須麻尒　和多佐波太　伊利奈麻之母乃
伊毛我乎杼許尒

3356番　不盡能祢乃　伊夜等保奈我伎　夜麻治乎毛　伊母我理登倍婆
氣尒餘波＊受吉奴
＊神・西・陽・寛は「婆」。

3358番 或本哥曰　麻可奈思美　**奴良久波思家良久**　佐奈良久波　伊豆能多
可祢能　奈流左波奈須與
一本哥曰　阿敝良久波　**多麻能乎思家也**　古布良久波　布自乃多可祢
尒　布流由伎奈須毛

3359番　駿河能宇美　**於思敝尒於布流**　波麻都豆良　伊麻思乎多能美
波播尒多我比奴

3361番　安思我良能　乎弖毛許乃母尒　佐須和奈乃　**可奈流麻之豆美**
許呂安礼比毛等久

3362番　相模祢乃　**乎美祢見所久思**　和須礼久流　伊毛我名欲妣弖　吾
乎祢之奈久奈

3363番　和我世古乎　夜麻登敝夜利弖　**麻都之太須**　安思我良夜麻乃
須疑乃木能末可

294

3365番^Ⅵ　可麻久良乃*　美胡之能佐吉能　伊波久叡乃　伎美我久由倍伎
己許呂波母多自
　　　　＊類・広・陽は「能」。

3366番^Ⅵ　麻可奈思美　佐祢尓和波由久　可麻久良能　美奈能*¹瀬河泊*²
尓　**思保美都奈武賀**
　　　　＊1　類は「能」の字がない。
　　　　＊2　元・類は「伯」。

3367番　母毛豆思麻　安之我良乎夫祢　**安流吉於保美**　目許曽可流良米
己許呂波毛倍杼

3368番　阿之我利能　刀比能可布知尓　伊豆流湯能　**余尓母多欲良尓**
故呂河*伊波奈久尓
　　　　＊類・広は「阿」、神・寛は「何」。

3370番　安思我里乃　波故祢能祢呂乃　尓古具佐能　**波奈都豆麻奈礼也**
比母登可受祢牟

3381番　奈都蘇妣久　**宇奈比乎左之弖**　等夫登利乃　伊多良武等曽與
阿我之多波倍思

3382番　宇麻具多能　祢呂乃佐左葉能　都由思母能　奴礼弖**和伎奈婆**
汝者故布婆曽母*
　　　　＊西・陽は「毛」。

3385番　可豆思賀能　麻萬能手兒奈我　安里之波*可　**麻末乃於須比尓**
奈美毛登杼呂尓
　　　　＊元・類は「波」、紀・西・陽は「婆」、神・寛は「可婆」である。

3392番^Ⅴ　筑波祢乃*¹　伊波毛等杼呂尓　於都流美豆　**代尓毛多由良尓**
和我*²於毛波奈久尓
　　　　＊1　元・類は「能」。
　　　　＊2　類・神・寛は「家」。

3394番　左其呂毛能　**乎豆久波祢呂能**　夜麻乃佐吉　和須良*許波古曾
那乎可家奈波賣
　　　*紀・西・陽・寛は、次に「延」の字がある。

3395番　乎豆久波乃　祢呂尓**都久多思　安比太欲波**　佐波太*¹奈利怒*²
乎　萬多祢天武可聞
　　　*１　類・広・西・陽は、次に「尓」の字がある。
　　　*２　元・類・広は「怒」、他は「努」である。

3396番　乎都久波乃　之氣吉許能麻欲　多都登利能　**目由可汝乎見牟**
左祢射良奈久尓

3401番　**中麻奈尓**　宇伎乎流布祢能　許藝弖奈婆　安布許等可多思　家
布尓*思安良受波
　　　*元は「不仁」である。

3403番　安我古非波　麻左香毛可奈思　久佐麻久良　多胡能伊利野乃
於父母可奈思母

3405番　可美都氣努*　**乎度能多杼里我**　可波治尓毛　兒良波安波奈毛
比等理能未思弖
　　　*神・寛は「乃」。

3406番　可美都氣野　左野乃九久多知　乎里波夜志　安礼波麻多牟惠
許登之許受登母

3407番　可美都氣努　**麻具波思麻度尓**　安佐日左指　麻伎良波之母奈
安利都追見礼婆

3409番　伊香保呂尓　安麻久母伊都藝　**可奴*麻豆久　比等登於多波布**
伊射祢志米刀羅
　　　*元は「努」。

3411番　多胡能祢尔　与西都奈波倍弖　与須礼騰毛　**阿尔久夜斯豆久**＊¹
曾能可把＊²與吉尓
　　　＊１　元は「久」、その他は「之」。
　　　＊２　元は「抱」、類は「波」、その他は、「把」。

3412番　賀美都家野　久路保乃祢呂乃　**久受葉我多**　可奈師家兒良尓
伊夜射可里久母

3415番　可美都氣努　伊可保乃奴麻尓　**宇惠古奈宜**＊　可久古非牟等夜
多祢物得米家武
　　　＊紀・西・陽は「伎」。

3419番　伊加＊¹保世欲　**奈可中次下**＊²　於毛比度路　久麻許曽之都等
和須礼西奈布母
　　　＊１　類は「賀」、神は「加」。
　　　＊２　元・類・広は「吹」、その他は「次」である。

3423番ᵛ　可美都氣努　伊可抱乃祢**祢呂尓**　**布路与伎能**　遊吉須宜可提奴
伊毛賀伊皷乃安多里

3424番　之母都家野　美可母乃夜麻能　許奈良能須　麻具波思兒呂波
多賀家可母多牟

3425番　志母都家努　安素乃河泊良欲　伊之布麻受　蘇良由登伎奴與
奈我己許呂能礼

3427番　筑紫奈留　尓抱布兒由惠尓　美知能久乃　**可刀利乎登女乃**　由
比思比毛等久

3429番　等保都安布美　伊奈佐保曽江乃　水乎都久思　安礼乎多能米弖
安佐麻之物能乎

3430番　斯太能宇良乎　阿佐許求布祢波　与志＊¹奈之尓　許求良米可母
與　余＊²**志許佐流良米**

3431番　阿之我里乃　安伎奈乃夜麻尓　比古布祢乃　**斯利比可志母**＊**與
許己波故賀多尓**
　　　　＊類・広は「女」。

3432番　阿之賀利乃　**和乎可鶏夜麻能　可頭乃木能**　和乎可豆佐祢母
可豆佐可受等母

3433番　多伎木許流　可麻久良夜麻能　**許太流木乎**　麻都等奈我伊波婆
古非都追夜安良牟

3435番　伊可保呂乃　蘇比乃波里波良　**和我吉奴尓**　**都伎与良之母**＊**与
比多敝登於毛敝婆**
　　　　＊類・広は「女」。

3436番　**志良登保布**　乎尓比多夜麻乃　毛流夜麻乃　宇良賀礼勢奈那＊
登許波尓毛我母
　　　　＊類は「乎那」、神・寛は「那奈」。

3438番　都武賀野尓　須受我於等伎許由　**可牟思太能**　等能乃奈可知師
登我里須良思母

3443番　宇良毛奈久　和我由久美知尓　安乎夜宜乃　**波里弖多弖礼波**
物能毛比豆＊都母
　　　　＊紀・西・陽は「弖」。

3444番　伎波都久乃　乎加能久君美良　和礼都賣杼　**故尓毛乃多奈布**
西奈等都麻佐祢

3446番　伊毛奈呂我　**都可布河泊**＊**豆乃**　佐左良乎疑　安志等比登其等
加多里与良斯毛

＊元・紀は「伯」。

3447番　久佐可氣乃　**安努奈由可武等**　波里之美知　阿努波由加受弖
阿良久佐太知奴

3448番　波奈治良布　己能牟可都乎乃　**乎那能乎能**＊　**比自尓都久麻提**
伎美我与母賀母
　　　　＊元は「乎乃乎那能」。ただし付訓は「をなのをの」。

3450番　**乎久佐乎**等　乎具佐受家乎等　斯抱布祢乃　那良敝弖美礼婆
乎具佐**可利馬利**

3458番　奈勢能古夜　**等里乃乎加耻志**　奈可太＊乎禮　安乎祢思奈久与
伊久豆君麻弖尓
　　　　＊類は「奈」。

3459番　**伊祢都氣波**　可加流安我手乎　許余比毛可　等能乃和久胡我
等里弖奈氣可武

3468番　夜麻杼里乃　**乎呂能波都乎尓**　可賀美可家　刀奈布倍美許曽
奈尓與曽利雞米

3473番　左努夜麻尓　宇都也乎能登乃　等抱可騰母　祢毛等可兒呂賀
於由尓美要都留

3475番ⅠⅤ　古非都追母　乎良牟等須礼杼　**遊布麻夜萬**　可久礼之伎美乎
於母比可祢都母

3476番　宇倍兒奈波　和奴尓故布奈毛　**多刀都久能**　**努賀奈敝由家婆**
故布思可流奈母
　　或本歌末句曰　努我奈敝由家杼　和奴賀由乃敝波

3478番　等保斯等布　**故奈乃思良祢尓**　阿抱思太毛　安波乃敝思太毛

奈尓己曽与佐礼

3479番　安可見夜麻　久左祢可利曽氣　**安波須賀倍**　安良蘇布伊毛之
安夜尓可奈之毛

3481番[II]　安利伎奴乃　**佐惠*佐惠之豆美**　伊敝能伊母尓　毛乃伊波受伎尓
弖　於毛比具流之母
＊元は「思」である。

3482番[或本歌曰]　可良己呂母　須素能宇知可比　阿波奈敝婆　祢奈敝乃可
良尓　**許等多可利都母**

3484番　安左乎良乎　遠家尓布須左尓　宇麻受登毛　**安須伎西佐米也**
伊射西乎騰許尓

3486番　可奈思伊毛乎　**由豆加奈倍麻伎**　母許呂乎乃　許登等思伊波婆
伊夜可多麻斯尓

3487番　安豆左由美　須惠尓多麻末吉　**可久須酒曽**　宿莫奈那里尓思
於久乎可奴加奴

3488番　**於布之毛等**　許乃母登夜麻乃　麻之波尓毛　能良奴伊毛我名
可多尓伊弖牟可母

3489番　安豆左由美　**欲良能夜麻邊能**　左祢度波良布母　之牙可久尓　伊毛呂乎多弖天

3493番　於曽波夜母　奈乎許曽麻多賣　牟可都乎能　**四比乃故夜提能**
安比波多我*波自
＊紀・神・西・陽・寛は「家」。

3494番　兒毛知夜麻　和可加敝流弖能　**毛美都麻弖**　宿毛等和波毛布
汝波安杼可毛布

300

3496番　**多知婆奈乃　古婆乃波奈里我**　於毛布奈牟　己許呂宇都久思
伊弓安礼波伊可奈

3497番　可波加美能　祢自路多可我夜　**安也尓阿夜尓**　左宿左寐弓許曽
己登尓弖尓思可

3499番　乎可尓与西　和我可流加夜能　佐祢加夜能　麻許等奈其夜波
祢呂等敝奈香母

3500番　牟良佐伎波　**根乎可母乎布流**　比等乃兒能　宇良我奈之家乎
祢乎遠敝奈久尓

3502番　和我目豆麻　比等波左久礼杼　安佐我保能　**等思佐倍己其登**
和波佐可流我倍

3503番　**安齊可我多**　志保悲乃由多尓　於毛敝良婆　宇家良我波奈乃
伊呂尓弖米也母

3506番　尓比牟路能　**許騰伎尓伊多礼婆**　波太須酒伎　穂尓弖之伎美我
見延奴己能許呂

3508番　**芝付乃　御宇良佐伎奈流**　根都古具佐　安比見受安良婆　安礼
古非米夜母

3509番　多久夫須麻　之良夜麻可是能　**宿奈敝杼母**　古呂賀於曽伎能
安路許曽要志母

3515番　阿我於毛乃　和須礼牟之太波　**久尓波布利**　祢尓多都久毛乎
見都追之努波西

3518番ᵛ　伊波能倍尓　伊可賀*流久毛能　**可努麻豆久　比等曽於多波布**
伊射祢之賣刀良
　　　　＊類・広・神・寛は「賀可」。

3525番　水久君野尓　可母能波抱能須　兒呂我宇倍尓　**許等乎呂波敝而**
伊麻太宿奈布母

3526番　奴麻布多都　可欲波等里我栖　安我己許呂　布多由久奈母等
奈與母波里曽祢

3535番　於能我乎遠　於保尓奈於毛比曽　尓波尓多知　惠麻須我可良尓
古麻尓安布毛能乎

3536番　**安加胡麻乎**　宇知弖左乎妣吉　己許呂妣吉　伊可奈流勢奈可
和我理許武等伊布

3538番　比呂波之乎　宇馬古思我祢弖　己許呂能未　伊母我理夜里弖
和波己許尓思天
　　　　或本歌發句曰　**乎波夜之之尓**　古麻乎波左佐氣

3541番　安受倍可良　古麻乃由胡能須　安也波刀文　比登豆麻古呂乎
麻由可西良布母

3543番　**武路我夜乃**　**都留能都追美乃**　那利奴賀尓　古呂波伊敝杼母
伊末太年那久尓

3548番ⅱ　奈流世呂尓　木都能余須奈須　**伊等能伎提**　可奈思家世呂尓
比等佐敝余須母

3550番ⅴ　於志弖伊奈等　**伊祢波都可祢杼**　奈美乃保能　伊多夫良思毛与
伎曽比登里宿而

3551番　阿遲可麻能　可多尓左久奈美　**比良湍尓母**　比毛等久毛能可
加奈思家乎於吉弖

3552番　麻都我宇良尓　**佐和惠宇良太知**　麻比登*其等　於毛抱須奈母呂
和賀母抱乃須毛

＊神・西・陽・寛は「等」。

3553番　安治可麻能　可家能水奈刀尔　伊流思保乃　**許弓多受久毛可**
伊里弓祢＊麻久母
　　　＊元は「許」である。

3561番　可奈刀田乎　**安良我伎麻由美**　比賀刀礼婆　阿米乎万刀能須
伎美乎等麻刀母

3564番　**古須氣呂乃　宇良布久可是能**　安騰須酒香　可奈之家兒呂乎
於毛比須吾左牟

3566番　和伎毛古尓　安我古非思奈婆　**曽和敝可毛**　加未尓於保世牟
己許呂思良受弓

巻第15

3603番　安乎楊疑能　延太伎里於呂之　湯種蒔忌　美＊**伎美尓**　故非和多
流香母
　　　＊類は「美」、紀・陽・寛は「忌」、広・神は「ミ」である。

3627番[IV]　（前略）安左奈藝尓　布奈弓乎世牟等　舩人毛　鹿子毛許惠欲
妣　柔保等里能　**奈豆左比由氣婆**　伊敝之麻婆　久毛為尓美延
奴（後略）

3653番　思可能宇良尓　伊射里須流安麻　伊敝妣等能　麻知古布良牟尓
安可思都流牟＊乎
　　　＊類は「牟」と読める。紀・神・陽・寛は「宇」。

3692番　波之家也思　都麻毛古杼毛母　多可多加尓　麻都良牟伎美也
之麻我久礼奴流

3718番[VI]　伊敝之麻波　**奈尓許曽安里家礼**　宇奈波良乎　安我古非伎都流
伊毛母安良奈久尓

3731番　於毛布惠尓　安布毛能奈良婆　之末思久毛　**伊母我目可礼弖
安礼乎良米也母**

3754番　過所奈之尓　世伎等婢古由流　保等登藝須　**多*我子尓毛**　夜麻
受可欲波牟
　　　　*類は「公入」、その他は「多」。

3785番　保登等藝須　安比太之麻思於家　**家奈我氣*婆**　安我毛布許己呂
伊多母須敝奈之
　　　　*類は「奈」、紀・京は「奈我奈氣婆」、神・寛は「奈我奈家婆」であ
　　　　る。

巻第16
3791番　（前略）狛錦　紐丹縫着　**刾部重部**　波累服（中略）**信巾裳成
者之寸丹取爲**　**友*屋所經**　稲寸丁女蚊（中略）如是　**所爲故爲**
（後略）
　　　　*尼崎本・類・陽は「友」、広は「友」、紀は「支」、京は「支」。

3795番VI　辱尾*忍　辱尾黙　無事　物不言先丹　**我者將依**
　　　　*類は「尾」が無い。

3808番　墨江之　小集樂尓出而　**寤尓毛**　己妻尚乎　鏡登見津藻

3817番　**可流羽須波**　田廬乃毛等尓　吾兄子者　二布夫尓咲而　立麻爲
所見

3820番　夕附日　指哉河邊尓　構屋之　**形乎宜美**　諾所因來

3821番　美麗物　何所不飽矣　**坂門等之**　**角乃布久礼尓**　四具比相尓計
六

3822番　**橘**　寺之長屋尓　吾率宿之　童女波奈理波　髪上都良武可

304

3837番　久堅之　雨毛落奴可　蓮荷尓　渟在水乃　**玉似將有見**

3840番　寺〻之　女餓鬼申久　大神乃　男餓鬼被給而　**其子將播**

3846番　法師等之　鬚乃剃杌　馬繫　痛勿引曽　**僧半甘**

3847番V　檀越也　然勿言　**五十戸長*我**　課役徴者　**汝毛半甘**

＊類・広・西・京・陽は「弖戸等」、神・寛は「氐戸等」である。「弖」は「五」、「十」の脱字、「等」を「長」の誤字とする（『日本古典文學大系』）。

3848番　荒城田乃　子師田乃稲乎　倉尓舉藏而　**阿奈干稲干稲志**　吾戀良久者

3857番　飯喫騰　味母不在　**雖行往**　安久毛不有　赤根佐須　君之情志忘可祢津藻

3860番　王之　不遣尓　**情進尓**　行之荒雄良　奥尓袖振

3864番V　官許曽　指弖毛遣米　**情出尓**　行之荒雄良　波尓袖振

3874番　所射鹿乎　**認河邊之**　和草　身若可倍尓　佐宿之兒等波母

3875番　**琴酒乎　押垂小野從**　出流水　奴流久波不出（後略）

3878番　堦楯　熊來乃夜良尓　新羅斧　墮入**和之**　河*1毛吕河*2毛吕　勿鳴爲曽祢　浮出流夜登　將見**和之**

＊1、＊2　類は「阿」である。

3879番V　堦楯　熊來酒屋尓　**真奴良留奴和之**　佐須比立　率而來奈麻之乎　真奴良留奴和之

3880番　**所聞多祢乃**　机之嶋能　小螺乎　伊拾持来而（中略）母尓奉都也　目豆兒乃召*1　父尓獻都也　身女兒乃召*2

＊1、＊2　類は「召」、その他は「貟」である。

3887番　天尓有哉　神樂良能小野尓　茅草苅　**苅苅＊婆可尓**　鶉乎立毛

＊類は「苅苅」、寛は「草苅」、その他は「〻〻」である。

3888番　奥國　領君之　**染屋形　黄染乃屋形**　神之門渡

3889番　人魂乃　佐青有公之　但獨　相有之雨夜乃＊1　**葉非左思＊2所念**

＊1　紀・神・西・京・陽・寛は「乃」がない。
＊2　類は「左思」が「戸曽」である。

巻第17

3895番　**多麻波夜須**　武庫能和多里尓　天傳　日能久礼由氣婆　家乎之曽於毛布

3898番　大舩乃　宇倍尓之居婆　安麻久毛乃　多度伎毛思良受　**歌乞和我世**

3901番　民布由都藝　芳流波吉多禮登　烏梅能芳奈　君尓之安良祢婆　**遠流＊人毛奈之**

＊元は「久」、他は「流」である。

3905番　遊内乃　多努之吉庭尓　梅柳　乎理加謝思底婆　**意毛比奈美可毛**

3907番　山背乃　久尓＊能美夜古波　春佐礼播　花唼乎〻理　秋佐禮婆　黄葉尓保比　**於婆勢流**　泉河乃（後略）

＊元・類・広は「迩」。

3941番　鶯能　奈久〻良多尓〻　宇知波米氐＊　**夜氣波之奴等母**　伎美乎之麻多武

＊類・陽・寛は「底」。

3973番　（前略）乎登賣＊良波　於毛比美太禮弖　伎美麻都等　宇良呉悲
　　　須奈理　己許呂具志　伊謝美尔由加奈　**許等波多奈由比**
　　　　　　＊元は次に「泉」がある。

4000番V　（前略）曽能多知夜麻尔　等許奈都尔　由伎布理之伎弖　**於婆勢**
　　　流　可多＊加比河波能　伎欲吉瀬尔　（後略）
　　　　　　＊類は次に「比」がある。

4003番V　阿佐比左之　曽我比尔見由流　可無奈我良　**弥奈尔於婆勢流**
　　　之良久母能　知邊乎於＊之和氣　安麻曽ゞ理　多可吉多知夜麻
　　　（後略）
　　　　　　＊元は「物」である。

4024番　多知夜麻乃　**由吉之久良之毛**　波比都奇能　可波能和多理瀬
　　　安夫美都加須毛

4028番　伊毛尔安波受　比左思久＊奈里奴　尔藝之河波　伎欲吉瀬其登尔
　　　美奈宇良波倍弖奈
　　　　　　＊元は次に「人」がある。

巻第18

4081番　可＊1多於毛＊2比遠　宇万尔布都麻尔　於保世母天　故事部＊3尔
　　　夜良波　**比登加多波牟可母**
　　　　　　＊1　類は「耳」。
　　　　　　＊2　元は次に「比」が無い。
　　　　　　＊3　元は「ﾝﾚ」である。

4082番　安万射可流　比奈能都夜故尔　安米比度之　**可久古非須良波**
　　　伊家流思留事安里

4094番　（前略）久我祢可毛　**多＊之氣久安良牟登　於母保之弖**　之多
　　　奈夜麻須尔　鶏鳴　東國能　美知能久乃　小田在山尔　金有等
　　　（後略）

4101番　（前略）都麻乃美許登能　許呂毛泥乃　和可礼之等吉欲　奴婆玉
乃　**夜床加多古里**　安佐祢我美　可伎母氣頭良受（後略）

4105番　思良多麻能　伊保都追度比乎　手尓牟須妣　於許世牟安麻波
　一云　**我家牟伎＊波母**
　　　　＊元・類は「伎」がない。類は「家」と「波」の字が不明。

4106番　（前略）天地能　可未許等余勢天　春花能　**佐可里裳安良多　之**
家牟　等吉能沙加利曽　**波居弓**　奈介可須移母我（中略）那呉
能宇美能　於支＊¹乎布可米天　**左度波世流**　支＊²美我許己呂能
須弊＊³母須弊奈佐（後略）
　　　　＊１、＊２　神・寛は「伎」。
　　　　＊３　広・紀・西・京・陽は「敝」。

4108番ⅥI　左刀妣等能　見流目波豆可之　左夫流兒尓　**佐度波須伎美我**
美夜泥之理夫利

4111番　（前略）皇神祖能　**可見能大御世尓**　田道間守　常世尓和多利
夜保許毛知　麻爲泥許之登吉　**時支＊¹能**　香久乃菓子乎　可之
古久母　能許之多麻敝礼（中略）秋立氣婆　之具礼能雨零　阿
之比奇能　夜麻能許奴礼波　**久尓＊²**　仁保比知礼止毛　多知波
奈能　成流其實者　比太照尓　伊夜見我保之久（後略）
　　　　＊１　元・紀・神・西は「支」、京・陽は「支」、類・広は「攴」。
　　　　＊２　紀・神・西・京・陽・寛は「久礼奈爲尓」。

4112番　橘波　花尓毛實尓母　**美都礼騰母**　移夜時自久尓　奈保之見我
保之

4127番　夜須能河波　**許牟可比太知弓**　等之能古非　氣奈我伎古良河
都麻度比能欲曽

4131番　等里我奈久　安豆麻乎佐之天　**布＊¹佐倍之尓＊²**　由可牟登於毛

倍騰　與之母佐袮奈之
　　＊１　類は次に「佐」が無い。
　　＊２　元は「子」である。

巻第19

4139番　春苑　紅尓保布　**桃花　下照道尓**　出立嬬

4143番　物部能　八十*嬬等之　**挹乱**　寺井之於乃　堅香子之花
　　＊紀・神・西・京・陽・寛は、次に「乃」がある。

4156番　荒玉能　年徃更　春去者　**花耳尓保布**（後略）

4164番　（前略）劔刀　許*¹思尓等理波伎　安之比奇能　八峯布美越　**左之***²**麻久流**　情不障　後代乃　可多利都具倍久　名乎多都倍志母
　　＊１　元は、次に「ゝゝ」とある。
　　＊２　類は「久」である。

4172番　霍公鳥　来鳴響者　**草等良牟**　花橘乎　屋戸尓波不殖而

4174番　春裏之　樂終者　梅花　**手折乎伎都追**　遊尓可有

4191番　鸕河立　取左牟安由能　**之我波多波**　吾等尓可伎無*氣　念之念婆
　　＊元・類は「无」。

4235番　天雲乎　**富呂尓布美安太之**　鳴神毛　今日尓益而　可之古家米也母

4236番　天地之　神者無*¹可礼也　愛*²　吾妻*³離流　光神　**鳴波多嬬**携手　共將有等　念之尓（後略）
　　＊１　元・類は「无」。
　　＊２　元・広は「受」。
　　＊３　元は「要」、類は該当文字が無い。

4239番　二上之　峯於乃繁*1尔　**許毛尔之**　彼*2霍公鳥　待騰来奈賀受
　　　　　＊1　類は次に「許」がある。
　　　　　＊2　紀・神・西・京・陽・寛は「波」。

4248番　荒玉乃　年緒長久　相見氐之　彼心引　**将忘也毛**

4265番　四舶　早還來等　白香着　朕裳裾尓　**鎮而将待**

4288番　河渚尓母　**雪波布礼ゝ之**　宮乃*裏　智杼利鳴良之　為牟等己呂
　　　　奈美
　　　　　＊元・類・広は「乃」が無い。

4290番　春野尓　霞多奈毗伎　宇良悲　許能暮影尓　**鶯*奈久母**
　　　　　＊類は「宇具比須」である。

4291番　和我屋度能　**伊佐左*村竹**　布久風能　於等能可蘓氣伎　許能由
　　　　布敝可母
　　　　　＊元・類は「石」と読める。

4292番　宇良*1宇良尓　照流春日尓　比婆理安我里　情悲毛　**比登里
　　　　志*2於母倍婆**
　　　　　＊1　広・紀・神・西・京は「ゝゝ」。
　　　　　＊2　元は「氐」、類は「氏」、その他は「志」。

巻第20

4308番　波都乎婆奈　**波名*尓見牟登之**　安麻乃可波　弊奈里尓家良之
　　　　年緒奈我久
　　　　　＊元は「ゝゝ」、類・広は「八名」。

4321番　可之古伎夜　美許等加我布理　阿須由利也　**加曳我*牟多祢牟**
　　　　伊牟奈之尓志弖
　　　　　＊元・広以外は、「我」の次に「伊」の字がある。

4324番　等倍多保美　志留波乃伊宗等　**尓閇乃宇良**＊1**等**　安比弖之阿良
婆＊2　己等母加由波牟
　　　＊1　類は「浦」。
　　　＊2　類・紀・西は「波」。

4326番　父母我　**等能〻志利弊乃**　母〻余具佐　母〻與伊弖麻勢　和我
伎多流麻弖

4338番　多〻美氣米　**牟良自加已藲乃**　波奈利藲乃　波〻乎波奈例弖
由久我加奈之佐

4341番　多知波奈能　**美遠＊利乃佐刀尓**　父乎於伎弖　道乃長道波　由伎
加弖努加毛
　　　＊元・紀・西は「袁」、広は「表」、神・寛は「衣」、京は「遠」。

4358番　於保伎美乃　美許等加志古美　伊弖久礼婆　和努等里都伎弖
伊比之古奈波毛

4372番　阿志加良能　**美佐可多麻波理**　可閇＊理美須　阿例波久江由久
（後略）
　　　＊元・京・寛は「閉」。

4382番　**布多冨我美**　阿志氣比等奈里　**阿多由麻比**　和我須流等伎尓
佐伎母里尓佐須＊
　　　＊類・広・神・寛は「酒」である。

4385番　由古作枳尓　奈美奈等惠良比　志流敝尓波　古乎等都麻乎等
於枳弖等母＊枳奴
　　　＊元は「良毛」である。

4386番　和加＊1〻都乃　以都母等夜奈枳　以都母＊2以都母　於母加古比
須〻＊3　**奈理麻之都之母**
　　　＊1　類は「賀」、京は「我」。

311

4387番　知波乃奴乃　古乃弖加之波能　保ゝ＊麻例等　阿夜尓加奈之美
於枳弖他加枳奴
　　　　＊元・寛は「保」。

4413番　麻久良多之＊　己志尓等里波伎　麻可奈之伎　**西呂我馬伎己無**
都久乃之良奈久
　　　　＊類・神・寛は「知」である。

4424番　伊呂夫可久　世奈我許呂母波　曽米麻之乎　**美佐可多婆良婆**
麻佐夜可尓美無

4430番ᵛ　阿良之乎乃　伊乎佐太波佐美　牟可比＊多知　**可奈流麻之都美**
伊渥弖登阿我久流
　　　　＊元は「非」である。

4431番　佐左賀波乃　**佐也久志**＊¹**毛用尓**　奈ゝ弁加流　去＊²呂毛尓麻世
流　古侶賀波太波毛
　　　　＊1　元の「久」と「毛」の間に「々」のような字があり、右横に小
　　　　　　さく「志」の書き添えがある。その他の写本は「志」である。
　　　　＊2　元は「故」、類・陽は「古」、その他は「去」である。

あ と が き

　70歳ごろから10年余りかけて研究した約700首の万葉歌の新訓解を、この2年の間に『もっと味わい深い　万葉集の新解釈』シリーズ本6冊として出版することができました。

　出版しても、反響もないものをとの思いは心の片隅にはありますが、新訓解により万葉歌の詠み人の心に初めて触れた喜びは抑えがたく、秘めがたく、それは詠み人のためにも世に遺したい、そして今は評価されなくとも、30〜50年後には必ずいくつかの新訓解は評価されるものとの、過剰ともいえる自信が原動力となりました。

　もとより、私の万葉歌の研究に関心をもって頂いている友人・知人の方々の、変わらぬ温かい励ましは常に私の支えとなりました。

　ご縁を頂いた職業研究者のお二方の先生に、毎回拙著を送らせて頂きましたが、常に丁重な御感想を頂き、その寛大さが身に沁みました。

　また、短期間に6冊もの出版をお引き受け下さった東京図書出版様にも、感謝申し上げます。漢字や古語ばかりで、注釈書の引用文も多い原稿を短期間のうちに6冊もゲラ編集をして頂いた編集部の皆様には、その労に対し衷心よりお礼申し上げます。

　最後に、戦前、早稲田大学の通信講義録で万葉集を学んでいたと聞いているが、若くして戦地で生を終えた亡父と、80歳を超えて1700頁の校正を独りで完遂できる生命力を私に授けてくれた亡母とに、本シリーズ本の出版完成を報告するとともに、いつも私の新訓解の最初の聞き役を務めてくれた妻の三人に対し改めて感謝し、結びにしたいと思います。

万葉のみな甦る春の日にわが訓み解きの終の稿成る

令和6年3月　　　　　　　　　　　　　　　　　　　上野正彦

　（脱稿後、地元シニアクラブの「万葉歌を読み直す集い」で講義して、好評を得ております。「話す」ことによっても、万葉歌の新訓解をさらに広めたいと思います〈shakashuu@gmail.com〉）

上野　正彦（うえの　まさひこ）

【主な職歴】
弁護士（現・55年以上）
公認会計士（元・約40年）

【古歌に関する著書】
『百人一首と遊ぶ　一人百首』（角川学芸出版）
『平成歌合　古今和歌集百番』（角川学芸出版）
『平成歌合　新古今和歌集百番』（角川学芸出版）
『新万葉集読本』（角川学芸出版）
　　　　　　　　　　　　　　　（以上、ペンネーム「上野正比古」）
『万葉集難訓歌　1300年の謎を解く』（学芸みらい社）
『もっと味わい深い　万葉集の新解釈Ⅰ　巻第1　巻第2　巻第3』（東京図
書出版）
『もっと味わい深い　万葉集の新解釈Ⅱ　巻第4　巻第5　巻第6　巻第7』
（東京図書出版）
『もっと味わい深い　万葉集の新解釈Ⅲ　巻第8　巻第9　巻第10』（東京図
書出版）
『もっと味わい深い　万葉集の新解釈Ⅳ　巻第11　巻第12　巻第13』（東京図
書出版）
『もっと味わい深い　万葉集の新解釈Ⅴ　巻第14　巻第15　巻第16　巻第17』
（東京図書出版）

もっと味わい深い

万葉集の新解釈VI

巻第18　巻第19　巻第20　補追

2024年7月31日　初版第1刷発行

著　　者　上野正彦
発 行 者　中田典昭
発 行 所　東京図書出版
発行発売　株式会社 リフレ出版
　　　　　〒112-0001　東京都文京区白山5-4-1-2F
　　　　　電話 (03)6772-7906　FAX 0120-41-8080
印　　刷　株式会社 ブレイン

© Masahiko Ueno
ISBN978-4-86641-771-4 C0095
Printed in Japan 2024

落丁・乱丁はお取替えいたします。
ご意見、ご感想をお寄せ下さい。